CÉCILE DAVID-WEILL

LA CURE

Odile Jacob

15, rue Soufflot, 75005 Paris

www.odilejacob.fr

ISBN 978-2-4150-0477-4

À mon père.

« Au milieu de l'hiver, j'ai découvert en moi un invincible été. »

Albert CAMUS, *L'Été*.

LES PERSONNAGES

– Christine Barrault, 37 ans, petite blonde tout en rondeurs au visage de madone, chroniqueuse gastronomique à la télévision et chef à domicile, divorcée, mère d'un petit garçon.

– Brigitte Dutilleul, 52 ans, grande brune élancée, habillée comme une rédactrice de mode, sans profession, mariée, une fille.

– Agnès Lamy, 64 ans, grosse dame aux allures de grande prêtresse, médium, veuve d'un célèbre restaurateur étoilé, mère de deux filles.

– Marthe Sampras, 85 ans, ravissante vieille dame d'une rare élégance, veuve d'un armateur grec, dernier en date de ses riches maris, sans enfant.

– Guy Godinot, 60 ans, grand et bel homme au front dégarni, affable et mystérieux.

JOUR 1

CHAPITRE 1

Aéroport

— CHRISTINE —

À l'évidence, Dieu n'était pas sectaire. Sinon se serait-il manifesté en de telles circonstances ? Pourtant, quelques jours avant d'aboutir à cette conclusion, Christine fulminait : pourquoi avait-il fallu qu'elle attende l'instant du départ pour se rendre compte que son idée était absurde, qu'elle n'avait aucune envie de jeûner, et surtout pas en compagnie de Brigitte qu'elle connaissait somme toute assez mal et dont les grands airs l'horripilaient déjà ! Tout ça, parce qu'elle lui avait bêtement confié vouloir suivre une cure de jeûne dans une clinique réputée du sud de l'Espagne. Une déclaration bien imprudente, dans la mesure où cette femme sophistiquée de vingt ans son aînée, qui n'avait pourtant rien d'une groupie épatée par les gens qui passent à la télé, semblait curieusement vouloir l'imiter en toute chose. Et cela n'avait pas manqué : qui sait pourquoi, prenant son annonce pour une invitation, Brigitte avait aussitôt accepté avec enthousiasme de l'accompagner. Et elle, toujours aussi lâche, n'avait pas osé lui avouer qu'elle aurait préféré y aller seule. Au lieu de quoi, elle avait louvoyé en disant à Brigitte qu'elle n'avait pas encore mis assez d'argent de côté pour se payer une cure de douze jours, même dans la chambre la moins chère de la clinique, ce qui était d'ailleurs la vérité. Là encore, elle aurait été mieux inspirée de se taire. Car Brigitte n'avait, semble-t-il, qu'une idée dans la vie, c'était de fuir son mari et de se distraire, de préférence en sa compagnie. Si bien que, balayant son objection, celle-ci lui avait offert de lui avancer la somme qui lui manquait. Résultat, gênée et prise de court, elle avait accepté, tout en étant certaine que cela allait inévitablement fausser son rapport avec Brigitte.

Et, de fait, loin de lui en être reconnaissante, elle eut bientôt l'impression que Brigitte lui avait volé son projet. C'était injuste, dans la mesure où elle s'en était dessaisie toute seule lorsqu'elle s'était mise en retrait, abandonnant à Brigitte l'organisation de tout le séjour, depuis les réservations jusqu'à l'achat des billets d'avion. Et ce sous prétexte que c'était Brigitte qui payait et que, sur le moment, cela lui avait semblé la moindre des choses. Depuis lors, c'était comme si le désir de Brigitte avait éclipsé le sien, car elle n'avait plus la moindre envie de suivre cette cure.

C'était bien d'elle d'avoir des désirs si précaires qu'à la moindre diversion elle devait s'accrocher pour les ressentir, telles ses pulsations cardiaques au niveau du poignet qu'il fallait batailler pour retrouver afin de prendre son pouls. La seule chose qu'elle semblait capable d'éprouver avec intensité, c'était une irrésistible envie de manger qui se manifestait de temps en temps à l'improviste. Comme là, dans le hall de l'aéroport, tandis qu'elle attendait sa nouvelle amie.

Il faut dire que Brigitte avait allumé la mèche de ses pulsions alimentaires en la bassinant sur l'intérêt qu'il y avait d'arriver à jeun à la clinique. Tout ça, pour que leur journée de voyage puisse être comptabilisée comme un jour de préparation au jeûne, ou quelque chose d'approchant. Un avantage dont elle ne comprenait pas vraiment l'intérêt, puisque, à l'inverse de Brigitte, qui avait épluché avec soin la brochure de la clinique Gruber, elle ne s'était pas réellement renseignée sur le déroulement exact de la cure de peur de changer d'avis.

Toujours est-il que, prise au piège d'une aire de restauration combinant jambon ibérique, caviar bordelais, café américain, sushis, pizzas au feu de bois et traiteur végétarien, elle se retrouva exposée à un maximum de tentations soigneusement conçues par des professionnels pour élargir l'éventail du marché de la fringale. D'ailleurs, elle en avait fait de même en fondant sa carrière de chef à domicile sur une cuisine à dominante *vegan* et sans gluten, à base de produits sains, locaux et bio. Moyennant quoi, ayant évolué en termes de gourmandise, elle pouvait dorénavant aussi bien succomber devant un traditionnel jambon-beurre ou un petit pain au chocolat qu'à des tacos, des brownies au matcha ou une crème aux graines de chia.

– Ouf, il était temps que tu arrives ! J'allais craquer, dit-elle à Brigitte, qui venait à sa rencontre.

Grande, chic dans son pantalon de jogging siglé, Brigitte en imposait, malgré ses 50 ans, avec son mètre soixante-quinze, ses talons aiguilles de dominatrice et sa frange de cheveux châtains savamment froissés au-dessus de ses yeux d'un bleu de lagon. Quelle bombe ! l'envia Christine, navrée par sa propre silhouette potelée et son visage pâlot de madone, tassé sous un chapiteau mousseux de cheveux clairs. Elle avait intérêt à se surveiller si elle ne voulait pas finir aigrie, se dit-elle en suivant Brigitte dans le salon VIP d'Air France où celle-ci avait ses entrées.

Aurait-elle voulu renforcer son ego qu'elle n'aurait pas pu rêver mieux que la scène qui s'ensuivit. Car deux jeunes gens d'allure typiquement *millennial*, en chemise blanche, pantalon mastic, baskets et sac à dos, qui discutaient près des panières de madeleines et de biscuits apéritifs industriels, se dévissèrent presque la tête pour les suivre du regard avant de se lancer dans un conciliabule qui mena l'un d'eux à s'avancer, non pas vers Brigitte, mais vers elle, pour lui dire :

– Christine Barrault ? Je voulais vous dire que je vous regarde tous les matins… J'adore votre chronique… Je vous suis aussi sur Facebook et Instagram. Je suis fan de vos recettes… Je peux vous demander un selfie ?

Le fait d'être reconnue la prenait encore au dépourvu. Était-ce parce que cela faisait seulement trois ans qu'elle faisait de la télé ? ou parce que son image d'elle-même et son salaire de pigiste correspondaient si peu à l'image glamour qu'elle se faisait d'une vedette du petit écran qu'elle éprouvait le sentiment d'en usurper le rôle lorsqu'elle se pliait aux rites de la célébrité ? Toujours est-il que, comme d'habitude vaguement gênée, elle posa pour la photo en affichant un sourire de commande. Puis, inclinant la tête vers celle du jeune homme, elle jeta un coup d'œil à Brigitte qui s'était assise plus loin ostensiblement, comme si elle voulait se tenir à l'écart du halo de vulgarité suscité par cet engouement de téléspectateur. Et c'est alors qu'elle le vit : Popcorn, le chien de Brigitte, qui sortait sa tête du sac Vuitton dans lequel celle-ci l'avait caché jusque-là.

– J'y crois pas ! s'exclama-t-elle après l'avoir rejointe. Mais tu es dingue ! Tu sais bien que la clinique n'accepte pas les chiens.

Et devant l'air interdit de Brigitte, elle ajouta :

– On en a même parlé et convenu du fait qu'il était inenvisageable que tu emmènes ton chien.

– Oui, mais je n'ai pas pu ! Au moment de le laisser, impossible ! Qu'est-ce que tu veux, c'est comme ça ! Ne t'inquiète pas, ils n'y verront que du feu, j'ai tout prévu.

– Oh ! et puis après tout, c'est ton problème ! Ne t'étonne pas s'ils te virent avec perte et fracas quand ils découvriront le pot aux roses, dit Christine, qui se montrait nettement plus sincère dans son emportement que dans son détachement annoncé.

Dans l'avion, deux amoureux s'embrassaient à bouche que veux-tu au premier rang de la classe économique où elle était assise. Aussi, pour ne pas tourner la tête de leur côté, Christine regarda-t-elle droit devant elle en direction de la classe affaires où se trouvait Brigitte, au moment où celle-ci sortait Popcorn de sa cachette pour lui donner à boire. Décidément cette femme n'avait pas la moindre considération pour elle, ni pour l'anxiété que risquait de lui causer son je-m'en-foutisme, s'emporta Christine. Dire que Brigitte n'avait même pas attendu d'être à la clinique pour saboter son expérience d'une cure qui, en soi, menaçait déjà de la chambouler suffisamment comme ça ! Puis le rideau séparant la classe économique de la classe business fut tiré jusqu'à l'atterrissage. Comme si les usagers ordinaires risquaient de convoiter le coussin de cellulose, la couverture et le plateau-repas qui allaient y être distribués ! rumina Christine juste avant de s'endormir.

*
* *

CHAPITRE 2

Électrodes

— AGNÈS —

Agnès posa dans un soupir le polar qu'elle avait commencé à son arrivée, deux jours plus tôt. C'était l'heure de son rendez-vous de thérapie électro-galvanique. Un traitement recommandé par la clinique en cas de lombalgie, de sciatique, d'arthrose ou de relâchement cutané, autant dire l'inventaire complet de tous ses maux. Mais ce qui l'avait décidée, c'est que le soin durait seulement quinze minutes. Ainsi, elle pourrait se remettre à lire et à rêvasser juste après, dès qu'elle aurait calmé sa mauvaise conscience. Il faut dire que, au lieu de faire un tour à la salle de sport ou de prendre un cours de tai-chi, de yoga ou de zumba, dont les horaires étaient affichés dans le vestibule contigu à la réception, elle se l'était coulée douce. Et elle avait passé son temps à la bibliothèque, dans le jardin ou sur les transats au bord de la piscine, à rêver ou à faire la connaissance du personnel qui, fait exceptionnel, se jugeait bien payé, bien traité et fier de travailler à Gruber, contribuant ainsi sans tambour ni trompette à l'énergie positive à laquelle la clinique devait en grande partie son succès.

La salle d'attente, située dans le bâtiment d'origine datant des années 1970, était d'un style rustique mêlant poutres de bois foncé et murs blanchis à la chaux, dans lesquels avaient été taillés des bancs de plâtre. Agnès y découvrit une rangée de silhouettes toutes vêtues de peignoirs blancs, de pantoufles en plastique et de clefs magnétiques pendues autour du cou. Un choc, pour elle qui avait jusque-là plus ou moins réussi à escamoter l'aspect médical du lieu en se focalisant sur ses dehors d'hôtel de luxe. Et puis il y avait trop de monde, trop de vibrations dans l'atmosphère. Il en émanait une cacophonie d'énergies dont elle devait se protéger. Aussi, comme toujours en pareil cas, elle visualisa autour d'elle une bulle qui lui servait d'armure et qui lui permit de s'installer parmi les curistes. Elle se plongea dans le livret de la clinique à la recherche de la description de son traitement pour découvrir qu'elle allait devoir s'allonger dans une baignoire truffée d'électrodes et s'en remettre au praticien chargé d'en définir la polarité et le type de courant électrique qui saurait la remettre en forme. Une combinaison d'eau et d'électricité qui suscita en elle comme une crainte d'être électrocutée, dont elle se détourna en regardant l'écran accroché au mur où défilaient les images des soins offerts à la clinique.

– Madame Lamy ? Je m'appelle Claudia, je suis votre thérapeute, si vous voulez bien me suivre.

Elle sursauta sous le regard de la jeune femme en blouse blanche qui semblait s'être matérialisée sous ses yeux, puis elle lui emboîta le pas dans un couloir humide. Avec sa baignoire trônant sur une estrade au centre de la pièce plongée dans la pénombre, la cabine de physiothérapie avait des faux airs de baptistère. Une ambiance de recueillement qui la prit par surprise, avant de susciter chez elle un des flashs prémonitoires dont elle avait l'habitude.

– Ne vous inquiétez pas pour votre mère, s'entendit-elle dire à Claudia.

Agnès avait visé si juste que la jeune femme ne songea même pas à s'en étonner et lui répondit du tac au tac :

– Vous voulez dire que son opération va bien se passer ?

– Non, je veux dire qu'elle n'aura pas lieu.

– C'est impossible, c'est demain matin à 9 heures !

– Si, si, je vous assure. Elle va être annulée cet après-midi, quand les médecins de votre mère auront constaté qu'elle n'a plus rien aux poumons et que son nodule au cerveau s'est réduit des deux tiers.

Après quoi, Agnès se félicita que son intuition se manifeste au moment où elle s'immergeait dans la baignoire, détournant ainsi à point nommé l'attention de la jeune femme des bourrelets et des replis de son corps, qu'elle tentait d'ordinaire d'exposer le moins possible aux regards.

Était-ce la précision, la justesse de ses affirmations ? ou tout simplement le temps qu'il avait fallu à Claudia pour prendre la mesure de la bizarrerie de leur dialogue ? Toujours est-il que celle-ci ne réagit qu'à ce moment-là :

– Mais comment vous savez ça ? Vous êtes voyante, c'est ça ? fit Claudia en déplaçant sous l'eau des électrodes sur sa peau.

– Oui, enfin plutôt médium. C'est-à-dire que je suis un intermédiaire entre notre monde et celui des esprits qui me transmet des informations telles que l'état de santé de votre maman.

Et comme Claudia semblait trop sonnée pour lui répondre, Agnès ajouta :

– Et si vous alliez téléphoner à votre mère ? Le soin est presque fini, n'est-ce pas ? Et puis je n'ai aucun besoin que vous m'attendiez tandis que je me rhabille pour me reconduire à la salle d'attente.

*
**

CHAPITRE 3

Couleur locale

— CHRISTINE —

Suspicieuse en matière de chariot à bagages, Christine crut bon d'en essayer plusieurs pour tester leur tenue de route avant d'en choisir un qui se révéla non seulement défectueux, mais aussi particulièrement sournois. Ce n'est qu'une fois chargé de valises et trop loin de ses semblables pour être remplacé qu'il émit un bruit de crécelle qui décupla dès qu'il fut lancé à pleine vitesse.

– Trop fort, l'option alarme incendie de ton chariot ! persifla Brigitte tandis qu'elles suivaient jusqu'à sa voiture le chauffeur de taxi venu les chercher.

– C'est ça, fous-toi de moi ! fit Christine, d'autant plus vexée par la moquerie de Brigitte que celle-ci lui coupait l'herbe sous le pied. Car s'il y en avait une en droit de faire des remarques, c'était bien elle. Et elle s'apprêtait justement à lui balancer une nouvelle observation bien sentie sur la présence de son chien qui gambadait à ses côtés après avoir été libéré de son sac, tant la désinvolture manifeste de Brigitte à ce sujet lui restait en travers de la gorge.

– Non c'est vrai, insista Brigitte, maintenant je comprends mieux les tests auxquels tu as soumis tous les chariots de l'aéroport, car il fallait trouver la perle rare capable d'ameuter tout le quartier…

Christine tenta un instant de s'accrocher à sa rancœur, mais elle ne put s'empêcher de rire et de capituler devant le regard malicieux de Brigitte et son obstination à la dérider.

– OK, je me rends, tu me fais trop rire ! Encore que j'aimerais bien que l'on m'explique un jour pourquoi il suffit de répéter une blague pas très drôle pour qu'elle devienne hilarante.

Christine baissa la vitre de la voiture pour goûter l'air sec et chaud d'Andalousie, dont le vaste ciel africain luisant de lumière lui procura un instant de béatitude. Mais son enthousiasme se dissipa peu à peu. Malgré les pins parasols accrochés aux collines et les églises à flanc de montagne qui assuraient au paysage la couleur locale de rigueur, l'essentiel du panorama se résumait à des barres d'immeubles maquillées en villas néo-andalouses et à des chapelets de lotissements blanchis à la chaux. Le tout parsemé de grues à l'arrêt, qui trahissaient le marasme économique résultant de ce bétonnage démesuré, et de publicités pour des cliniques d'urologie ou d'implants dentaires témoignant d'un tourisme du troisième âge qui n'augurait rien de festif ni de joyeux.

En dépit de cela, elle se sentait plus vivante, plus vibrante qu'à l'accoutumée, comme chaque fois qu'elle prenait des risques. Et il est vrai que la seule idée de jeûner, qui plus est en compagnie de Brigitte, l'entraînait très loin de sa zone de confort. Elle espérait ne pas avoir à le regretter dans les jours à venir : « Tu verras, le problème quand on ne mange rien, ce n'est pas que l'on a faim, mais qu'on dort très mal », lui avait-on dit lorsqu'elle s'était renseignée. Un inconvénient qui lui avait paru minime au vu des trois à cinq kilos qu'elle était censée perdre pendant la cure, car il fallait absolument qu'elle maigrisse et vite. En effet, depuis que son patron avait décidé de relooker son émission en exigeant de ses chroniqueurs qu'ils présentent leur rubrique debout devant des écrans tactiles géants, avec lesquels ils devaient interagir le plus gracieusement possible, dos tourné à la caméra, il lui était devenu impossible de cacher ses kilos en trop, même avec les vêtements bien coupés dénichés par la styliste de la production.

Mais il n'y avait pas que cela. Elle nourrissait aussi l'espoir que cette cure lui permettrait d'apprivoiser sa peur d'avoir faim, qui l'amenait d'ordinaire à se gaver par avance pour ne pas la ressentir, et peut-être même d'échapper ainsi à son obsession de la nourriture. Son métier de chef à domicile et de chroniqueuse gastronomique ne l'en avait pas délivrée comme elle l'avait espéré, alors que nombre de jeunes femmes croisées dans son métier semblaient avoir surmonté leur problème d'anorexie en choisissant cette voie, confirmant de la sorte qu'il était possible de recycler sa dépendance en profession, tels les nombreux toxicomanes repentis devenus thérapeutes ou spécialistes de l'addiction.

Elle jeta un coup d'œil oblique à Brigitte qui, à l'approche de la clinique, tentait de convaincre son chien de réintégrer son sac. Pourvu que cela se passe bien avec Brigitte ! se dit Christine en songeant qu'elles allaient devoir se supporter pendant deux semaines dans un lieu clos.

Elle se rappela leur rencontre un an plus tôt dans la salle de maquillage de l'émission où Brigitte était intervenue au sujet de meubles design tandis qu'elle avait présenté une recette de légumes oubliés à base de panais, de crosnes et de rutabagas. Elles avaient sympathisé, puis elles s'étaient revues. Et quelques déjeuners en tête à tête plus tard, succombant à une précipitation inévitable à l'heure où plus personne n'a la patience de laisser aux rapports humains le temps d'éclore et de se développer, elles s'étaient déclarées amies comme on décrète l'état d'urgence. Et pour compenser une affection qu'elles ne ressentaient pas encore, elles avaient scellé leur relation en se risquant à quelques confidences. Elle, sur ses accès de boulimie, et Brigitte, sur ses rapports avec son mari de vingt ans son aîné, qui semblait beaucoup moins cool que les jeans qui avaient fait sa fortune.

Mais pourquoi diable s'inquiétait-elle au lieu de se réjouir ? N'étaient-ce pas les premières vacances qu'elle s'autorisait depuis des années ! Sans compter qu'elle n'avait même pas à se soucier de son fils qui, du haut de ses 8 ans, semblait avoir pris de l'avance sur sa crise d'adolescence en se déclarant ravi de se séparer d'elle pour séjourner chez sa grand-mère paternelle pendant les vacances de la Toussaint. Elle n'en revenait pas, douze jours rien que pour elle ! Et Brigitte, bien entendu…

La clinique Gruber était située dans une zone résidentielle de Marbella dont le charme tenait à son écrin de bougainvilliers, de palmiers, de chênes-lièges et de caroubiers. Le bâtiment qu'elle découvrit au bout d'une allée avait un faux air de pension de famille sans rien de somptueux, constata-t-elle, soudain rassurée sur ses chances d'y respecter son budget annoncé de 3 500 euros. Néanmoins, pas question de baisser la garde : il lui faudrait se surveiller pour ne pas l'exploser en faux frais et en suppléments. D'autant plus que Brigitte allait certainement la pousser à la dépense au prétexte qu'elle pouvait également lui avancer la somme nécessaire à tous les imprévus. Ne lui avait-elle pas déjà proposé de réserver une chambre attenante à sa suite dans le nouveau bâtiment de la clinique, alors qu'elle coûtait trois fois le prix de la chambre individuelle dans le bâtiment d'origine pour laquelle elle avait opté ?

La ravissante jeune femme qui vint les accueillir parlait un nombre de langues insensé, comme presque tout le personnel, lui semblait-il. Elle les fit asseoir dans le hall d'entrée le temps de leur expliquer le principe de la cure à base de jeûne, d'exercice et de repos, qui était censée nettoyer le corps de ses impuretés, améliorer la condition physique et diminuer le stress. Et elle était si fraîche et si jolie qu'elle semblait incarner ce bien-être tant convoité.

Mais impossible de se concentrer alors qu'elle avait l'estomac noué par la crainte que le chien de Brigitte ne trahisse sa présence à force de remuer dans le sac où il semblait s'impatienter. Pourtant sa peur céda bientôt sa place à l'émerveillement devant le sang-froid de Brigitte qui, placide, se contenta de poser négligemment sa veste sur son sac sans détourner les yeux de leur interlocutrice. Toutefois distraite, Christine ne retint que l'essentiel de l'exposé de la jeune femme, à savoir qu'elles allaient boire des tisanes, des bouillons de légumes et des jus de fruits sous contrôle médical selon un programme et un rythme encadrés par une flopée d'infirmiers, de nutritionnistes, de psychologues, d'homéopathes et autres kinésithérapeutes... Aussi fut-elle soulagée de lever le camp quand leur fut proposée une visite en bonne et due forme de l'établissement.

La clinique était bien plus vaste et contrastée qu'elle ne se l'était imaginé à son arrivée, pensa-t-elle en découvrant un ensemble de bâtiments de style, d'époque et de nature différents, agencés autour d'un jardin, qu'elle tenta de se remémorer en se le représentant comme un plateau de Monopoly. Le bâtiment principal où se trouvait la réception lui apparut en effet compatible avec le côté sud du jeu comprenant à la fois la case départ, le boulevard de Belleville et l'avenue de la République. Car c'était le cœur populeux et sans prétention de la clinique, qui était resté dans son jus des années 1970, avec un sol en terre cuite, du bois sombre, des couloirs étroits aux murs blanchis à la chaux, des meubles en rotin, ainsi que des portes-fenêtres cintrées en veux-tu en voilà, où étaient rassemblés sur trois niveaux les chambres les plus modestes (y compris la sienne), un salon de thé, les cabines de soins, de même que la salle à manger et un gymnase à l'ancienne. Puis à l'ouest, l'édifice se prolongeait par une aile à angle droit, comme la portion du jeu où figurait la gare de Lyon, qui abritait d'autres chambres, mais aussi des arcades en rez-de-jardin, sous lesquelles s'alignaient les cabinets de consultation des médecins. Après quoi, au nord du jardin, sur le côté du plateau où était établi le Faubourg-Saint-Honoré, étaient juxtaposés la salle de sport, le salon de coiffure et la boutique, en une rangée de vitrines rutilantes dignes d'une rue commerçante. Un lieu de passage, d'autant plus fréquenté qu'il donnait sur une esplanade où étaient disposées les chaises longues de la piscine, qui se déployait sur une partie du terrain correspondant à l'emplacement réservé aux cartes « caisse de communauté ». Enfin, à l'est, sur le dernier côté, le plus cher et le plus luxueux du jeu, matérialisé par les cases de l'avenue Foch et la rue de la Paix, se trouvait un bâtiment contemporain aux parois de verre assez grand genre, qui abritait les chambres hors de prix (dont celle de Brigitte), aussi bien qu'une bibliothèque, des salles de conférences, une salle informatique et une salle de cinéma en sous-sol. Comme si toutes ces bâtisses aux styles disparates n'y suffisaient pas, la clinique s'était récemment agrandie à l'extérieur de ce périmètre. Et pour atteindre cette annexe, il fallait mettre le cap au sud-est, sortir par un portillon de l'enceinte de l'établissement et traverser une petite route. Et là, on basculait dans l'univers des Mille et Une Nuits. Car le pavillon du Bien-Être, composé de plusieurs bâtiments flambant neufs de style hispano-mauresque, était serti dans un dédale de cours intérieures, de terrasses dotées de fontaines et de jardins abritant des cabines de soins esthétiques, un dojo, un atelier d'art, ainsi qu'un salon équipé d'une estrade et d'un piano à queue qui servait également de salle de spectacle.

Aussi est-ce un peu désorientée et très impressionnée par les possibilités offertes par la clinique qu'elle fut conduite à sa chambre où lui fut remise une tablette numérique chargée de vidéos lui expliquant le détail de la cure jour après jour. Et là, lorsqu'elle fut seule, elle sauta sur le lit comme une gosse, sans savoir si elle fêtait ainsi le début de sa cure ou le fait qu'elle était enfin séparée de Brigitte.

*
**

CHAPITRE 4

Popcorn

— BRIGITTE —

À peine arrivée dans sa chambre, Brigitte inspecta les lieux afin de vérifier que Popcorn pourrait y vivre pendant son séjour. Comme prévu suivant l'étude minutieuse du site de la clinique, sa suite au rez-de-chaussée était dotée d'un carré de pelouse à l'usage du pensionnaire bordé de haies assez touffues pour empêcher son chien de s'en échapper afin d'explorer le reste du jardin. Bref, elle avait bien calculé son coup. Et, avec la baie vitrée entrouverte, Popcorn serait libre d'aller et de venir à sa guise. Quant au recoin de sa chambre qui servirait de cachette, le cas échéant quand elle s'absenterait, Popcorn semblait l'avoir déjà découvert puisqu'il avait trouvé asile sous le canapé du coin salon, où elle lui installa un jouet et sa couverture.

Pourtant, elle ne fanfaronnait plus trente minutes plus tard, après avoir été obligée de dissimuler Popcorn à deux reprises, d'abord aux yeux du bagagiste qui lui rendait ses valises, puis de l'électricien qui avait à résoudre un problème de climatisation. Ce qui lui avait permis de constater que le dessous du canapé était un refuge stupide, puisque Popcorn risquait d'en surgir à tout moment. Et que, même lorsque le chien se tenait à peu près tranquille, la médaille de son collier tintait faiblement comme un grelot voilé. D'où sa décision de le lui ôter et d'enfermer à l'avenir l'animal dans la penderie du couloir menant à sa chambre.

Mais surtout elle commençait à mesurer les difficultés qu'allait lui causer la présence de Popcorn à Gruber. Par exemple, la solution qu'elle avait imaginée à Paris : faire du jogging avec son chien caché dans son sac à dos quand le ménage serait effectué dans sa chambre, était loin d'être suffisante. Ne venait-elle pas d'apprendre que les employées déposaient des en-cas ou des tisanes fraîches deux fois par jour ? Aussi allait-il falloir qu'elle comprenne quels étaient tous les gens de service susceptibles de surgir dans sa chambre, ainsi que la cadence de leurs incursions, dont elle devait pouvoir anticiper l'heure avec précision. Conclusion, elle était timbrée de s'être encombrée de Popcorn dans une clinique où la présence d'un animal n'était pas une mince affaire pour des raisons d'hygiène.

Pourtant elle n'avait pas pu faire autrement. Car privée de son chien, elle était prise de panique et se sentait mourir. Comment ce cavapoo, croisement d'un cavalier king-charles et d'un caniche nain, si petit et si léger qu'elle l'emmenait partout, avait-il un tel pouvoir sur elle ? Elle ne se l'expliquait pas vraiment. Certes, son physique irrésistible de peluche avec ses longues oreilles et sa robe dorée suscitait un attendrissement immédiat. Néanmoins cela ne suffisait pas à justifier son sentiment que Popcorn était un partenaire irremplaçable, voire son seul partenaire dans l'existence. Non pas que son mari compte pour du beurre. Mais il lui semblait que l'animal était celui des deux qui la rendait la plus heureuse.

Il faut dire qu'elle avait une vraie relation d'intimité avec Popcorn. Ainsi était-elle bouleversée par la confiance qu'il lui témoignait en s'abandonnant à ses caresses sans difficulté quand elle passait une main distraite dans ses poils bouclés. Tout comme elle se sentait enveloppée d'un amour inconditionnel chaque fois qu'il l'observait, ce qui se produisait souvent, tant le regard de Popcorn sur elle lui semblait résulter de l'intérêt qu'il portait à l'essence de son être, sans jugement sur son physique, son caractère ou son comportement.

Et c'était autrement plus simple et merveilleux qu'avec son mari. Car en sa compagnie elle ne pouvait s'empêcher de se demander s'il était satisfait ou mécontent de « ses services ». Et elle passait son temps à traquer les indices dont elle avait l'impression qu'il parsemait leurs rapports. Aussi se perdait-elle en conjectures pour interpréter un froncement de sourcils ou un sourire goguenard, aussi bien que pour méditer sur ses paroles, afin d'y déceler un reproche ou un sous-entendu exigeant une réaction adéquate. Était-ce la raison pour laquelle les signaux élémentaires de Popcorn, ses bâillements, ses pets, ses aboiements et ses coups de langue, la mettaient en joie ? En tout cas avec son chien, toute son agitation mentale se dissipait. Et son calme lui permettait à la fois de percevoir et de profiter du bonheur suscité par leur lien, à la manière dont on entend les oiseaux chanter dès que l'on arrête de parler.

Tout cela lui semblait difficile, voire gênant à dire, notamment à Christine. D'autant qu'elle aurait inévitablement dû en venir à son attachement à Popcorn qui lui paraissait carrément inavouable. Car sa dépendance envers son chien était largement liée à l'angoisse qui la tenaillait depuis l'enfance et qu'il lui aurait alors fallu évoquer ou, pire encore, expliquer. Si bien qu'elle préférait passer pour inconséquente, fantasque ou capricieuse plutôt que de révéler qu'elle ne pouvait pas se passer de son chien.

Certes, ce n'était pas juste vis-à-vis de Christine, qui jouait franc-jeu lorsqu'elle se décrivait avec humour comme une brave fille, tenaillée par un pathétique besoin d'approbation, qui s'épuisait à se conformer aux attentes des uns et des autres. Mais celle-ci ne parvenait à faire preuve de cette autodérision que parce qu'elle était sacrément plus forte qu'elle ne le pensait. Il ne pouvait en être autrement alors qu'elle élevait son fils toute seule et qu'elle tirait le diable par la queue dans sa tentative de percer à la télévision dans un secteur où la concurrence faisait rage, ce qui lui semblait d'autant plus méritoire qu'elle-même aurait été bien incapable de se débrouiller sans l'aide d'un mari.

La seule bonne nouvelle de la matinée ? Le coffre-fort de sa chambre était assez grand pour y cacher les croquettes de Popcorn, constata Brigitte avant de s'attabler devant les vidéos consacrées au déroulement de la cure sur la tablette de la clinique. « Bienvenue à la clinique Gruber où vous avez choisi de suivre une cure de jeûne thérapeutique. Une perspective qui peut paraître intimidante, voire angoissante. Néanmoins faites confiance à votre organisme et à notre expérience. Bien jeûner est un art que nous maîtrisons depuis plus de cinquante ans. C'est aussi une aptitude naturelle inscrite dans nos gènes depuis la nuit des temps, lorsque notre accès à la nourriture, soumis au rythme des saisons, nous imposait la frugalité en hiver et l'abondance aux beaux jours. Ce qui ne nous empêchait pas de vivre, bien au contraire. N'est-ce pas depuis notre accès permanent à la nourriture que plus de la moitié de la population est en surpoids ? »

– Mais je m'en fous ! s'insurgea Brigitte, dont le seul but était à ce moment-là d'obtenir le plus d'informations précises pour ne pas se faire coincer avec Popcorn.

Informations qu'elle obtint après quelques vidéos, où il lui apparut alors clairement qu'en plus des visites inopinées des femmes de chambre le plus compliqué lors de son séjour allait être de faire tenir Popcorn tranquille lorsqu'elle recevrait la visite de l'infirmière. Non pas pour des lavements, dont elle venait de comprendre qu'ils faisaient partie intégrante de la cure. Car il lui suffirait pendant son séjour de choisir trois séances d'hydrothérapie du côlon qui se déroulaient dans le cabinet du médecin plutôt que d'opter pour les lavements artisanaux administrés dans sa chambre par une infirmière un jour sur deux. Restait le problème de l'enveloppement hépatique posé tous les jours à l'heure de la sieste par une infirmière. En effet celle-ci se rendrait dans sa chambre pour l'emmailloter dans un linge humide et lui placer une bouillotte au niveau du foie pendant une heure afin d'en favoriser l'irrigation et de stimuler l'élimination des toxines. Comment Popcorn réagirait-il lorsque l'infirmière s'occuperait d'elle ainsi ? Pas besoin de faire un dessin pour comprendre qu'il allait aboyer ou sortir de sa cachette pour vérifier qu'elle ne lui faisait pas de mal ! À moins de l'enfermer dans le jardin en prenant soin de tirer les rideaux pour qu'il n'ait pas la tentation de gratter pour attirer son attention.

Bref, elle allait devoir jouer serré. En tout cas, bien plus qu'elle ne l'avait anticipé. De sorte qu'à moins de tout calculer comme une psychopathe préméditant un meurtre elle avait sans doute intérêt à quitter sa chambre le moins possible, sauf pour les repas ou ce qui en tenait lieu, ainsi que pour ses consultations avec les spécialistes qui constituaient le véritable motif de sa présence à la clinique, après tout.

– Merde ! Déjà l'heure de retrouver Christine pour le dîner, s'avisa-t-elle après un coup d'œil à sa montre.

Évaluant son absence à une heure maximum, le temps d'avaler un dîner frugal sans donner à Christine l'impression de chronométrer la durée de leur repas, elle installa Popcorn dans son placard, puis elle chuchota à travers l'ouverture de la porte coulissante qu'elle avait calculée pour qu'il puisse respirer : « Tiens bon, mon chéri, c'est promis, je n'en ai pas pour longtemps… »

*
**

CHAPITRE 5

Rencontres

Brigitte était en retard, comme d'habitude, constata Christine, qui entrait dans la salle à manger où elles avaient convenu de se retrouver pour le dîner. L'endroit était agréable. Un coin salon dans lequel elle s'installa pour l'attendre, quelques tables carrées, une table communautaire et un bar derrière lequel officiait une matrone qui octroyait une louche de bouillon par personne aux jeûneurs défilant devant son comptoir qui se vengeaient de sa parcimonie en piochant à qui mieux mieux dans des bols de fines herbes et de condiments dont ils pouvaient se servir à volonté.

La pièce était ceinturée de baies vitrées donnant d'un côté sur une terrasse surplombant le jardin et de l'autre sur un vestibule attenant à la réception où se trouvaient la porte des toilettes et un écran affichant le programme des activités sous lequel s'arrêtaient les curistes. D'où un va-et-vient incessant auquel Christine ne prêta que peu d'attention jusqu'à l'irruption dans la salle à manger d'une femme plantureuse vêtue d'une ample tunique de prêtresse aux larges motifs jaune et fuchsia qui se gonflait dans la marche comme une voile sous le vent. Quelle allure ! se dit Christine fascinée par son aplomb et l'impression d'autorité qui se dégageait de sa personne. Était-ce sa corpulence, l'audace de sa tenue ou sa personnalité ? s'interrogea-t-elle au moment où la dame lui tourna le dos pour se diriger vers le bar, avant d'apercevoir un long ruban de papier-toilette s'échapper de sa culotte où était resté coincé tout un pan de sa tunique. Ni une ni deux, Christine se leva d'un bond et se colla derrière elle en lui disant :

– Pardon de vous sauter dessus comme ça, mais je fais paravent de mon corps le temps de vous escorter jusqu'aux cabinets pour planquer un petit souci dû au papier-toilette coincé dans votre sous-vêtement. Ça vous va ?

– Mon Dieu, quelle horreur ! Au contraire, je ne sais pas comment vous remercier.

S'ensuivit un pas de deux assez ridicule, où Christine se colla façon ventouse à l'imposante inconnue pour la diriger tel un danseur de tango vers la sortie afin de protéger son arrière-train du regard des curistes tout à coup captivés par leur manège.

– Oh ! la honte, s'écria-t-elle une fois parvenue dans les cabinets en se couvrant le visage des mains. Je suis mortifiée, mais merci, merci ! C'est peu dire que je vous suis reconnaissante. Je me présente, Agnès Lamy.

– Christine Barrault. Enchantée de notre rencontre pour le moins fracassante !

Bientôt attablées devant une infusion, Agnès et Christine sympathisèrent sur-le-champ et ne virent pas le temps passer. Si bien qu'elles sursautèrent lorsque Brigitte fit irruption devant elles en pestant :

– Enfin Christine, qu'est-ce que tu fais ? On avait rendez-vous dans la salle à manger il y a une demi-heure. Je t'ai cherchée partout ! Et toi, tu es là à papoter tranquillement avec… avec cette dame ! lâcha-t-elle avec une nuance de dédain destiné à Agnès qui déplut considérablement à Christine.

– Mais qu'est-ce que tu racontes ! Il y a une demi-heure que je t'attends, moi aussi, en l'occurrence avec Agnès ici présente, qui a été assez aimable pour me tenir compagnie.

Et Agnès d'intervenir :

– Si vous me l'autorisez, je vais vous mettre d'accord. En fait, il y a deux salles à manger. Celle-ci, destinée aux jeûneurs, où l'on ne sert que du bouillon, dont je vais d'ailleurs déguster mon premier bol ce soir, et puis il y a celle qui se trouve à l'étage en dessous, où vous avez dû attendre Christine, et qui est réservée aux curistes au régime et aux jeûneurs avant et après leur jeûne.

– Ah ! d'accord, s'exclama Christine. Alors c'est moi qui attendais Brigitte au mauvais endroit. Du coup, je suis désolée de t'avoir fait attendre. Mais laisse-moi te présenter :

– Agnès Lamy, Brigitte Dutilleul.

– Vous avez quelque chose à voir avec Bernard Lamy ? demanda Brigitte à Agnès sur un ton à la fois abrupt et mondain qui heurta de nouveau Christine.

– Oui, c'était mon mari, fit Agnès avec gravité.

– Oh ! s'écria Christine, je n'avais pas fait le rapprochement. J'admirais beaucoup votre mari. Je suis désolée de sa disparition et je peux vous dire qu'il laisse un grand vide dans la profession.

– Vous êtes du métier ?

– Oui, enfin je suis chef à domicile et chroniqueuse gastronomique.

– Bon, ce n'est pas tout ça, les interrompit sèchement Brigitte, madame doit rêver de son bol de soupe. Et moi, je ne serais pas contre l'idée d'aller dîner.

Décidément ! se dit Christine, que choquait l'impolitesse de Brigitte. Celle-ci manquait-elle de délicatesse ? Ou faisait-elle exprès de se montrer cassante ? Considérant sa déplorable étroitesse d'esprit en matière de fréquentations sociales, elle était tout à fait capable de signifier à Agnès qu'elle n'avait ni l'âge ni le physique requis pour faire partie de son monde. Mais comment en être sûre ? Et même si elle avait vu juste, fallait-il pour autant se fâcher avec Brigitte ? Sans doute pas, en tout cas pas le premier soir, se persuada Christine en ravalant sa colère avant de prendre chaleureusement congé d'Agnès.

⁂

CHAPITRE 6

Premier dîner

– Mais enfin de quoi avez-vous parlé si tu ignorais tout de cette femme et qu'elle-même ne savait rien de ton métier ? l'interrogea Brigitte en descendant à la salle à manger.

Agacée par la bêtise de sa question, Christine s'apprêtait à lui répliquer que l'on n'a nul besoin de connaître le pedigree social ou professionnel de son interlocuteur pour s'entretenir entre gens de bonne compagnie. Et qu'en l'occurrence elle avait été d'emblée fascinée par cette femme, son physique singulier et son style flamboyant, et que leur conversation avait été incroyablement chaleureuse. Pour bien faire, elle aurait dû également lui raconter le malencontreux épisode du papier-toilette mais elle n'avait aucune envie de donner à Brigitte du grain à moudre pour se moquer d'Agnès.

Première constatation de Christine, l'ambiance dans cette salle à manger était très différente de celle du salon des jeûneurs. Les femmes s'y mettaient sur leur trente-et-un. Pas en lamé, bien sûr, mais en robe à fleurs, avec des petits talons ou des espadrilles à semelles compensées, ou alors carrément décolletées, coiffées et maquillées. Bref, il y régnait une élégance estivale de Country Club, à laquelle elle s'attendait si peu qu'elle n'avait emporté que des jeans ou des tenues de sport. Autrement dit, elle avait tout faux.

De son côté, Brigitte balayait en vain la salle du regard à la recherche d'une table inoccupée où s'installer. Et à la voir se rembrunir de minute en minute en passant distinctement de l'impatience à la contrariété, puis au mécontentement, Christine ne put s'empêcher de songer à ces statuettes-baromètres aux cristaux rugueux, scintillants et criards, dont la couleur variait en fonction de la température, qui étaient encore en vente dans certains magasins de souvenirs du bord de mer ou de lieux de pèlerinage et qui représentaient la Sainte Vierge, des phares marins ou des dauphins sur la crête des flots. Une image bien incongrue, s'avisa-t-elle, considérant qu'il n'y avait rien de commun entre Brigitte et ces objets des plus kitsch. C'est alors qu'un maître d'hôtel venu à leur rencontre leur expliqua que les curistes étaient placés en fonction de leur langue maternelle. Et il leur indiqua la table francophone située près de la fontaine intérieure qui donnait à la pièce son cachet andalou.

Oh ! non, pesta Brigitte à l'idée de s'attabler avec des inconnus. Elle n'était pas ici pour se faire des amis, grommela-t-elle entre ses dents en apercevant les convives déjà assis à leur table.

– Guy Godinot, se présenta un grand type dégarni aux traits réguliers avant de leur présenter à son tour sa voisine, Marthe Sampras, une vieille dame d'un chic renversant.

Éblouie par sa beauté, Brigitte examina son tailleur-pantalon rose poudré en soie sauvage, son teint de porcelaine, ses yeux couleur myosotis ainsi que ses cheveux foncés zébrés d'une large mèche blanche tirés en un chignon bas, et elle s'adoucit sur-le-champ. Et davantage encore lorsque Guy l'invita à s'asseoir à ses côtés en s'exclamant :

– Qui mieux que moi, entre un regard turquoise et un regard céruléen !

Céruléen ! s'insurgea intérieurement Christine. Avec un vocabulaire aussi maniéré, le type ne pouvait qu'être bidon. Et goujat, renchérit-elle en constatant qu'il se tournait de nouveau vers Brigitte en l'ignorant sans songer à lui faire l'aumône d'un compliment après ses flatteries éhontées à ses compagnes :

– Vous suivez un régime cétogène ou hypocalorique ?

– Ni l'un ni l'autre, répondit Brigitte, Christine et moi sommes venues pour la cure de jeûne, donc nous ne partagerons votre table que pour deux ou trois repas, malheureusement.

Christine salua *in petto* le louable effort de Brigitte pour l'inclure dans la conversation, qui porta d'ailleurs ses fruits, puisque Guy les salua toutes les deux pour leur courage, avant de se lancer dans une tirade sur la hiérarchie tacite entre les patients de la clinique, où les jeûneurs faisaient figure d'aristocrates au milieu de la plèbe des curistes.

Christine s'interrogeait : était-il en train de les critiquer ou de les féliciter d'avoir choisi de jeûner ? Impossible de le déterminer en l'écoutant digresser sur le sujet. Car il disait tout et son contraire, laissant entendre qu'en matière de perte de poids le jeûne s'avérait décevant par rapport à leur programme diététique, il embraya aussitôt sur l'éloge des bénéfices exceptionnels du jeûne pour la santé avant d'en souligner les dangers selon certains médecins. Bref, il était tortueux comme une anguille ! Une seule constante à son discours, il se posait en fin connaisseur ou en spécialiste. Pourquoi diable, où qu'elle aille en vacances, fallait-il toujours qu'elle tombe sur un frimeur soucieux de démontrer son expertise qui étalait ses connaissances, qu'il s'agisse des prénoms du personnel de l'hôtel, des monuments incontournables de la région ou des mérites respectifs des cures d'amaigrissement ? Après quoi, comme s'il cherchait à donner raison à Christine, Guy se fit mortel d'ennui en s'attelant à décrire la diète précédant le jeûne, de six cents calories par jour, composée d'aliments de moins en moins solides afin de permettre au cerveau d'enclencher peu à peu un mécanisme de nutrition interne…

C'est alors que Brigitte se mit à bâiller sans gêne, d'où chez Christine une vague d'admiration pour le culot et le savoir-faire de son amie : quelle façon géniale d'arrêter cet insipide Guy Godinot ! Et, de fait, celui-ci comprit aussitôt le message. Invoquant de prétendus signes de fatigue de la vieille dame, il prit aussitôt congé d'elles afin d'escorter cette dernière jusqu'à sa chambre.

⁂

CHAPITRE 7

Une amie encombrante

— CHRISTINE —

Encore sous le choc de la vitesse à laquelle Brigitte avait filé dans sa chambre après le dîner, Christine se retrouva désœuvrée dans le hall sous le tableau des activités du lendemain. Il y avait un peu de tout à chaque heure, du cours d'aquagym à une promenade au bord de la mer, en passant par de la danse de salon ou une conférence en anglais sur les bienfaits du jeûne. Mais rien qui la tentait vraiment. Étrange ! Ce n'était pas comme si elle était blasée ou que ce genre d'occasion se présentait souvent dans sa vie. Elle comprit que son manque d'entrain avait sans doute à voir avec l'attitude rabat-joie de Brigitte, qui lui faisait plus d'effet que ce qu'elle voulait bien se le dire. Il n'y avait rien à regretter, pensa-t-elle de retour dans sa chambre, en découvrant, glissé sous sa porte, le tableau Excel correspondant à son programme du lendemain. Car, entre le labo à 7 heures, l'infirmerie de 7 heures à 9 h 30, le médecin à 10 heures, la collation du matin à 11 heures, la programmation de ses rendez-vous thérapeutiques à midi, le déjeuner entre 13 heures et 14 heures, la collation de l'après-midi à 15 h 30, un tour éventuel à la piscine et le dîner, elle allait avoir fort à faire.

Reste, après cela, que son fils lui manquait. Elle aurait dû l'appeler plus tôt dans la journée, mais elle avait loupé le coche et, à cette heure-là, il dormait sans doute déjà. D'ailleurs elle allait devoir bien calculer son coup pour lui parler pendant son séjour : l'utilisation du téléphone portable n'était autorisée que dans les chambres. Une détox numérique suggérée avec insistance par la clinique, tout comme l'absence de télévision dans les chambres, qui contribuait sans doute à l'impression soudaine d'être cloîtrée dans un couvent qui avait pointé à la vue de son lit étroit et de l'exiguïté de sa chambre, où elle aurait puisé un certain réconfort à avoir en bruit de fond un épisode de *Top Chef* ou un concours de pâtisserie quelconque.

Était-ce le silence, la solitude ? ou bien le tube de vaseline et les longues canules repérées sous le lavabo de son cabinet de toilette qui ne lui disaient rien qui vaille ? Elle avait envie de pleurer. Pourtant dès qu'elle s'avoua sa tristesse, elle se rendit compte qu'en réalité elle se sentait abandonnée par Brigitte. Un comble, alors qu'elle avait craint de se faire cannibaliser par celle-ci pendant sa cure sachant combien elle pouvait se montrer envahissante.

Envahissante. Le mot était lâché, si puissant qu'il sembla emporter une digue dans son esprit. Et toute la colère contenue qu'elle éprouvait sans le savoir contre Brigitte surgit alors au premier plan de sa conscience à travers une liste des reproches qu'elle avait à lui adresser et qui allaient bien au-delà de ses griefs les plus récents relatifs à la cure. À commencer par le fait qu'elle jugeait franchement pénible l'habitude de Brigitte de la bombarder à tout bout de champ de textos, de DM, ou de messages audio WhatsApp sans tenir compte de ses horaires de travail, de sommeil ou de repas, malgré toutes ses tentatives pour lui faire comprendre que cela la dérangeait. Et puis il fallait bien dire que Brigitte était mauvaise langue, limite vipérine. Heureusement qu'elles n'avaient pas beaucoup d'amis communs, se disait-elle souvent. Car la façon qu'elle avait de s'attaquer aux gens derrière leur dos à coups de remarques à première vue anodines, mais dont le caractère malveillant n'apparaissait qu'une fois toutes mises bout à bout, c'est-à-dire trop tard pour s'insurger ou prendre leur défense, était insupportable. Que faire, en effet, lorsqu'elle disait coup sur coup : « Tu ne trouves pas qu'untel a mauvaise mine ? », « Tu crois qu'il déprime ? », « Il n'a pas de problème de boulot ? », « Il a tendance à la dépression, non ? », « On dirait qu'il s'empâte », « Il aime bien boire un coup de temps en temps », « Ça, il tient à son petit whisky à l'apéritif », « Il ne refuse jamais un cognac après le dîner », « Rien qu'avec le vin qu'il boit à table moi je serais ivre morte », « En fin de soirée, il fatigue, on ne comprend plus très bien ce qu'il dit ». Le tout, en intercalant ses médisances de propos qui n'avaient rien à voir avec le sujet et qui suscitaient l'espoir qu'elle n'y reviendrait plus.

Ensuite ? Brigitte était aussi incroyablement indiscrète. Il n'y avait qu'à voir de quelle façon elle lui réclamait un compte rendu détaillé de sa vie sexuelle sous prétexte de s'intéresser à sa vie amoureuse. Certes, en cela, elle n'était pas la seule. Ainsi, nombre de gens mariés, confondant le statut de célibataire avec le fait d'être sexuellement libéré, lui demandaient tout de go à quand remontait sa dernière liaison, ou si elle avait des aventures sans lendemain, alors qu'ils auraient été horrifiés qu'elle leur retourne la politesse en les interrogeant sur le rythme de leurs rapports sexuels avec leur conjoint. Néanmoins, elle s'était souvent interrogée : pourquoi Brigitte la cuisinait-elle de la sorte ? Cherchait-elle à tromper son ennui, ou à vivre par procuration des émois qu'elle n'avait plus l'occasion de connaître avec son mari ? Quoi qu'il en soit, pour satisfaire sa curiosité, elle s'était à maintes reprises inventé des amants Tinder. D'abord parce qu'il n'était pas question de révéler à Brigitte la durée de ses périodes d'abstinence, ce qui aurait inévitablement suscité une avalanche de conseils et de commentaires aussi malvenus qu'indésirables. Et puis parce que l'élaboration de tous les mensonges destinés à la protéger de la curiosité de Brigitte, comme la description physique ou le CV de ses amants fictifs, lui donnait l'impression délectable de s'affranchir de l'emprise que celle-ci cherchait à lui imposer.

Mais ce qui lui pesait le plus, c'était la pression que Brigitte lui mettait pour la voir sans arrêt. En effet, à chacune de leur rencontre seule à seule, ne lui disait-elle pas invariablement : « C'était merveilleux de te voir entre quatre yeux, mais quand est-ce que tu viens dîner à la maison pour voir Éric, mon mari, qui t'apprécie tellement ? » Pour s'écrier après chacun de ces dîners avec ce dernier : « C'est génial de dîner tous les trois, mais ça ne vaut pas un tête-à-tête, quand est-ce qu'on fait ça ? » Tant et si bien qu'elle se sentait prise à la gorge. Et ce d'autant plus que l'insistance de Brigitte n'aboutissait qu'à souligner qu'il y avait quelque chose qui clochait pour de bon dans leur amitié. Sans compter qu'elle finissait par passer tout son temps libre à voir l'un ou les deux membres de ce couple infernal, qui, tels des vampires, semblaient se nourrir de sa présence.

Cette pression, elle ne l'aurait jamais supportée, elle s'en rendait compte à présent, si Brigitte et son mari ne lui avaient pas rendu service en pistonnant son fils pour qu'il soit admis à l'école dont elle rêvait pour lui. Comment n'y avait-elle pas pensé plus tôt ? Accepter ce service avait instauré entre elles une spirale, où Brigitte était sa bienfaitrice et elle, son obligée. Si bien que Brigitte n'avait nul besoin d'exercer de chantage explicite pour qu'elle se sente tenue d'accepter toutes ses invitations, même si elle n'en avait aucune envie. Et cela arrivait souvent, s'avisa-t-elle pour la première fois, vu qu'elle se bornait jusqu'alors à râler au coup par coup contre toutes les mises en demeure de Brigitte sans songer à en tirer de conclusion, à savoir qu'elle n'éprouvait sans doute pas, pour celle-ci, autant d'affection qu'elle voulait bien se le dire.

Enfin, il y avait quelque chose de malsain dans la manière qu'avait Brigitte de laisser entendre à chacune de leurs rencontres, ou presque, qu'il existait quelque chose de l'ordre d'une attirance mutuelle entre elle et Éric, son septuagénaire de mari. En effet, loin d'être sensible au charme de l'époux de Brigitte, elle s'efforçait plutôt de lui donner des marques de sympathie alors qu'il ne suscitait chez elle que de l'indifférence ou de l'ennui. Bref, cette histoire était une aberration ! À moins que… Il lui apparut soudain que Brigitte n'en était pas dupe. Et qu'elle avait inventé de toutes pièces cette fable, qui ne présentait de son point de vue que des avantages, en misant sur le fait que sa petite camarade serait trop gentille ou trop lâche pour la contredire.

Comment n'y avait-elle pas pensé plus tôt ? Cette fiction donnait en réalité à Brigitte l'occasion de faire du plat à son époux. Ne lui laissait-elle pas entendre qu'il plaisait à une jeune chroniqueuse de télévision, ce qui ne pouvait à ses yeux que revigorer leur mariage ? Et elle lui permettait également de passer de la pommade à sa copine Christine afin de s'assurer de sa fidélité au cas où celle-ci aurait été tentée de lui préférer des amis plus jeunes ou plus lancés, en mettant dans la bouche de son époux une cascade de compliments qu'elle faisait semblant de lui rapporter.

Par exemple, lorsque Brigitte le déclarait ébloui par son physique de madone aux antipodes des planches à pain dont il était entouré dans le prêt-à-porter et qui ne le faisaient soi-disant pas du tout fantasmer. Bref, autant de flatteries manifestes, dont Éric ne pensait sans doute pas un mot, que Brigitte débitait de façon continue, voire névrotique, pour la retenir et se l'attacher. Et cela avait marché ! Car, bien qu'elle ait à juste titre ressenti les belles paroles de Brigitte comme artificielles et appuyées, force était de reconnaître que la seule mécanique de la flatterie avait suffi à provoquer chez elle un semblant de plaisir et une hausse éphémère de sa confiance en elle, ce qu'elle trouvait à présent dérangeant au dernier degré !

Mais pourquoi diable avait-elle attendu d'être enfermée à la clinique Gruber en sa compagnie pour s'apercevoir que Brigitte était une manipulatrice de première ? se dit-elle dès qu'elle mesura sa perversité. Comment allait-elle réussir à la supporter après cela ? Elle n'en avait pas la moindre idée.

*
* *

CHAPITRE 8

La fibre du dévouement

— AGNÈS —

Agnès jeta un coup d'œil au grand lit double dont le drap replié d'un seul côté lui serra le cœur. Bernard lui manquait. La nuit surtout, au souvenir de sa peau rugueuse et de son corps lourd et musclé contre lequel elle se pressait avec la sensation de s'amarrer au flanc d'un sanglier domestiqué auprès duquel rien de mal ne pouvait arriver. Elle en regrettait presque ses ronflements par saccades accompagnés de soubresauts qui l'empêchaient de dormir, c'est dire !

Pourtant la vie avec lui n'était pas facile. Bernard était un homme d'autrefois, convaincu que l'existence de ses proches devait tourner autour de sa personne et que le plus beau rôle d'une épouse consistait à rendre son mari heureux. Pas question néanmoins de tout lui mettre sur le dos. Elle aurait pu s'insurger, exprimer ses propres volontés. Qui sait, peut-être même l'aurait-il écoutée ? Mais elle tenait trop à l'harmonie de leur couple pour cela. Et elle n'aurait pas su par où commencer pour en modifier l'équilibre.

D'ailleurs le rapport traditionnel entre hommes et femmes n'avait-il pas fait ses preuves ? Sans compter que ce n'était pas comme si quiconque avait mis au point une meilleure formule pour que dure un mariage, en tout cas à cette époque. Alors au diable l'audace ! Elle s'était bornée à mettre toute son énergie au service de son mari en vue de son bonheur et de sa réussite professionnelle. Et elle avait sacrément réussi. Bernard se déclarait verni de l'avoir et il était devenu un chef reconnu à la tête de restaurants étoilés dans le monde entier.

Certes, cette fibre du dévouement lui était sans doute naturelle. Sans cela, aurait-elle supporté quarante ans de vie commune ? Peut-être aussi avait-elle jugé plus facile de vivre par procuration la vie de Bernard plutôt que la sienne, secrètement troublée par ses aptitudes paranormales qui l'avaient longtemps fait douter de sa santé mentale. Toujours est-il qu'elle s'était oubliée elle-même, voire passée par pertes et profits. À tel point que son corps, refusant ce naufrage, s'était rappelé à son bon souvenir au fil des années en se lestant de dizaines de kilos, sans doute pour l'inciter à peser plus lourd dans la balance de son couple et de son existence.

Bernard en avait-il conscience ? Elle avait parfois le sentiment qu'il se sentait coupable. Était-ce pour cela qu'il lui répétait sans cesse combien il aimait sa personnalité joyeuse et désintéressée ? De même qu'il ne lui reprochait jamais son apparence, alors qu'elle n'avait pas tardé à ressembler à une pyramide égyptienne, avec sa petite tête en forme de galet prise dans l'étau de ses cheveux tirés et le triangle de son corps qui s'évasait sous la tente formée par ses vêtements. Il faut dire qu'elle avait vite renoncé à s'habiller comme tout un chacun pour se contenter d'un carré de tissu muni d'une fente pour la tête et de deux ouvertures pour les bras. Un manque de coquetterie qui ne la dérangeait pas, du moment que lui plaisaient la couleur et le motif du tissu dont elle se revêtait comme elle aurait recouvert un canapé. Cela ne semblait pas non plus déranger Bernard, qui lui était peut-être reconnaissant d'avoir ainsi une raison de lui être infidèle, ce qu'il faisait d'ailleurs en catimini, avec beaucoup de délicatesse.

Une délicatesse dont ses filles faisaient preuve à leur tour en lui offrant cette cure de jeûne afin de lui signifier qu'elles s'inquiétaient de sa santé. En effet, incapables d'admettre que leur mère s'accommodait de son embonpoint, elles voulaient la voir maigrir. Elles pensaient que c'était ainsi qu'elle devait prendre soin d'elle-même, sans comprendre que pour elle, la nourriture était une fête, mais aussi un contrepoids charnel à son lien avec l'invisible, qui était indispensable à son équilibre. Néanmoins touchée par leur cadeau, elle s'était déclarée folle de joie. Après tout, cela ne pouvait pas lui faire de mal de ne rien manger pendant douze jours. Et puis, elle croyait au destin : peut-être que quelque chose l'attendait à la clinique Gruber ? Une tâche à remplir ou une rencontre, comme celle de Christine, par exemple, qui lui avait tout de même évité de se couvrir de honte devant une bonne partie des curistes.

Une péripétie si frappante qu'il lui était impossible de ne pas en attribuer l'initiative à ses guides, ses mentors dans l'au-delà, dont elle percevait à tout instant la présence, persuadée qu'ils lui avaient été assignés pour l'aider à mener sa vie depuis l'autre côté du voile qui sépare le monde des vivants de celui des esprits. À ses yeux, c'étaient des proches, des ancêtres, des défunts qu'elle avait connus sur terre ou bien avant son incarnation, qui lui vouaient un amour sans réserve et sans jamais la juger. Aussi se montrait-elle attentive aux signes qu'ils lui envoyaient sous forme de pensées, de visions, de rêves, d'émotions ou de concours de circonstances. D'autant que ses guides ne manquaient pas d'humour. Comme ici, à la clinique Gruber, où ils n'auraient pu orchestrer farce plus cocasse s'ils avaient voulu attirer son attention. Quelle humiliation, mais aussi quelle rigolade ! pensa Agnès avant de s'endormir

*
**

CHAPITRE 9

Un frigo d'apparence solide

— BRIGITTE —

Ouf ! se dit Brigitte en trouvant Popcorn engourdi de sommeil au fond du placard dans lequel elle l'avait installé sur l'un de ses chandails. Quel amour, ce chien, de s'être ainsi tenu tranquille ! Il avait d'autant plus de mérite que cette gourde de Christine l'avait retenue au-delà du raisonnable à dîner en se trompant de salle à manger. Tout cela était de bon augure. Avec un peu de chance, le reste serait à l'avenant. En particulier le rendez-vous de rhumatologue qu'elle comptait réserver dès le lendemain à la première heure. N'était-ce pas la raison principale de sa présence à Gruber ? En plus du jeûne qui ne pouvait lui faire que le plus grand bien, puisqu'il était apparemment indiqué pour les maladies de l'appareil locomoteur dégénératives du type arthrose, arthrite inflammatoire, polyarthrite rhumatoïde, fibromyalgie et autres joyeusetés du même genre.

Elle ouvrit la baie vitrée et accompagna Popcorn dehors, où il s'en donna à cœur joie, reniflant la terre à qui mieux mieux, la patte levée à tous les coins du rez-de-jardin pour marquer son territoire. Et le voir batifoler de la sorte la remplit, comme à chaque fois, d'une joie d'enfant, tant la vitalité de son animal, contagieuse et salutaire, lui apprenait le plaisir des choses simples. Mais elle était également inquiète qu'il ne rompe le silence du jardin de la clinique et qu'il ne se fasse repérer par les derniers curistes regagnant leur lit pour la nuit. Alors elle le calma en lui expliquant à voix basse que ce carré de pelouse avait beau être son royaume, il allait devoir s'y montrer aussi silencieux et discret que dans la chambre. Popcorn se calma aussitôt et, couché sur le dos, il se contorsionna avec application en se frottant à l'herbe, comme pour lui montrer qu'il avait compris. Émue par sa loyauté, elle se détendit.

Avec un peu de chance, se dit-elle, l'équipe médicale qu'elle allait découvrir se révélerait aussi rassurante qu'elle se l'était figurée dès que Christine lui avait parlé de son projet. Et elle pourrait s'atteler à la solution de son problème et en avoir le cœur net. Il était temps. Elle n'avait déjà que trop tardé. Heureusement que cela n'avait rien de commun avec une démarche de ce type à Paris, où il aurait fallu trouver le courage de prendre rendez-vous en cascade avec son médecin traitant puis avec un spécialiste recommandé par celui-ci. Là, elle n'avait qu'à saisir l'opportunité de consulter sur place un médecin parmi tous ceux auxquels elle avait accès. Et cette part d'improvisation changeait tout. N'était-il pas plus simple de boire un café avec un bel inconnu croisé dans la rue que de boire le même café avec un homme sélectionné sur un site de rencontre ? En tout cas, c'est ce qu'elle se disait pour se donner du cœur à l'ouvrage, car elle était toujours aussi pétrifiée à l'idée d'avoir à énumérer devant un toubib ses antécédents familiaux et ses symptômes.

Cela avait commencé quelques années plus tôt, un soir où elle dînait avec son mari. Soudain sa main gauche s'était crispée, les doigts raidis et coincés à angle droit. Elle avait cru défaillir. Les propos d'Éric s'étaient dilués dans un brouhaha. Couverte de sueur sous l'effet de la peur, elle avait été prise de nausée. Mais elle n'avait rien voulu en laisser paraître. Et elle avait trituré et massé sa main sous la table pour essayer de l'assouplir. Éric n'y avait vu que du feu. De toute façon, il n'avait pas besoin de savoir. Il réagissait toujours comme il ne fallait pas. Quand leur fille Dorothée avait été harcelée à l'école en raison de son strabisme, n'avait-il pas affirmé haut et fort que ce n'était pas grave, mais que personne ne devait savoir, alors que c'était tout l'inverse ? D'ailleurs, il n'avait rien compris non plus des affres dans lesquelles l'avait plongée sa ménopause, sauf les deux kilos sur le ventre dont elle ne parvenait pas à se débarrasser et dont elle avait pris prétexte pour justifier à ses yeux sa présence à Gruber.

C'est que, pour Éric, les femmes se devaient d'être agréables à regarder. Tant et si bien qu'il passait son temps à commenter leur physique : « Elle est canon, elle a un gros cul, de la moustache, les jambes arquées, des lèvres de canard... » Il leur attribuait des bons et des mauvais points en fonction du désir qu'elles lui inspiraient : « Elle est bonne » ou « totalement imbaisable ». Il croyait ainsi faire preuve d'humour, sans mesurer combien sa façon de s'exprimer, jugée jusqu'ici acceptable, voire amusante, suscitait désormais de gêne ou de consternation chez ses interlocuteurs des deux sexes.

Pourtant, son mari n'était pas un mauvais bougre. Seulement, il était comme un de ces anciens frigos d'apparence solide et même inaltérable, qui dataient d'une période où nul ne songeait à en vérifier le bon fonctionnement, à les adapter aux progrès techniques ou à les changer pour cause d'obsolescence, et dont on avait fini par comprendre qu'ils émettaient un gaz toxique dans l'atmosphère.

Mais ce n'était pas comme si elle valait mieux. Elle-même n'était-elle pas une caricature de femme entretenue à l'ancienne, qui bénéficiait des largesses de son mari tant qu'elle restait dans la course à la beauté ? Et pour être honnête, à ce jeu qui se pratiquait à deux, Éric prenait une part tout à fait équitable, par exemple en acceptant de lui offrir cette cure qui impliquait pourtant d'être laissé en plan à Paris pendant deux semaines alors qu'il détestait être séparé d'elle.

Occupée par ces pensées qui n'incitaient pas à la gaieté, Brigitte craignit de ne pas réussir à s'endormir. Déjà couchée pour la nuit avec Popcorn au bout du lit, elle savait qu'elle ne pouvait pas se permettre de s'agiter, sans quoi il s'adonnerait à une véritable sarabande pour l'inciter à jouer avec lui. Aussi ne se risqua-t-elle qu'à un coup d'œil, qu'il repéra néanmoins à la faveur de la lune. Et il s'approcha d'elle aussitôt à pas de loup, avant de lui lécher le visage de sa langue râpeuse. De quoi rire et pleurer à la fois.

– Mon chéri, heureusement que tu es là ! lui dit-elle en le prenant dans ses bras.

*
* *

JOUR 2

CHAPITRE 10

Infirmerie

— CHRISTINE —

– Vos veines sont-elles toujours aussi difficiles à trouver ? lui demanda d'un air navré l'infirmière du laboratoire chargée des prélèvements sanguins en lui tapotant le creux d'un coude, puis l'autre.

Il était 7 heures à peine. Et Christine avait déjà été aux prises avec un gobelet en plastique, un flacon pourvu d'un bouchon à vis et des bandelettes réactives aux cétones pour être en mesure de donner à cette femme un échantillon d'urine et la couleur du papier correspondant à son taux de sucre dans le sang. Le tout l'œil sur la vidéo correspondant au premier jour de la cure, pompeusement qualifié de « tremplin diététique » pour se mettre au diapason.

La nourriture occupait une telle place dans sa vie qu'elle n'en menait pas large à l'idée de s'en priver et elle ne savait pas du tout comment elle allait réagir. « Vous vous apprêtez à retrouver votre aptitude naturelle à jeûner en surmontant un puissant instinct, celui de manger. Votre organisme va se tourner vers ses réserves de graisse et se débarrasser de ses cellules défectueuses qui sont les plus exigeantes en énergie. Et cette remise à zéro de votre corps aura un effet thérapeutique puissant, en mesure de faire disparaître de nombreuses douleurs, de régénérer votre esprit et de vous rendre plus réceptif à l'expérience spirituelle. Aussi préparez-vous à faire un voyage intérieur… » Une perspective qu'elle n'était pas sûre de trouver tentante et qu'elle retournait encore dans sa tête en quittant le laboratoire.

Il y avait déjà foule devant le bureau de l'infirmière qu'elle était censée aller voir tous les jours, constata-t-elle en prenant place parmi les curistes sur l'un des fauteuils en bois cérusé de style Louis XV disposés côte à côte qui formaient une sorte d'antichambre. La vieille Allemande couperosée près de laquelle elle s'était assise se fit un plaisir de lui expliquer qu'il s'agissait de l'heure de pointe, d'ordinaire réservée à ceux qui voulaient attraper le bus de 8 heures, ou celui de 8 h 30 à destination du bord de mer pour la promenade du matin, si bien que toutes les infirmeries étaient prises d'assaut dès 7 h 30.

– Toutes les infirmeries ? Mais il y en a combien ?

– À ma connaissance quatre. Deux dans ce bâtiment et au moins deux autres dans la partie la plus moderne de la clinique, lui répondit-elle.

Autrement dit, aucun risque de croiser Brigitte le matin dans la file d'attente devant le bureau de l'infirmière, ne put s'empêcher de se réjouir Christine, avant de constater qu'elle était la seule, bête et disciplinée, à avoir laissé son téléphone dans sa chambre, vu qu'en dépit du règlement presque tous les curistes de la salle d'attente consultaient leur portable. C'était le cas du macho méditerranéen à sa gauche, qui attira son attention car le trousseau de médailles qu'il portait en pendentif autour du cou se déployait comme un jeu de cartes sur le promontoire de son ventre chaque fois qu'il se penchait sur son écran. Un rebelle sans doute, se dit-elle avec amusement, car, à en juger par son odeur entêtante, il n'avait pas dû y aller de main morte avec sa lotion après-rasage, malgré le code de bonne conduite de la clinique sans ambiguïté sur ce point, qui stipulait que, le jeûne développant l'odorat, il était tout à fait déconseillé de se parfumer. Il y avait aussi toute une famille d'Indiens, dont le patriarche répondait à son courrier de ses deux pouces, tandis que son épouse et leur fille semblaient consulter le même compte Instagram. Seul de son espèce à lever le nez de son téléphone, le fils d'une vingtaine d'années à la beauté masquée par l'embonpoint jetait des coups d'œil à la dérobée à sa voisine, une ravissante jeune fille, sans doute mannequin, dont on pouvait raisonnablement se demander ce qu'elle faisait là.

Elle pensa à son fils en vacances chez sa grand-mère et s'avisa que le meilleur moment pour le joindre était sans doute tôt le matin, avant l'ouverture du club hippique dirigé par son ex-belle-mère. Car après cela il serait trop occupé à brosser les crinières, à remplir d'eau les abreuvoirs, à nettoyer les râteliers à foin, à ramasser le crottin et autres joyeusetés que son ancienne belle-famille considérait comme le sel de la vie, tout comme son fils Benjamin d'ailleurs, qui adorait les chevaux. Je l'appelle après ça, se promit-elle. Et comme l'attente s'avéra de courte durée, elle se retrouva assez vite face à une infirmière d'une soixantaine d'années énergique et chaleureuse. Résultat ?

Poids : 63,8 kilos.
Tension artérielle : 115/69.
Pouls : 74.

La dame consigna ses données sur un carnet qui était à lui rapporter chaque matin, donna l'ordre au service d'étage de lui servir son petit déjeuner dans sa chambre et la libéra quelques minutes plus tard. Voilà, contre toute attente, qui avait été simple, facile et indolore, se dit Christine, qui s'était sentie si bien avec cette femme en blouse blanche qu'elle n'avait ressenti aucune gêne en enlevant son peignoir ou en montant sur la balance, ce qui ne lui ressemblait pas. Et c'était une révolution. Cette infirmière n'avait au vrai rien d'extraordinaire, si ce n'est sa gentillesse qui contrastait avec la neutralité ordinaire du personnel médical. Or si du seul fait de la bienveillance de son regard celle-ci avait réussi à la délester de la honte qu'elle ressentait d'habitude à l'égard de son corps, c'était que cette honte n'était pas inhérente à ses imperfections, comme elle se l'était imaginé, mais qu'elle découlait de la sévérité de son propre regard sur sa silhouette. Bref, loin de former un tout indissociable, ses kilos étaient une chose, sa souffrance en était une autre. Auquel cas, qu'elle parvienne ou non à se débarrasser de ses kilos, elle avait sans doute intérêt à tenter de changer sa façon d'examiner son corps, se dit-elle, songeuse, en chemin vers sa chambre. L'y attendait une tisane au fenouil et à la menthe ainsi qu'un petit pot de miel qu'elle dégusta à la petite cuillère jusqu'à la dernière goutte par angoisse de manquer car elle n'aimait pas vraiment ça. Puis elle attrapa son téléphone :

– Coucou mon grand, comment vas-tu ? roucoula-t-elle dans les aigus, quand elle entendit la voix de Benjamin.

– Bien Maman, répondit-il d'une voix monocorde qui signalait son peu d'envie de lui parler.

Christine paniqua. Comment établir la connexion avec son fils sans le regard, les caresses et la routine du quotidien, le goûter, les devoirs, le bain, qui donnaient de la consistance à leur relation, tels les féculents, les œufs ou la crème nécessaires à la liaison d'une préparation ?

– Tu t'amuses bien ?

– Oui, se contenta-t-il de répliquer.

En un instant, différentes explications du mutisme de Benjamin traversèrent l'esprit de Christine. Son fils n'avait-il aucune envie de lui raconter ses activités parce que c'était aussi embêtant pour lui que de rédiger une rédaction du style « racontez vos vacances » ? Ou était-il triste, voire mécontent, qu'elle soit partie en congé de son côté ? Ou bien est-ce qu'il ne voulait pas trahir ce qui se passait chez sa grand-mère ? Car il s'agissait, depuis le divorce, de l'autre côté, celui de chez son père. Auquel cas il s'obligeait à cette discrétion, autant par loyauté envers son papa que par désir de la protéger de la tristesse comme du bonheur qu'il ressentait lorsqu'il était loin d'elle ? Autant dire qu'aucune de ces hypothèses ne l'aida à faire des étincelles pour éclairer leur conversation :

– Tu es réveillé depuis longtemps ? tenta-t-elle piteusement.

– Non.

Le cœur serré, Christine pesta de ne pas s'être mieux préparée à ce coup de téléphone inaugurant les premières vacances de Benjamin du côté paternel. Car, sous le coup du désarroi, elle avait la tête vide et n'avait pas la moindre idée de la façon dont elle allait relancer la conversation. C'est alors que se produisit un petit miracle :

– Tu sais à quelle hauteur j'ai sauté avec mon cheval ? fit Benjamin.

– Non, combien ? fit-elle en recyclant en curiosité dévorante le soulagement intense qu'elle ressentait.

– Un mètre, répondit-il fièrement.

– Un mètre ! s'exclama-t-elle en retrouvant le registre des aigus.

Et c'était parti ! Benjamin raconta les épisodes d'une émission sur un vétérinaire en Afrique que sa grand-mère l'autorisait à regarder sur YouTube, alors qu'il n'avait pas le droit de surfer sur Internet, le menu du petit déjeuner où trônait la pâte à tartiner industrielle qu'elle avait bannie de la table, ainsi que les ruades du poulain que sa grand-mère venait d'acheter à un club hippique voisin… Et elle retrouva la veine du plaisir qu'elle éprouvait en sa compagnie lorsqu'elle passait sa main sur l'épi qu'il avait dans les cheveux.

Ouf ! se dit-elle en raccrochant, éperdue de reconnaissance envers son fils qui avait su renouer les fils de leur dialogue interrompu et lui avait ainsi donné l'occasion de lui exprimer son amour et sa tendresse infinie.

Puis son portable vibra dans la poche de son peignoir. C'était un texto de Brigitte :

– Bien dormi ? Figure-toi qu'il est possible de rester dans sa chambre pour prendre ses « repas » ! Je vais pouvoir rester tout du long avec Popcorn dans ma chambre. Je suis grisée ! Et je suis prête à t'accueillir quand tu veux, si ça te dit !

Christine sentit la moutarde lui monter au nez. Pourtant avec tout le mal qu'elle pensait de Brigitte et dont elle avait pris conscience, elle aurait dû être soulagée. Au lieu de quoi, elle se sentait délaissée, voire abandonnée. Pourquoi diable son amie, façon de dire, avait-elle tenu à l'accompagner à Gruber si c'était pour faire bande à part ? Cette dernière ne se rendait pas compte que chacun de ses revirements l'obligeait à reconfigurer dans sa tête la façon dont elle allait vivre la cure ! N'avait-elle pas envisagé d'abord de la suivre en solo, telle une pionnière ? Puis elle s'était résolue à contrecœur à partager l'expérience. Et elle se retrouvait maintenant soumise au bon vouloir de Brigitte qui jugeait parfaitement naturel de la congédier et de la convoquer tour à tour. Celle-ci aurait-elle voulu lui pourrir la vie qu'elle ne se serait pas comportée autrement. Car elle la privait ainsi tout à la fois du plaisir de faire cette cure à deux et de l'intérêt qu'elle aurait dû trouver à la suivre toute seule. Alors plutôt crever que de céder à ses caprices de femme gâtée en allant boire ses bouillons dans sa suite ! Remontée comme une pendule, elle se plongea dans le livret de la clinique pour se calmer avant sa visite médicale et son rendez-vous de programmation où elle était censée réserver les soins thérapeutiques en supplément. Comme si elle pouvait se permettre des traitements à 100 euros ! Voilà un entretien qu'elle allait expédier vite fait, bien fait ! Après tout, Gruber proposait bien assez d'activités gratuites pour l'occuper.

*
**

CHAPITRE 11

Les recalés de l'au-delà

— AGNÈS —

6 h 30. Il y avait déjà trois personnes devant l'infirmerie, constata Agnès en y arrivant. Brigitte Dutilleul, la grande gigue qui lui avait été présentée la veille par Christine Barrault. Une femme voilée qu'elle n'avait encore jamais vue. Et debout, un peu à l'écart, un homme renfrogné qu'elle avait déjà aperçu çà et là dans les couloirs, dont l'attitude, de prime abord énigmatique, s'expliquait clairement à présent par sa fonction de garde du corps de l'inconnue sans visage. Vu l'heure matinale qui ne favorisait guère la conversation, Agnès se contenta de faire un signe de tête à Brigitte, qui se comporta en retour comme si elle ne voulait pas être importunée en lui adressant l'esquisse d'un sourire irrité avant de lui tourner le dos. Déconcertée par sa froideur, Agnès était décidée à en rester là. C'était compter sans la défunte qui apparut à la gauche de Brigitte.

Tu vois des fantômes partout, auraient plaisanté ses filles Anna et Léa. Et elles n'avaient pas tort, puisque ceux-ci lui apparaissaient où qu'elle aille, dans la rue, au supermarché ou au restaurant. Et, bien qu'elle n'en fasse pas mystère, elle ne s'étendait pas d'habitude sur le sujet. Mieux encore, elle n'en laissait rien paraître lorsque cela se produisait. Une réserve à laquelle elle s'obligeait, non pas, comme autrefois, de peur de passer pour une folle, mais simplement pour n'effrayer personne, et ses filles en premier. Ce qui par chance exigeait beaucoup moins d'effort que par le passé, considérant qu'elle s'était habituée à la présence des défunts dans sa vie et que le contact télépathique qu'elle établissait avec eux lui permettait de rester impassible.

La défunte à côté de Brigitte n'avait rien de surnaturel dans son apparence, comme d'ailleurs la plupart des revenants qu'elle voyait. Car les esprits désincarnés n'affichaient pas systématiquement des silhouettes floues, brumeuses, flottant au-dessus du sol pour signaler leur qualité de fantôme. Au point que, pour les distinguer de passants ordinaires ou de voisins de palier venus chercher du sel, elle se fiait davantage à sa certitude, en l'occurrence absolue et instantanée, d'avoir affaire à des défunts, plutôt qu'à une observation détaillée de leurs vêtements ou de leur attitude qui ne les trahissaient pas toujours.

Dans ce cas, la défunte en question était grande, brune, le nez busqué. Et elle avait un regard perdu de noyée qui s'échappait, telle la lumière d'un phare, de sa silhouette élancée. Agnès ressentit aussitôt une impression de tristesse et d'anxiété qui plaidait pour le fait qu'elle fasse partie de ces malheureux défunts, en quelque sorte recalés de l'au-delà, qui demeuraient dans le bas astral, une dimension proche de la nôtre, où l'atmosphère était lourde et les vibrations, basses. Restait à comprendre pourquoi.

Pour certains d'entre eux, c'était à cause de leurs comportements ou de leurs sentiments de leur vivant, si négatifs ou nuisibles que leur âme avait des vibrations trop basses pour s'élever dans l'au-delà. Pour d'autres, c'était que leur conscience était retenue, aimantée ici-bas par des conflits douloureux non résolus ou par un attachement viscéral à leur vie sur terre. Résultat, ces esprits désincarnés, incapables de s'élever comme la plupart des défunts, végétaient près des vivants. Et il n'y avait, d'ordinaire, rien de bon à attendre d'un tel voisinage.

Ainsi, les fantômes, ces esprits sédentaires, cantonnés à un lieu auquel ils étaient attachés de leur vivant et souvent convaincus d'être encore en vie, pouvaient se révéler néfastes en se manifestant par des bruits et des déplacements d'objets pour protester contre les nouveaux venus sur leur territoire qu'ils considéraient comme des intrus ou des fantômes.

Mais les esprits errants qui vagabondaient en nomades parmi les vivants ne valaient guère mieux. Car ceux qui étaient malintentionnés parasitaient délibérément certains vivants pour se nourrir de leur énergie, tandis que ceux qui étaient obnubilés par leurs problèmes troublaient sans le vouloir la quiétude de leurs proches ici-bas en rôdant autour d'eux dans l'espoir de les régler.

Restait à savoir à qui elle avait affaire avec la défunte proche de Brigitte, se dit Agnès. À peine eut-elle formulé cette question qu'elle fut frappée de la certitude qu'il s'agissait de la mère de Brigitte qui voulait adresser un message à sa fille et qui avait besoin de son aide pour le lui transmettre. Pour Agnès, c'était toujours le moment le plus délicat. Comment aborder quelqu'un de but en blanc pour lui dire qu'un défunt avait à lui parler ? Et surtout quelqu'un comme Brigitte, qui semblait n'avoir aucune envie de discuter avec elle et qui, au demeurant, était désormais engagée dans une conversation en anglais avec la femme voilée en apparence d'origine saoudienne, qui lui confiait prendre tous ses repas dans sa chambre pour des raisons de sécurité.

Aussi Agnès chercha-t-elle en vain à retenir l'attention de Brigitte pour l'aborder. D'autant plus que celle-ci passa directement de sa causerie avec la jeune femme arabe au bureau de l'infirmière et qu'elle en ressortit peu de temps après sans la voir, contrairement à sa mère défunte qui lui jeta un regard implorant.

*
**

CHAPITRE 12

Cadeau d'anniversaire

— MARTHE —

– C'est qu'on n'a plus 15 ans ! lui dit l'esthéticienne qui lui massait les paupières au moyen d'un concentré d'algues marines censé stimuler la microcirculation cutanée, drainer les toxines et redonner tout son éclat à son regard.

Décidément c'était un de ses traitements préférés, se dit Marthe, bercée par le bavardage de la spécialiste, dont le son lui parvenait désormais sous forme de mélodie dépourvue du moindre sens. D'abord, elle adorait se rendre dans la partie non médicalisée de la clinique, baptisée pavillon du Bien-Être, un endroit enchanteur aux allures de palais arabe, tout en arches, en patios et en *azulejos*, qui abritait une loggia pourvue d'une balancelle et d'une fontaine donnant sur un jardin plein de poésie où il faisait bon lire et rêver. Et puis ce massage des yeux la plongeait à chaque fois dans un demi-sommeil délectable.

Depuis combien d'années n'avait-elle plus pensé à sa jeunesse ? et en particulier à ses 15 ans ? C'était le jour de son anniversaire. Sa mère lui avait tendu une bourse en soie rouge fermée par une lanière de cuir. Rien d'étonnant dans le choix de la soie rouge. Il y en avait partout dans la maison. Sur les canapés capitonnés, les fronces et les bouillonnés des stores vénitiens, les dessus-de-lit et les paravents dissimulant les cabinets de toilette dans chaque chambre. Non, l'étonnant, c'était de recevoir un cadeau, sans doute pour la première fois. Alors que dire de ce curieux œuf en pierre vert pâle percé à l'horizontale sur sa partie étroite pour laisser passer un fil en coton ? Difficile de dire à quoi il pouvait bien servir. À repriser les chaussettes ?

– Qu'est-ce que c'est ?

– Un œuf de jade.

Et sa mère de lui expliquer alors que la maîtrise de cet œuf était une des compétences indispensables aux concubines des harems impériaux de la Chine ancienne. Il lui fallut un moment et pas mal d'éclaircissements avant de comprendre qu'elle devait l'introduire dans son vagin et s'en servir chaque jour pour le muscler. Son objectif ? Devenir aussi forte que ces concubines d'antan qui devaient être capables de tirer un trône relié par un fil d'or à l'œuf inséré dans leur sexe, avant de partager la couche de l'empereur, afin de démontrer à la cour qu'elles possédaient la vigueur nécessaire pour lui procurer du plaisir et empêcher toute émission de sperme entraînant un risque de grossesse.

Que dirait-on aujourd'hui de son apprentissage qui débuta en cette occasion ? On sortirait les grands mots, comme on sort l'argenterie les jours de fête. On crierait à la maltraitance, à la perversion. Alors que sa mère était seulement dure et pragmatique : elle voulait se refaire après les dix années de vaches maigres résultant de la fermeture de sa maison. Maudite Marthe Richard* ! Et dire que c'était le prénom qu'elle avait donné à sa fille ! Si elle avait su : ses économies avaient fondu malgré toute sa parcimonie et les hôtes payants qui sous-louaient encore parfois ses chambres aux

* Marthe Richer, dite Marthe Richard, née le 15 avril 1889 à Blâmont en Meurthe-et-Moselle et morte le 9 février 1982 à Paris, était une prostituée, aviatrice, espionne et femme politique française. La loi de fermeture des maisons closes en France en 1946 porte communément son nom (Wikipédia).

tentures élimées, aux radiateurs éteints et aux robinets rouillés qui s'obstinaient à conserver l'empreinte de leur vocation au plaisir. Pour sa mère, il était grand temps de reprendre du service, non plus comme taulière, mais comme éducatrice, pour transmettre les secrets de sa profession à la seule des filles qui lui restait, sa fille biologique.

Ainsi, tandis que ses camarades de classe apprenaient le piano ou le ballet tour à tour avec des gammes ou des échauffements, elle entamait en secret son sulfureux apprentissage en exerçant son périnée. Aussi, lorsque ses amies furent en mesure de se distinguer dans des récitals de musique ou des représentations de danse, elle avait pour sa part acquis une connaissance et un contrôle de son corps qui lui permettaient d'atteindre et de contrôler son plaisir. Elle en tira un sentiment inédit d'assurance, dont les garçons de son âge et les quelques hommes qu'elle côtoyait devaient inconsciemment flairer l'origine érotique. N'avait-elle pas assez vite constaté qu'elle leur faisait beaucoup d'effet ?

Ce succès, qu'elle tentait tant bien que mal de cacher à ses congénères, elle en était assez fière. Au point d'en être reconnaissante à sa mère, dont elle aurait presque pu excuser la sécheresse de cœur si celle-ci en était restée là. Mais c'était mal connaître cette maîtresse femme, qui l'avait convoquée à nouveau le jour de ses 17 ans pour lui remettre un autre œuf, celui-là minuscule et en quartz rose, qu'elle devait garder en elle toute la journée pour continuer à se muscler par le simple fait de l'y maintenir, ce qui lui fit alors comprendre que sa formation venait seulement de commencer.

– Vous pouvez ouvrir les yeux, le soin est fini, lui dit l'esthéticienne qui lui tendait un miroir de poche.

Marthe se regarda. Ses poches sous les yeux avaient bien diminué, réduisant aussitôt les marques de fatigue autour de son regard.

– Oh ! merci, vous avez encore fait des miracles ! lui dit Marthe, enchantée, avant de rajuster tant bien que mal sa coiffure aplatie et graissée par le soin.

Heureusement qu'elle avait pris rendez-vous chez le coiffeur juste après ! Car elle ne se sentait bien que lorsqu'elle était impeccable d'apparence. Non seulement lavée, coiffée, maquillée et manucurée, mais aussi gommée, hydratée, poncée et épilée comme sa mère le lui avait enseigné. Pour quoi, pour qui ? C'était absurde, elle en avait bien conscience, surtout à son âge, alors qu'elle n'avait plus à se soucier d'impressionner qui que ce soit et qu'elle entendait profiter de chaque instant de ce séjour dont elle rêvait toute l'année. Mais impossible d'agir autrement, car pour le meilleur et pour le pire, elle n'avait jamais réussi à se défaire des leçons de sa mère.

⁂

CHAPITRE 13

Profession médium

Au terme de ses rendez-vous de la matinée qui donnaient le signal du début de sa cure, Christine éprouva un satisfaisant sentiment du devoir accompli, aussitôt suivi d'une grande sensation de vide. Son séjour se profilait devant elle sans horaires ni obligations, à part une séance de « coaching nutritionnel » à 115 euros qu'elle avait programmée à la toute fin de son séjour, la conseillère lui ayant assuré qu'il lui aurait été trop pénible de parler de nourriture avant cela, tandis qu'elle était en plein jeûne. Bref, elle n'était pas sûre de savoir quoi faire de toute cette liberté.

Elle commença par un tour du jardin – cela ne mangeait pas de pain – où elle constata qu'elle avait encore du chemin à faire pour lâcher prise et décrocher de son boulot. Car de loin il lui sembla voir un technicien muni d'une perche de micro devant un type se dirigeant vers la piscine. Qui est-ce qui se faisait interviewer en pleine clinique ? se demanda-t-elle avant de comprendre qu'il s'agissait d'un jardinier avec une binette sur l'épaule précédant son coéquipier pourvu d'une brouette.

Puis elle découvrit la bibliothèque aux livres dans toutes les langues ainsi que des journaux à consulter sur place, mais également un coin salon équipé d'un bar où trônait un samovar de thé à la pomme et à la cannelle, qui semblait agir comme un aimant sur des curistes en mal de sucrerie. C'était le cas d'un groupe de quinquagénaires espagnols baraqués comme des joueurs de rugby qui interrompirent leur partie de belote pour la convaincre d'y goûter.

– Vous m'en direz des nouvelles !

Elle fit de son mieux pour se servir d'un air détendu, malgré le silence qui s'était installé depuis qu'elle leur tournait le dos et qui la conduisit, à tort ou à raison, à imaginer leur regard braqué sur ses fesses moulées dans son legging : était-il goguenard ou concupiscent ? Puis, sachant que ne dureraient pas beaucoup plus longtemps ses efforts pour paraître à l'aise, elle annonça haut et fort que le breuvage était délicieux. Et elle s'apprêta à quitter la salle furieuse contre elle-même : d'où lui venait ce conditionnement aberrant qui la conduisait à se vivre comme une proie des hommes, tout en ayant l'ambition d'en être une la plus désirable possible ? C'est alors qu'elle aperçut Agnès, qui lui adressait un signe depuis la terrasse devant la bibliothèque.

– Comment se passe votre première journée ? lui demanda Agnès.

– Très bien, sauf que Brigitte a décidé de passer le plus clair de son temps dans sa chambre, à commencer par ses repas.

Allons bon, se dit Agnès, dépitée de voir se compliquer ainsi son plan d'approche de Brigitte, avant d'ajouter :

– C'est dommage ! Cela dit, j'imagine que chacun réagit à sa manière. Vous devez être déçue. Et d'ailleurs moi aussi, car j'aurais été ravie de vous inviter toutes les deux à ma table dans la salle à manger des jeûneurs. Vous lui en ferez part si vous la voyez ? Pour le moment, si vous avez le temps, que diriez-vous d'un thé à la pomme ? Il est délicieux.

Pourquoi diable Agnès tenait-elle à revoir Brigitte alors que celle-ci s'était montrée odieuse avec elle ? Était-ce un manque de perspicacité, de la politesse, ou bien de la hauteur de vue ? se demanda Christine, plus ou moins contrariée.

Mais la bienveillance et la douceur qui émanaient d'Agnès eurent tôt fait de la rasséréner.

– Puis-je vous demander ce que vous faites dans la vie ?

Agnès hésita avant de lui répondre. La meilleure façon de mettre le grappin sur Brigitte n'était-elle pas de piquer la curiosité de Christine afin que celle-ci en fasse un récit alléchant à son amie ?

– Figurez-vous que c'est une question que personne ne me pose jamais. Sans doute parce que dès que l'on établit mon lien avec Bernard, on suppose que je l'aidais surtout dans sa carrière ou dans ses restaurants, ce qui était le cas d'ailleurs. Mais la vérité, c'est que j'ai un métier, que j'ai commencé clandestinement il y a plus de vingt ans et que je poursuis au grand jour depuis la mort de Bernard.

Et devant l'air interloqué de Christine, Agnès poursuivit.

– En fait, je suis médium. Je l'ai compris à l'âge de 12 ans, le jour où ma mère m'a annoncé qu'elle n'avait pas le temps de m'emmener chez mon grand-père comme tous les jeudis après-midi. J'étais déçue, j'ai tempêté, j'ai pleuré. Je me réjouissais tant à cette perspective. « On ira dimanche », m'a-t-elle rassurée. Alors je me suis écriée : « Mais dimanche, il sera mort ! » Ma mère s'est figée, puis s'est exclamée : « Ne dis pas n'importe quoi ! » Le lendemain, elle l'a appelé sous prétexte de confirmer notre visite prochaine. « Ton grand-père se réjouit de nous voir, il va bien », m'a-t-elle informée l'air de rien. Mais le samedi matin, le téléphone a sonné. C'était le commissariat : mon grand-père était mort d'une crise cardiaque au beau milieu du marché où il faisait ses courses.

Christine, de surprise, en avait ouvert la bouche, Agnès continua :

– Après cela, ce don m'est apparu comme une bizarrerie, voire un handicap. D'autant qu'il prenait de plus en plus de place dans ma vie. Car je m'étais mise à éprouver les émotions des gens, même dans la rue, lorsque je ne faisais que les croiser.

Et en les regardant, je savais d'eux des choses, le prénom de leurs parents, leur nombre de frères et sœurs, la couleur de leur chambre. C'était épuisant, et le plus souvent pénible et douloureux. Après quoi, mon grand-père m'est apparu dans mes rêves. Puis je me suis mise à voir des défunts. Là, je me suis dit que je déraillais car je ne maîtrisais pas mes aptitudes, c'étaient elles qui me maîtrisaient, et j'ai pris peur.

» Alors quand j'ai rencontré Bernard, je ne lui en ai rien dit, d'autant que, ayant sondé son opinion sur le paranormal, il m'avait rétorqué que c'étaient des foutaises. Aussi, après avoir tout fait pour rejeter ce don, je me suis contentée de le cacher. Et lorsque je ne parvenais pas à refréner mes émotions, je faisais passer mes prémonitions pour de la prudence et mes prédictions pour de l'intuition. Mais plus ça allait, plus je trouvais pesant de savoir à l'avance ce qui devait arriver, car il s'agissait alors des chagrins d'amour de mes filles, de leurs échecs à leurs examens, des problèmes de santé de Bernard, ou de ses infidélités, ce qui était parfois difficile…

Agnès marqua une pause, pour s'assurer de l'intérêt de Christine, puis elle reprit :

– Mais tout a changé au bout de vingt ans de mariage. Mes filles adolescentes me tenaient gentiment à distance et Bernard voyageait en permanence pour développer ses affaires. Il m'avait chargé de l'accueil de son restaurant gastronomique, ce qui me laissait pas mal de temps pour moi. Aussi, après avoir dressé un inventaire de mes aptitudes, j'ai commencé à me réconcilier avec cette partie-là de moi-même, notamment en abordant des inconnus dans les magasins ou les transports en commun pour leur livrer des messages de leurs défunts.

» Et puis un soir un chanteur célèbre est venu au restaurant. Je l'ai accueilli et escorté à sa table tandis qu'il me racontait qu'il partait en tournée le soir même après le repas. Et là, je me suis entendue dire : « Non, restez chez vous. Et ne rejoignez votre équipe sur place que demain. Car si vous partez cette nuit, vous serez victime d'un terrible accident, alors que si vous n'y allez pas, le bus de la tournée aura peut-être un problème sur la route, mais il sera sans gravité. » Du coup, le chanteur m'a écoutée. Le bus de sa tournée a bel et bien crevé en chemin avant de chavirer dans un fossé. Mais toute l'équipe s'en est tirée saine et sauve. Et, bouleversé, il m'a appelée au restaurant le lendemain pour me remercier. Comme c'était la première fois que j'usais de mon don avec quelqu'un capable de m'identifier et de me retrouver, j'ai un peu paniqué. Je lui ai demandé de ne pas ébruiter l'affaire vu que Bernard n'était pas au courant de mes capacités. Et il a tenu parole. Enfin presque, puisque, après cela, beaucoup de gens m'ont contactée de sa part. Mais il leur avait à l'évidence donné la consigne de se montrer discrets et transmis le mode d'emploi pour me joindre. Ils appelèrent alors le restaurant et demandèrent à me parler, sous prétexte de réserver une table, pour obtenir une consultation. Et cela a duré jusqu'à l'apparition des téléphones portables. Après quoi je me suis mise à donner des consultations quotidiennes à mes clients sous mon nom de jeune fille à l'insu de Bernard qui n'en n'a jamais rien su.

– Quelle histoire ! s'écria Christine. Au fond, vous avez vécu une double vie !

Puis après un instant de silence :

– Vous allez peut-être trouver cela déplacé, mais est-ce que je pourrais vous demander une consultation ? C'est que j'ai perdu mes parents il n'y a pas très longtemps et je…

– Oui, bien sûr ! Et votre amie Brigitte, aussi, si ça la tente. Mais, en revanche pas maintenant, car ma salle à manger est sur le point de fermer et je n'ai aucune envie de louper le déjeuner, si frugal soit-il…

*
**

CHAPITRE 14

Querelle

Quelle histoire ! se répéta Christine, dépitée qu'Agnès ait coupé court à leur conversation en la laissant frustrée dans l'attente de la suite. Cette histoire explosive, elle mourait d'envie de la raconter à quelqu'un. En l'occurrence, à Brigitte, la seule personne sur place à laquelle elle pouvait se confier, et qu'il lui était d'autant plus difficile d'oublier qu'Agnès s'était entêtée à y faire allusion tout au long de la conversation. Bien sûr, cela impliquait qu'elle reprenne contact avec Brigitte et donc qu'elle cesse de se cramponner à sa contrariété. Mais cela valait le coup. Surtout que rien ne l'empêchait de renouer avec son irritation quand bon lui semblerait. En attendant, heureusement qu'elle ne lui en avait pas encore fait part sous le coup de la colère ou d'un élan de franchise ! se dit-elle en se dirigeant vers la chambre de Brigitte, non sans lui avoir au préalable envoyé un texto pour la prévenir de son arrivée et fait un crochet par la réception pour demander que son déjeuner lui soit servi là-bas.

– Mais quelle ineptie ! Tu ne vas tout de même pas me dire que tu es tombée dans le panneau des sornettes paranormales de cette grosse dondon !

Christine tomba de haut : cette douche était glacée ! Elle avait prévu de trouver Brigitte incrédule, mais pas à ce point réfractaire à un sujet qui, de son côté, la fascinait.

– Que tu sois sceptique, c'est une chose, et peut-être une bonne chose, mais tu pourrais faire preuve d'un minimum de curiosité et d'ouverture d'esprit ! Ce n'est pas parce qu'il s'agit d'un monde invisible qu'il n'existe pas. Il y a beaucoup de choses invisibles qui sont bien réelles, comme l'amour, par exemple, ou les télécommunications…

– Oh ! Épargne-moi tes élucubrations sur l'invisible ! s'exclama Brigitte.

Comme si le monde visible ne lui donnait pas assez de fil à retordre comme ça pour le contrôler afin de maîtriser ses angoisses tout en donnant le change pour apparaître cool et détendue !

– Tu m'étonnes qu'elle t'ait proposé ses services et fait des appels du pied pour que tu me transmettes le message ! Mais elle t'a baratinée, ma pauvre fille ! Elle t'a dit combien ça allait te coûter ? Car en fait de médium, ce n'est qu'une obèse en boubou qui cherche à se faire du blé !

Le déjeuner frugal fut si rapide que Christine réussit à s'échapper de la chambre de Brigitte sans sortir de ses gonds, un véritable tour de force, vu la frustration dans laquelle l'avait plongée l'indifférence totale de Brigitte pour le scoop à tout le moins divertissant qu'elle lui avait apporté sur un plateau d'argent, et dont elles auraient dû faire leurs choux gras si elles avaient éprouvé la moindre parcelle de complicité.

Elle n'en était pas moins stupéfaite de la violence dont avait fait preuve Brigitte. Certes, l'au-delà était un sujet à controverse qui en hérissait plus d'un. Mais de là à céder à une telle rage ! Et que dire de son mépris forcené pour Agnès ? Bien sûr, puriste de mode comme elle l'était, elle ne supportait pas son style de vêtement, qui était souvent celui des femmes mûres cherchant à faire oublier leur âge ou leurs kilos, les robes informes asymétriques, les sarouels improbables, les kimonos japonais et autres tenues ethniques. Mais ses attaques d'Agnès étaient vraiment en dessous de la ceinture. Comment

Brigitte, qui subissait les remarques de son mari sur son physique, pouvait-elle succomber allègrement à ce travers ?

En effet, combien de fois celle-ci lui avait-elle confié qu'Éric l'avait priée d'aller se changer parce que son décolleté était incompatible avec des seins tombants ou que sa jupe était trop courte pour cacher ses varices ? Quant à ses compliments, ils étaient presque pires que ses critiques. Ne l'avait-elle pas constaté elle-même le jour où Éric lui avait dit qu'elle avait le visage d'une poupée kabuki ? Que voulait-il dire par là ? Qu'elle était maquillée comme une voiture volée ? ou que seul son visage méritait des éloges, au contraire de son corps qu'il passait sous silence par politesse, pour s'abstenir de commentaires ? À quoi rimait ce compliment absurde, si ce n'est à la faire douter d'elle-même ? Pourquoi ne pas simplement lui dire qu'elle était jolie s'il voulait juste lui être agréable ?

Assez ! s'insurgea Christine, Brigitte et Éric ne méritaient pas d'occuper tant de place dans son esprit ! Et il était hors de question que sa vie à Gruber gravite autour du comportement de Brigitte ! Elle voulait profiter à plein de son séjour. Aussi, plutôt que de se plaindre de n'avoir aucune obligation, et rien au monde à faire en cet instant précis, pas même à subir un de ces enveloppements hépatiques qui débutaient seulement le lendemain, elle ferait mieux d'en profiter, par exemple en faisant une sieste géante. Un luxe insensé ! Alors, après avoir dégusté l'en-cas de l'après-midi, qui lui avait été déposé dans sa chambre, composé de tranches de pastèque, de physalis et de citron vert, qu'elle trouva délicieux alors qu'elle détestait les pastèques, elle se glissa sous ses draps où elle sombra dans le sommeil.

*
**

CHAPITRE 15

Imposture

Christine se réveilla en sursaut juste à temps pour aller dîner dans la salle à manger, où elle retrouva son menu de riz aux légumes sans sel, ainsi que ses acolytes de la veille, Guy et Marthe, qui se révélèrent d'une grande délicatesse lorsqu'elle leur annonça que Brigitte prendrait dorénavant ses repas dans sa chambre en raison d'une extrême fatigue. Une explication pitoyable, dont le mérite résidait précisément dans le fait d'avoir l'air tellement bidon qu'ils n'oseraient plus aborder le sujet.

– Alors vous voilà toute seule ! lui dit Marthe avec un enjouement dont Christine ne l'aurait pas imaginée capable et qui était sans doute destiné à la requinquer au cas où elle regretterait la présence de Brigitte.

En tout cas, Marthe aurait-elle voulu la réconforter qu'elle ne s'y serait pas prise autrement puisqu'elle entreprit de lui raconter ce qu'elle savait des curistes présents dans la salle. Ainsi, elle passa en revue tour à tour un groupe de femmes d'âge mûr venues de Nantes, qui passaient leur temps à échanger des recettes de cuisine, une très belle Italienne ayant perdu une jambe dans un accident de ski nautique qui arborait fièrement sa prothèse métallique, un couple de Français vivant à Hong Kong et un quinquagénaire belge aux cheveux crépus, obsédé de yoga, qu'elle surnommait Super Yogi.

– Vous êtes une habituée de la clinique ? lança Christine, qui espérait en apprendre davantage sur Marthe, tellement chic dans sa chemise de percale blanche et son pantalon marin bleu marine taille haute aux boutons dorés disposés en trapèze, qu'il était impossible de ne pas se demander d'où elle venait et ce qu'il en était de sa vie.

Marthe venait à Gruber tous les ans. Elle adorait le sud de l'Espagne, son climat, sa végétation, ainsi que sa chambre habituelle sous les toits du bâtiment d'origine qu'elle n'aurait échangée contre une autre pour rien au monde. Bref, c'étaient ses vacances. Et puis elle profitait de son séjour pour faire un check-up et voir autant de médecins, d'ostéopathes et de thérapeutes divers et variés que nécessaire afin de rester en bonne santé tout le reste de l'année.

Guy intervint en s'émerveillant des possibilités offertes par la clinique, y compris celle qui permettait d'éliminer les nuisances du wifi en coupant l'alimentation électromagnétique de chaque chambre à l'aide d'un interrupteur à côté du lit. Une intervention super pointue, qui empêcha Marthe de continuer à raconter sa vie, comme l'aurait espéré Christine, et qui tombait d'autant plus mal qu'elle déclencha entre Marthe et Guy une sorte de compétition pour lui vanter les mérites de l'établissement. Si bien qu'ils se disputèrent la parole, plaçant ainsi Christine dans une situation dont elle avait l'habitude avec ses amis mariés, qui consistait à tourner la tête vers l'un, puis vers l'autre, tel un spectateur de match de tennis, pour n'en froisser aucun.

Cela lui donna l'occasion de découvrir que Guy avait un cheveu sur la langue, qu'elle n'avait pas remarqué jusqu'alors. Il butait sur les « s » et les « z » qu'il prononçait « th ». Il avait aussi du mal à prononcer correctement le « ch » de « chambre » ou le « ge », de « manger ». En plus, il avait les dents de la chance. Y avait-il un lien entre les deux phénomènes ? Christine se mit à guetter le moment où sa langue pointait entre ses dents pour voir s'il coïncidait avec les sons sur lesquels il dérapait. Puis, lassée de l'observer, elle l'interrompit pour lui demander d'où il venait et ce qu'il faisait dans la vie. Guy habitait la Suisse et il s'occupait de chiens. En tout cas, c'était à peu près tout ce qu'elle comprit de sa réponse confuse et laborieuse, sur laquelle elle jugea préférable de ne pas rebondir.

Vint l'heure de commander l'infusion qui leur tenait lieu de dessert. Préparée sur place avec des ingrédients frais, elle avait en effet quelque chose de si gourmand à leurs yeux de curistes frustrés que la consultation de la carte des thés avait déjà quelque chose d'affriolant. Christine hésita une seconde entre un thé à l'orange et à la cannelle et un thé vert à la mangue et à la pêche.

Marthe reprit la parole :

– À propos de chien, il m'est arrivé une drôle d'histoire il y a des années. J'étais avec une amie au restaurant, où j'avais repéré un homme qui me regardait avec insistance. Je n'y ai pas fait très attention car à l'époque, j'avais l'habitude d'attirer les regards. Mais le type m'a fixée pendant tout le repas avec tant d'intensité que j'ai fini par le trouver mal élevé. Si bien qu'à la fin du déjeuner je me suis approchée de lui et lui ai demandé pourquoi il me dévisageait ainsi. Il m'a répondu : « Oh ! je suis désolé, je n'ai pas pu m'en empêcher… Ce sont vos yeux… Votre regard… Cela m'a bouleversé… C'est incroyable ce que vous me faites penser à mon chien qui vient de mourir ! »

Christine éclata de rire, surprise du don comique de Marthe. Après quoi Guy contribua à la conversation en évoquant la mémoire du célèbre animateur de télévision récemment disparu qui était connu pour présenter ses émissions avec son Jack Russel.

– Un homme exceptionnel, dit-il sur un ton de confidence qui jurait avec la platitude de son propos, avant de prendre un air entendu pour faire allusion aux funérailles de la vedette notoirement réservées aux intimes.

Était-ce la fausse modestie avec laquelle Guy se targuait d'avoir le bras long ? Ou son absence d'émotion pour parler d'un homme qui était, en l'occurrence, non seulement son parrain à la télévision, mais aussi son père spirituel, dont le décès l'avait dévastée ? Christine eut aussitôt la conviction que Guy disait n'importe quoi :

– Et qu'avez-vous pensé de la cérémonie ?

– Quelle cérémonie ?

– Eh bien, ses obsèques !

– C'était magnifique, commença-t-il, évasif, avant d'ajouter comme pour faire bonne mesure : « Je n'avais jamais vu autant de fleurs à Saint-Honoré-d'Eylau… »

Bingo ! se dit Christine. Décidément, elle n'avait rien perdu de son pif. Guy venait malgré lui de révéler qu'il n'avait jamais mis les pieds à cet enterrement, qui avait eu lieu non pas à Saint-Honoré-d'Eylau, mais à deux pas, à l'église Saint-Roch, rue Saint-Honoré. Autrement dit, Guy était un imposteur. Restait à comprendre ce qu'il faisait à Gruber, s'il avait des arrière-pensées et quel était son lien avec la délicieuse Marthe Sampras.

*
* *

CHAPITRE 16

Ici-ou-là

— GUY —

Guy rentra dans sa chambre avec la sensation qu'il avait fait mauvaise impression à Christine. Elle n'avait pas eu l'air de croire à son histoire d'enterrement. À juste titre, évidemment. Ce n'était pas très malin. Mais il n'avait pas pu s'empêcher d'inventer ce mensonge pour réparer l'effet désastreux produit par sa maladresse à se présenter et à expliquer son métier.

C'est qu'il était difficile de faire comprendre ce qu'il faisait. Des prothèses pour chien, qu'est-ce vous voulez dire ? lui répondait-on toujours. Et cela ne s'arrangeait pas lorsqu'il tâtonnait quant au mot juste pour les décrire : trottinette-chariot, scooter, balai-fauteuil roulant, voiturette… Mais tout changeait dès qu'il évoquait des chiens incapables de se lever ou de marcher. Et la façon dont il assurait le soutien de leurs jambes arrière pour leur permettre de se déplacer sans prendre appui sur leurs pattes postérieures. Soudain, même les plus endurcis semblaient s'émouvoir, curieux de comprendre la façon dont ses chariots sur mesure autorisaient ces pauvres bêtes à marcher.

Mais alors souvent il se lançait dans des explications si détaillées qu'il finissait par les saouler de détails techniques sur les proportions du fauteuil roulant par rapport à la taille de l'animal, l'indispensable légèreté de son cadre en aluminium, ou l'importance de la qualité de ses harnais et de ses pneus en mousse. Et il allait même parfois jusqu'à leur expliquer toute la gamme des appareillages orthopédiques, notamment la différence entre les prothèses qui remplaçaient tout ou partie d'un membre et les orthèses destinées à le stabiliser ou à le renforcer, tels les harnais de soutien de levage arrière ou les contre-joints de hanche. Et ce n'est qu'en remarquant l'ennui qui figeait leur visage qu'il découvrait qu'il s'était avancé trop loin.

Mais cela ne présentait pas que des inconvénients. Après cela, personne ne s'avisait de l'interroger davantage sur la carrière qu'il avait menée jusque-là, ou les études qu'il avait accomplies. La vérité est qu'il avait souffert toute sa vie d'une dyslexie si handicapante que ses parents adoptifs le pensaient simple d'esprit. Tout comme ses professeurs, d'ailleurs. Et si on ajoutait à cela son défaut de prononciation, il était le candidat idéal à toutes les brimades et les moqueries.

Guy alluma la télévision de sa chambre. Une option en supplément à 5 euros par jour qu'il avait décidé de s'offrir car, à l'inverse des autres curistes, il n'était pas venu à Gruber pour maigrir ou se refaire une santé. Et sans cela il serait devenu chèvre à tourner et à retourner dans sa tête ce qui s'était produit en Suisse avant son départ. Pas sûr néanmoins qu'il y trouve son compte, puisqu'il se surprit à essuyer les larmes qui lui montaient aux yeux. Fallait-il être à fleur de peau pour pleurer devant des publicités à la télévision ! Certes, il regardait les chaînes de télévision américaines qu'il n'avait pas l'occasion de visionner chez lui, où passaient en boucle des publicités de laboratoires pharmaceutiques conçues pour vous tirer les larmes. Si bien qu'il se retrouvait bouleversé par le spectacle d'un type en kayak partageant un moment de complicité avec son fils de 10 ans. Ou par le film à l'eau de rose d'un fringant sexagénaire entrant dans une agence de tourisme pour acheter une formule de voyage à destination de la Nouvelle-Zélande à son épouse, que l'on voyait dans le plan-séquence suivant, avancer à ses côtés main dans la main vers le soleil couchant dans un paysage de rêve.

En effet, il avait beau discerner les ficelles mises en œuvre dans ces publicités pour mettre la gomme sur l'image en la saturant de panoramas somptueux, d'arcs-en-ciel en Technicolor et de tableaux de groupe idylliques, afin de détourner l'attention de leur bande-son qui énonçait d'une voix aussi monocorde que possible les innombrables contre-indications et les effroyables effets secondaires de leurs médicaments, il tombait à chaque fois dans le piège. Et cela confirmait ce qu'il savait déjà et qu'il avait largement vérifié ces dernières années : il était possible d'être bouleversé tout en ayant conscience d'avoir été manipulé.

L'émotion semblait avoir le pouvoir insensé de prendre le dessus sur toutes les autres facultés, y compris le discernement, ou même, dans son cas, le mauvais esprit avec lequel depuis l'enfance il dénigrait ce qui lui arrivait afin de prendre de la distance et mieux le supporter. Et ce qui lui avait réellement permis de s'en sortir, non pas indemne, mais en vie, ce n'était pas son intelligence, mais l'amour des animaux ramassés sur sa route. Aussi était-ce à eux et à eux seulement qu'il faisait confiance et qu'il réservait sa loyauté. Au point de couvrir leurs méfaits pour leur sauver la mise s'il le fallait, quitte à passer pour un psychopathe.

C'est, en tout cas, ce qu'il avait fait pour Ici-ou-là, une chienne au pelage clair aux faux airs d'épagneul breton, qui s'était matérialisée un jour devant lui dans sa maison de Montreux tandis qu'il cuisinait, la porte ouverte sur le jardin. Elle était maigre à faire peur et semblait affamée. Mais comme il s'apprêtait à déménager à Zurich où il ne pouvait pas s'encombrer d'un chien, il se contenta de la nourrir sur le seuil de peur de s'attacher à elle. Et il essaya de se convaincre qu'elle ne faisait que passer… Inutile de dire qu'il n'en fut rien, vu qu'elle prit l'habitude de venir chaque jour. Renseignement pris, son maître venait de mourir. Et lorsque celui-ci l'avait recueillie, il l'avait appelée Ici-ou-là, en hommage à son passé de chien sans collier habitué à vagabonder dans les environs.

Un mois plus tard, ses bonnes résolutions avaient fait long feu. Il avait capitulé. Et Ici-ou-là dormait au pied de son lit. Ce qui ne l'empêchait pas de s'absenter quand bon lui semblait pour battre la campagne, d'où elle revenait repue, crottée, dégageant une odeur nauséabonde et parfois même avec une proie dans la gueule. Aussi, bien au fait des instincts de chasseur de la chienne, la gardait-il à l'œil autant que possible pour l'empêcher de se lancer par jeu à la poursuite d'un enfant à bicyclette, comme elle avait tendance à le faire, ou de s'attaquer au chien du voisin, un schnauzer miniature noiraud, dont la niche se trouvait dans le jardin jouxtant le sien, comme elle s'y était employée plusieurs fois sous les yeux du voisin, un grand type sauvage et ombrageux qui n'aimait rien autant que son animal.

Mais un soir, Ici-ou-là rentra de son escapade avec le cadavre du chien du voisin dans la gueule. Épouvanté par son méfait, mais résolu à le dissimuler pour ne pas courir le risque d'avoir à piquer la chienne à la demande du voisin furieux, il avait épousseté le cadavre du schnauzer miniature et il était allé le remettre discrètement dans sa niche. Le lendemain, le voisin apparut derrière la haie séparant leurs jardins, pâle, maigre et ébouriffé, en train de hurler :

– Oh ! Mon Dieu !

Il s'était approché. Le voisin ajouta :

– C'est monstrueux ! Je viens de retrouver le cadavre de mon chien dans sa niche ! ! !

– Oh ! C'est terrible, je suis désolé, s'était-il écrié, en affectant la surprise.

– Mais non, vous ne comprenez pas, il est mort il y a trois jours et je l'ai enterré le jour même au fond du jardin de mes propres mains. Et voilà que son cadavre réapparaît dans sa niche ! ! !

*
**

JOUR 3

CHAPITRE 17

Sels de Glauber

— CHRISTINE —

Poids : 63,4 kilos (– 400 grammes).
Tension : 115/68.
Pouls : 73.

Moins quatre cents grammes, c'est déjà ça, se dit Christine au sortir de l'infirmerie. D'autant plus que son jeûne proprement dit n'avait pas encore commencé. Il débutait ce matin-là à 11 heures avec l'ingestion de sels de Glauber destinés à « faciliter le nettoyage intestinal initial, à mettre en repos l'activité digestive et à stimuler le passage du métabolisme à l'alimentation intérieure », comme l'annonçait la vidéo de la clinique. Une explication pudique pour désigner une purge vraisemblablement carabinée, puisque tous les gens qu'elle avait croisés à Gruber depuis son arrivée lui avaient demandé si elle en était déjà passée par là. Un rite de passage, en somme, consistant à avaler du sulfate de sodium, qui provoquait gonflement et contractions en se liant à l'eau dans l'intestin, et déclenchait l'élimination de son contenu. Autrement dit, elle allait en baver pendant une bonne partie de la journée confinée dans sa chambre.

Mais cela ne lui déplaisait pas de rentrer ainsi dans le vif de la cure et de relever le défi de ce jeûne qui l'effrayait.

Il lui semblait que cela faisait contrepoids à ses autres peurs. Celles qu'elle ne parvenait pas à conjurer, bien qu'elle aurait été capable de les dater à l'aide d'une carotte de glace, tel un géologue, puisqu'elles s'étaient sédimentées dans le temps en strates de textures différentes. Ainsi, il y avait eu la peur de sa mère, dont les dépressions successives avaient gravé leur empreinte dans son cerveau d'enfant. Puis la crainte de déranger son père, en général trop alarmé par sa femme pour lui prêter attention. Ensuite était apparue l'inquiétude de trop manger ou ce qu'il ne fallait pas, puisqu'elle avait, semble-t-il, été boulotte depuis son enfance. Après quoi, à l'âge adulte, elle avait été saisie par la trouille de ne pas être à la hauteur de son mari. Puis, après la naissance de son fils, elle avait succombé à la hantise de sombrer, à son tour, dans une dépression qui l'amènerait à délaisser Benjamin comme sa mère l'avait fait avec elle. Sur ce, au bout de cinq ans de mariage, s'était révélée l'angoisse de perdre son mari, qui semblait lui préférer son assistante. Et après son divorce, deux ans plus tard, avait surgi la hantise de manquer d'argent, de perdre son job, d'être supplantée par une chroniqueuse plus belle, plus mince ou plus enjouée. Sans oublier la peur qu'il n'arrive quelque chose à son fils, qui n'avait cessé de la tourmenter depuis la naissance de celui-ci. Alors, pour éviter de passer son temps repliée dans la crainte, elle se lançait des défis. Comme de faire carrière à la télévision alors qu'elle redoutait le regard des autres, ou de faire une cure de jeûne alors que la peur d'avoir faim était au cœur de son obsession de la nourriture.

La vidéo du jour se poursuivait : « À partir d'aujourd'hui, vous renoncez à tout aliment solide. Avec votre métabolisme en réorganisation, votre organisme va avoir besoin de quelques jours pour s'adapter. » À quoi pouvait bien ressembler la vie sans manger ? se demanda Christine, dont l'esprit tout entier était d'ordinaire accaparé par la nourriture, que ce soit dans son métier, avec les courses, les fournisseurs, les menus et les recettes pour sa chronique, ou dans son corps et dans sa tête, avec ses envies, ses pulsions, ses écarts, ses remords et ses bonnes résolutions. Elle avait d'autant plus envie de le découvrir que la nourriture avait trop longtemps constitué l'essentiel de son identité. Car elle avait assorti son comportement à ses kilos en trop, comme elle aurait coordonné une nappe et des serviettes, en adoptant une personnalité de bonne vivante soucieuse de faire plaisir à tout le monde, en particulier à son fils et à son mari, sans chercher à savoir qui elle était vraiment.

Or le moins que l'on puisse dire est que cela ne lui avait pas réussi. Elle devait en effet manquer singulièrement de relief dans ce rôle, qui lui faisait répondre « comme tu veux » à chaque fois que son mari lui demandait ce qui lui ferait plaisir. Marc n'avait-il pas fini par lui préférer une autre femme, qui avait sans doute moins de complexes et davantage de personnalité et de répondant ? Même au lit, où, elle s'en rendait compte à présent, elle avait fait preuve de la même désastreuse bonne volonté en se faisant servante, appliquée, vertueuse. Un truc à faire débander n'importe qui. Un vrai bonnet de nuit. Pas étonnant que son mari ait craqué pour une assistante en jupe courte qui devait lui chuchoter des obscénités à l'oreille et avoir le plaisir bruyant et impérieux. Bref, elle avait été une épouse craintive et ennuyeuse comme la pluie, dont elle aurait elle-même divorcé si elle avait été à la place de son mari.

Mais depuis lors, elle s'était reprise en main. Plus question de s'excuser d'exister. Elle avait perdu dix kilos. Et elle avait postulé à ce job de chroniqueuse à la télé, pour lequel elle avait contre toute attente été retenue. Et elle s'employait désormais à découvrir qui elle était. D'où ce jeûne qu'elle entamait avec l'espoir d'aller y voir de plus près, sans pour autant ouvrir la boîte de Pandore où se trouvaient toutes ses peurs dont elle ne tenait pas à être assaillie à la suite de cette introspection.

Néanmoins elle était encore fragile. La bonne grosse complexée qui se trouvait toujours en elle n'était pas loin. Et la présence de Brigitte, qui la déconcentrait, risquait de l'empêcher de se consacrer à déloger cette désolante part d'elle-même. Aussi était-elle particulièrement heureuse de ne pas lui en avoir parlé quand elle l'avait rencontrée. Flattée qu'une femme aussi sophistiquée la prenne en amitié, elle avait laissé croire à Brigitte qu'elle correspondait à son image de vedette de télé et que son mariage avec Marc était de l'histoire ancienne, une affaire réglée, digérée, alors que la séparation datait de peu et que le divorce n'avait pas encore été prononcé. Et à en juger par la curiosité malsaine de Brigitte, bien lui en avait pris. Car celle-ci aurait voulu connaître toutes les raisons de son manque d'estime d'elle-même, ainsi que les moindres détails de la séparation. Et il était hors de question qu'elle se replonge dans son passé, dans le deuil qu'elle avait dû faire de son mariage, ou dans la banalité affligeante de son histoire. Elle était à Gruber pour se réinventer.

En attendant, on lui apporta sa purge sur un plateau, où se trouvaient le verre de sels, un jus de raisin très noir et sucré avec lequel se rincer la bouche et deux quartiers de citron pour faire passer le goût atroce de la mixture. C'est parti ! se dit-elle en se pinçant le nez. Ça commença à gargouiller avant qu'elle ait terminé son verre. Et ses embardées intestinales durèrent bien au-delà du bouillon aux champignons qu'on lui apporta à l'heure du déjeuner et du thé à l'hibiscus et à la citronnelle qu'on lui servit au goûter.

⁂

CHAPITRE 18

Paraître 40 ans durant vingt ans

— BRIGITTE —

Avec sa consultation chez le rhumatologue à 9 heures, Brigitte n'en menait pas large. Autant s'en débarrasser, s'était-elle dit la veille en insistant auprès de la programmatrice pour obtenir un rendez-vous avant la corvée des sels de Glauber. Mais elle n'était plus tellement sûre d'avoir fait le bon choix, puisqu'elle s'était réveillée à 6 heures avec une boule d'angoisse dans la gorge.

Comme tous les matins, Popcorn la regardait déjà. Comment était-ce possible ? se demandait-elle souvent. Son chien s'interdisait-il de dormir ? Se réveillait-il à intervalle régulier pour guetter le moment où elle ouvrirait l'œil ? Ou était-il prévenu de son réveil grâce au sixième sens qui le rendait également capable de deviner l'instant où elle rentrait chez elle à Paris et de l'attendre devant la porte d'entrée ? Tête baissée, Popcorn l'approcha en quête de caresses alors qu'elle tentait de se calmer en respirant profondément deux fois plus longtemps à l'expire qu'à l'inspire, comme le lui avait conseillé sa psy. Puis, comme elle ignorait sa présence, il colla sa truffe contre sa cuisse. Elle ferma les yeux, décidée à l'ignorer. Néanmoins déconcentrée, elle ne put s'empêcher, dès que Popcorn descendit du lit, de suivre le cliquetis de ses pattes sur le parquet jusqu'à la baie vitrée, où il s'immobilisa en attendant qu'elle lui ouvre la porte vers le jardin. Déjà qu'elle était émue par son envie de jouer, comment aurait-elle su résister à sa confiance tranquille ? Pas question de le faire attendre davantage, se dit-elle au saut du lit.

Elle se prépara pour son jogging. Elle n'avait rien trouvé de mieux pour surmonter son angoisse. Pourtant elle ne l'aurait avoué pour rien au monde. Elle avait honte de sa fragilité qu'elle cachait derrière un masque de nonchalance. Aussi, tout comme elle banalisait la présence de son chien au lieu d'admettre qu'il lui était indispensable, elle se faisait désinvolte en affirmant aimer la marche, le sportswear et les gadgets pour expliquer ses baskets aux pieds et le podomètre à son poignet, plutôt que de convenir que c'était pour elle un besoin vital. Car, loin de s'adonner à un footing de temps en temps, elle s'échappait chaque jour de son appartement parisien sous un prétexte quelconque pour s'adonner à des joggings effrénés, dont elle calculait scrupuleusement le trajet en fonction de ses objectifs en termes de calories brûlées, de fréquence cardiaque ou de nombre de pas effectués.

Cette discipline de fer, elle se l'imposait aussi pour sa ligne, qu'elle surveillait sans relâche, comme la plupart de ses amies d'ailleurs. Comment faire autrement ? N'était-elle pas supposée paraître 40 ans durant les vingt années à venir ? Ce qui impliquait une épuisante course contre la montre. Pour remonter le cours du temps, à coups de teinture de cheveux, de Botox, d'acide hyaluronique, de rétinol, de laser, de massages et de gymnastique. Mais aussi pour tricher avec l'avenir à l'aide de maquillage, d'écran total, de masques exfoliants, d'extensions capillaires, de miroirs grossissants, de semelles orthopédiques, de kinésithérapeutes, d'ostéopathes et autres anti-inflammatoires. Que cette course ne mène nulle part et qu'elle devienne de plus en plus ardue, aucun doute à ses yeux. Mais quelle était l'alternative ? Il était hors de question qu'elle abandonne, qu'elle déserte le champ de la séduction et se laisse aller comme la grosse Agnès.

Incroyable ce bien-être après son jogging ! constata-t-elle, qui replaçait Popcorn dans son sac à dos avant de franchir le portail de la clinique, où étaient en train de fumer deux gardes du corps figés d'ennui et un Saoudien obèse. Était-ce le mari de la femme voilée ?

De retour dans sa chambre, elle visionna la vidéo du jour dans l'espoir de couper à une bouffée d'angoisse en attendant l'heure de son rendez-vous avec le rhumatologue : « C'est votre premier jour de jeûne. Vous allez cesser d'absorber de la nourriture, mais cela ne doit pas vous impressionner, car vous avez des réserves qui seront redistribuées à l'ensemble des cellules de votre corps par voie sanguine. Par exemple, un homme d'un poids normal est capable de jeûner pendant quarante jours en mobilisant des réserves correspondant à dix kilos de graisse, trois kilos de protéines et huit cents grammes de sucre sous forme de glycogène hépatique. Aussi n'est-ce pas un hasard si Jésus ainsi que les prophètes Élie et Moïse ont tous jeûné durant quarante jours. Mais avec un surpoids de vingt kilos, on peut en théorie jeûner pendant cent jours. De sorte que vous ne courez aucun risque à jeûner une, deux ou trois semaines… »

*

Le docteur Da Silva était petit, menu et affligé d'un léger strabisme, constata Brigitte avant de découvrir avec soulagement qu'il était également attentif et gentil. Il l'examina, scruta ses ongles, ses cheveux, ses coudes, ses avant-bras et sa colonne vertébrale : souffrait-elle de douleurs dorso-lombaires ? Il lui palpa le ventre, lui demanda de se pencher en avant, de faire la pince entre le pouce et l'index afin de mesurer la force de ses doigts. Résultat : son index gauche s'avéra un peu rouge, gonflé et douloureux à la palpation, de même qu'un de ses orteils du pied droit.

– Après mon examen et ce que vous venez de me dire, je pense à trois possibilités. La première, à mon avis aussi la moins probable, serait un lupus érythémateux systémique, qui peut toucher les articulations, la peau, les reins, plus rarement le cœur. Mais c'est une maladie rare, qui affecte dans quatre-vingt-dix pour cent des cas des femmes en âge de procréer.

– Ce qui n'est plus mon cas.

– Je ne vous le fais pas dire. De plus, vous ne vous exposez pas particulièrement au soleil, vous ne prenez pas non plus de médicaments susceptibles d'entraîner des syndromes lupiques et vous ne consommez pas de curcumine à haute dose, toutes choses qui sont des facteurs exogènes de la maladie. Quant à la piste héréditaire, ce que vous me dites de votre mère, entre autres l'âge auquel elle a commencé à développer ses symptômes, ne colle pas non plus avec cette hypothèse.

– Autrement dit, ma mère et moi, même combat, trop vieilles pour le lupus, s'entendit-elle plaisanter avec stupéfaction.

– Je ne l'aurais pas formulé comme ça, mais oui. Sinon, ma deuxième idée, ce serait un rhumatisme psoriasique, qui peut produire des lésions cutanées, ainsi que des enraidissements des mains et des pieds. Et là, de deux choses l'une, soit c'est une forme mineure avec des poussées inflammatoires et des raidissements articulaires périphériques, soit il y a une atteinte plus sévère et donc des risques de déformation comme dans le cas de votre mère.

» Enfin, ma troisième idée, c'est une polyarthrite rhumatoïde, qui évolue vers des déformations importantes si elle n'est pas soignée. Cela cadre avec ce que vous m'avez dit du syndrome de votre mère, qui ne disposait pas des traitements actuels aux anti-TNF. Cela dit, il est facile de confondre rhumatisme psoriasique et polyarthrite rhumatoïde. Et cela donne souvent lieu à des erreurs de diagnostic. Si bien qu'en admettant que votre mère ait été atteinte d'une polyarthrite rhumatoïde il n'est pas dit que vous ayez la même chose, car en dépit d'un facteur familial, ce n'est pas une maladie héréditaire. Donc il est possible que vous souffriez de l'une ou l'autre de ces maladies.

À ces mots, Brigitte fut gagnée par une bouffée d'optimisme, mais le docteur Da Silva poursuivait :

– Aussi, ce que je vous propose, c'est de commencer par une prise de sang pour rechercher des signes d'inflammation et le marqueur du psoriasis. Puis, dans la foulée, un bilan radiologique. Allez tout de suite au laboratoire pour l'analyse de sang et revenez me voir demain pour l'échographie. En attendant, je vais vous trouver un rendez-vous pour une IRM. Il faudra aller en ville, je n'ai pas d'IRM ici, ça ne vous dérange pas ? Ce sera juste l'affaire d'une demi-journée, et nous serons fixés.

Brigitte sortit de là ébahie par la tournure des événements. Elle ne s'était pas attendue à une consultation aussi efficace. Elle comptait seulement raconter ses symptômes à un médecin qui, en retour, évoquerait des hypothèses, soit autant de pistes à suivre dans un avenir lointain quand elle en aurait le courage. Et elle ne savait pas si elle était ravie ou terrifiée à l'idée d'être fixée aussi vite sur son état. D'autant plus que la seule chose qu'elle avait désormais à l'esprit était la situation de Popcorn. Comment son chien allait-il réagir en son absence, enfermé pendant toute une demi-journée dans sa chambre ?

*
* *

CHAPITRE 19

Salle de sport

— GUY —

Guy se rendait tous les matins à la salle de sport aménagée dans un vaste cube vitré près de la piscine, tant pour ses machines de musculation dernier cri que pour son défilé permanent de curistes qui se révélait souvent distrayant, voire pittoresque, entre les matrones de toute taille moulées dans des leggings en Lurex, les viveurs égyptiens aux poignets encombrés de Rolex, les Belges couperosés par le grand air, les longues filles russes au visage diaphane, ou les solitaires obèses aux faux airs de Pavarotti en survêtement élimé. Et puis c'était un lieu idéal pour un voyeur, puisque même les plus rétifs à se montrer, comme les actrices, *starchitectes* de renom et autres princesses saoudiennes s'y rendaient allègrement comme s'il s'agissait d'une zone franche qui les dispensait soudain de protéger leur vie privée. Enfin les quatre-vingt-dix minutes d'exercice qu'il y pratiquait chaque jour lui donnaient l'impression qu'il avait accompli quelque chose. Rien ne le satisfaisait en effet comme le fait d'utiliser toutes les machines de la salle, l'une après l'autre et toujours dans le même ordre, comme si ce circuit de gestes et de sensations prévisibles le persuadait qu'il contrôlait sa vie.

Ainsi commençait-il par les tapis de course devant les baies vitrées en surplomb de la route ceinturant la clinique, où il rêvait les yeux rivés sur la cime des arbustes comme s'il s'agissait d'une canopée de la forêt amazonienne, ou bien il guettait les rares passants sur la chaussée en contrebas en imaginant leur vie en Andalousie. Et cela pouvait s'avérer très instructif, comme ce matin-là, lorsqu'il aperçut une femme ressemblant beaucoup à Brigitte Dutilleul interrompre son jogging le temps de sortir de son sac à dos un petit chien qui se mit à courir à ses côtés. Il dut y regarder à deux fois afin d'être sûr de ce qu'il voyait. Comment ladite Brigitte avait-elle eu le culot d'emmener un chien à Gruber ? À moins qu'elle n'ait été pistonnée… Non, son attitude, ses coups d'œil à la dérobée autour d'elle avant de libérer son animal prouvaient au contraire qu'il s'agissait bien d'un passager clandestin. Mais alors pourquoi avait-elle pris le risque d'emmener son chien ? De deux choses l'une, soit Brigitte avait péché par arrogance en se considérant au-dessus des règles en vigueur dans la clinique, soit c'était par faiblesse, auquel cas, elle dépendait émotionnellement de son chien. Et, bien qu'il n'ait pas décelé la moindre fragilité chez Brigitte lorsqu'il l'avait rencontrée, tellement celle-ci lui avait paru maîtresse d'elle-même, il penchait pour la deuxième explication. Car il était bien placé pour savoir que les chiens possédaient le pouvoir de calmer leurs maîtres et de leur donner des forces au point de rendre leurs tourments invisibles à tous et leur permettre de donner le change.

En tout cas, quel scoop inimaginable ! Il se réjouissait à l'avance de le partager avec Marthe, se dit-il avant de s'aviser que, tout comme Brigitte Dutilleul, il cachait lui aussi quelque chose. Restait à espérer qu'il protégeait mieux qu'elle ses secrets. Il songea aux règles qu'il s'était fixées. Ne faire aucune recherche sur Internet à partir de son téléphone. Et couper le wifi de sa chambre pour éviter toute tentation de le faire. Car il avait vu assez de séries policières pour savoir qu'il était facile de retrouver quelqu'un en traçant son adresse IP à partir de ses recherches sur le Net.

Cette histoire de secret avait ravivé en lui une anxiété difficile à contenir et un besoin irrépressible de vérifier que personne n'était sur sa piste, qu'il était en sécurité. Il coupa court à son programme d'exercices habituel et il se dirigea vers l'ordinateur de la clinique situé dans le nouveau bâtiment, où le bureau vitré s'exposait à tous les regards. Si bien qu'il se limitait à ne s'y rendre qu'une fois par jour pour ne pas éveiller les soupçons, sans quoi il y aurait passé sa vie.

Mais qu'est-ce que c'est que cette grosse mémé ? se dit-il avec indignation en apercevant Agnès penchée sur l'appareil qu'il convoitait. Car sa silhouette constituait à ses yeux une offense impardonnable. Lui qui était épouvanté si un bourrelet prospérait sur son ventre ne supportait pas les gros. Et encore moins les grosses, à l'égard desquelles il éprouvait une répulsion incontrôlable. Comment pouvait-on accepter de se laisser aller ainsi, c'était inconvenant, contre nature, amoral même ! Puis il s'avisa qu'il était sans doute déplacé de sa part d'accuser les gros de baisser les bras au cœur d'une clinique d'amaigrissement. Et que, vu son aversion pour les obèses, il était bien paradoxal d'avoir fait de Gruber son nouveau terrain de chasse.

– Pardonnez-moi de vous faire attendre, mais je n'en ai pas pour longtemps, lui dit la grosse femme qui, loin de sembler embarrassée par sa corpulence, s'affichait sans complexes dans une sorte de boubou de couleur criarde qui l'enveloppait comme du papier cadeau !

Quelle horreur ! se dit-il, tout en convenant qu'elle avait un gentil sourire et qu'elle était bien aimable de prendre la peine de s'excuser. Mais, grosse et moche comme elle était, il ne manquerait plus qu'elle morde !

*
**

CHAPITRE 20

Moitié, moitié

Christine ne put s'éloigner de sa salle de bains qu'à l'heure du dîner, pour son premier repas de jeûne. Sur le comptoir du salon, elle découvrit deux soupes claires, l'une aux courges, carottes, pommes de terre et gingembre, et l'autre aux tomates et à la coriandre, gardées au chaud dans des récipients de cantine, devant lesquels étaient dressés, façon nature morte, les légumes entiers qui les composaient, ainsi que des pyramides de quartiers de citron et des pots à épices en faïence débordant de ciboulette, de persil frais, de curry et de curcuma en libre-service qui donnaient une impression bienvenue d'abondance.

– Moitié, moitié ? Ou deux louches de la même soupe ? lui demanda la matrone chargée de servir les curistes.

– Moitié, moitié, c'est plus festif !

Elle se tourna vers la salle, plateau en main, à la recherche d'une place favorable. Une situation familière depuis le collège, où elle se nourrissait pour l'essentiel à la cantine puisque sa mère oubliait souvent de lui préparer son dîner. Où allait-elle s'installer ? Pas sur les guéridons au milieu de la pièce, où elle serait exposée à tous les regards. Pas non plus à la table d'hôte à sa gauche, où était attablée la famille d'Indiens croisée la veille devant le bureau de l'infirmière. Et encore moins aux tables du balcon, accaparées par les bons vivants espagnols buveurs de thé à la pomme, qui l'avaient mise mal à l'aise. Restaient donc les canapés dans un coin.

Assise devant ses deux bols de soupes calibrées au plus juste, elle inspecta les alentours : chacun avait donc sa méthode pour faire durer son repas. Certains attaquaient leur bouillon à la petite cuillère, tandis que d'autres posaient devant eux leur bol entre chaque gorgée. Son téléphone se manifesta dans sa poche. C'était Brigitte qui lui envoyait son deuxième texto de la journée : « J'ai un service à te demander. » Et puis quoi encore ! se dit-elle. Elle pouvait toujours courir. Elle n'allait tout de même pas se laisser faire par Brigitte qui comptait avoir recours à elle ou la laisser tomber à sa guise !

Par chance, Agnès choisit ce moment pour débouler dans la salle à manger et la rejoindre sur son canapé, ce qui détourna à point nommé son esprit de Brigitte. Heureuse de retrouver Agnès, elle revint sur ses talents de médium pour lui demander une consultation.

– Bien sûr, sans problème, c'est quand vous voulez, mais pas le soir. Je ne communique avec les esprits que la journée, parce que la nuit, c'est plus difficile de savoir sur qui on tombe. Vous connaissez l'expression « la nuit, tous les chats sont gris » ? Eh bien, les mauvais esprits aiment l'obscurité et ils se cachent dans le noir. Par contre, demain, avec plaisir ! Je suis chambre 57, voulez-vous venir m'y retrouver à 11 heures ? Et je pourrais voir votre amie Brigitte en suivant, si cela l'intéresse.

Mais c'est une manie ou quoi, cet intérêt d'Agnès pour Brigitte ! fulmina intérieurement Christine. Brigitte aurait-elle raison ? Peut-être qu'Agnès voulait juste faire du chiffre et leur extorquer de l'argent ?

– Combien coûte la séance ? demanda-t-elle à Agnès d'une voix blanche.

– Mais rien du tout. Il est hors de question que je fasse payer quelqu'un qui m'a sauvé la face, ou plutôt le derrière, comme vous l'avez fait, ni même son amie !

– 11 heures dans votre chambre, ça me va très bien. En revanche, je ne comprends pas pourquoi vous n'arrêtez pas de me parler de Brigitte, c'est pénible à la fin ! Brigitte est une punaise, qui vous a accueillie avec une froideur à la limite du mépris. En plus, je suis en train de me rendre compte qu'elle me traite comme de la merde, ou plutôt qu'elle m'utilise comme un paillasson, alors pas pour s'essuyer les pieds, mais pour échapper à sa solitude, ou à son abruti de mari, ou même peut-être pour se sentir plus jeune, va savoir. Mais si vous êtes médium, vous devriez le sentir, non, qu'elle est méchante, qu'elle médit sans cesse et qu'elle est manipulatrice ?

– Je suis désolée de vous avoir contrariée, pardonnez-moi, dit Agnès, dont l'air peiné fit soudain honte à Christine :

– Oh ! non, c'est moi qui suis désolée de m'être emportée ainsi.

– Alors nous voilà désolées toutes les deux. Avec ça, je comprends ce que vous ressentez, croyez-moi. Mais il m'est impossible de me ranger à votre avis sur Brigitte qui, à mes yeux, ne saurait être que partial. Comme tous les jugements d'ailleurs. Car ils découlent du conditionnement de notre esprit, qui nous amène à nous identifier avec les idées qui tournent dans notre tête, alors qu'il ne s'agit que d'une activité mentale à laquelle on n'est pas obligé d'accorder tant de crédit. D'autant qu'en prenant un peu de recul vis-à-vis de ses pensées on parvient à se distancier de ses émotions et à se libérer du ressentiment.

– Mais enfin, pourquoi voulez-vous que je prenne du recul, j'ai bien le droit d'être en colère, non ?

– Mais bien sûr, Christine, vous avez tous les droits, y compris celui de vous emporter…

Agnès hésita un instant avant de poursuivre. Sans doute aurait-elle dû en rester là si elle ne voulait pas donner à Christine l'impression de lui faire la morale. D'autant plus qu'elle connaissait bien sa propension à vouloir aider les gens malgré eux. Pourtant elle sentait Christine tellement prisonnière de pensées qui empoisonnaient son corps et orientaient sa vie dans le mauvais sens qu'elle ne parvint pas à s'empêcher d'ajouter :

– Je voulais juste vous dire que je suis convaincue que nos paroles et nos pensées agissent comme des prières exaucées par l'univers, qu'elles contribuent à forger notre expérience de la réalité et donc que l'on a intérêt à ce qu'elles soient empreintes de joie, d'amour et de bienveillance.

Qu'est-ce que c'est que ce catéchisme *new age* à la con ! Elle est d'un gonflant ! se dit Christine avant d'exploser :

– Qu'est-ce que vous êtes en train de me dire, qu'il faut s'aimer les uns les autres, qu'il faut pardonner et *tutti quanti*, c'est ça ? Vous récitez l'Évangile ?

Allons bon, se dit Agnès, elle aurait décidément mieux fait de se taire. Mais maintenant qu'elle avait commencé, elle devait aller jusqu'au bout de son raisonnement :

– Ça, ça serait la version catholique de l'affaire. Je crois plutôt que de combattre ses émotions n'aboutit qu'à les renforcer et donc qu'il ne sert à rien de s'efforcer de pardonner en luttant contre son ressentiment à coups de bons sentiments. Non, pour moi, la meilleure façon de se libérer de sa colère, c'est de prendre de la hauteur ou de la profondeur et de se relier à l'étincelle divine en chacun de nous qui nous fait toucher du doigt le fait que nous ne faisons tous qu'un. Car le pardon découle sans effort de cette certitude.

Quel charabia ! se dit Christine qui n'avait qu'une envie, c'était de faire cesser ce prêchi-prêcha. Au lieu de quoi, prise de court, elle relança Agnès :

– Et comment on le trouve cet être profond, cette étincelle divine ?

– En soi, dans le silence, lorsqu'on s'arrête de s'agiter, par exemple dans la nature ou quand on médite.

Bingo ! Encore une adepte de la méditation, du yoga et de toutes ces fadaises au goût du jour qui étaient tout aussi bêtes et ennuyeuses que le conformisme d'autrefois. Quelle idée de s'interdire de blâmer Brigitte alors que celle-ci le méritait amplement ! Comme s'il était possible de penser sans juger ni critiquer ! D'autant que, même si c'était inavouable, la malveillance à petite dose était un plaisir non négligeable de l'existence. Et dire qu'elle s'était réjouie à la perspective de prendre ses prochains repas avec Agnès, et non pas avec Brigitte ! pensa Christine en rentrant dans sa chambre. Quel grand coup de barbe, cette soirée ! Et quelle journée de merde, c'était le cas de le dire !

*
* *

JOUR 4

CHAPITRE 21

Un examen inoffensif

— BRIGITTE —

– Bonjour Brigitte, l'accueillit le docteur Da Silva.

Surprise, émue par l'emploi de son prénom, Brigitte en eut aussitôt les larmes aux yeux. Elle savait que cela ne voulait rien dire. C'était sans doute la façon habituelle de ce médecin d'accueillir ses patients. Ou bien la coutume en Espagne, où les rapports sociaux étaient plus décontractés qu'en France. Mais elle ne put s'empêcher d'y voir davantage, ou plutôt de ressentir une bulle d'émotion dont elle n'avait pas l'habitude, celle de se sentir bien traitée.

– Bon, j'ai vos résultats. Il en ressort que vous avez bien un syndrome inflammatoire. Votre vitesse de sédimentation augmentée est de 70 mm à la première heure. Mais ce n'est pas un scoop, c'était déjà clair avec ce que vous m'aviez dit hier. Venez avec moi.

Heureusement, l'échographie était un examen familier et inoffensif qui ne faisait pas peur, se félicita-t-elle tandis que le docteur Da Silva lui appliquait du gel sur les doigts et les poignets pour y faire glisser sa machine.

– Bon, alors il y a du liquide dans la cavité articulaire et un épaississement de la synoviale des deux articulations du même rayon. Autrement dit, il y a une atteinte des deux phalanges de votre index gauche. Et cela plaide pour un diagnostic de rhumatisme psoriasique. Car, dans le cas de la polyarthrite, vous auriez un problème similaire à votre index gauche et à votre index droit.

– Et qu'est-ce que ça veut dire concrètement ?

– Ça veut dire que vous avez vraisemblablement du rhumatisme psoriasique, qui se manifeste par des poussées d'intensité variable entrecoupées de rémissions. Ce n'est pas une forme très sévère puisque vous n'avez eu jusqu'ici que très peu de poussées. Si bien que vos risques de déformations sont probablement assez faibles, même s'il faudra vous surveiller et surveiller le rythme des poussées.

– Donc, c'est plutôt une bonne nouvelle ?

– Oui, si ça se confirme, tout à fait.

– Et ce serait quoi, le traitement ?

– *A priori* des anti-inflammatoires lors des poussées et pas de traitement de fond.

– Mais alors, je n'ai pas la même chose que ma mère ?

– C'est ce que je pense en effet. Je crois que votre mère avait de la polyarthrite rhumatoïde. Car ce que vous m'avez décrit, c'est une atteinte symétrique de ses deux mains avec une déformation caractéristique que l'on appelle le coup de vent cubital. Alors que dans votre cas, il s'agit à mon avis de rhumatisme psoriasique, qui n'a rien d'héréditaire, bien qu'il en existe des formes familiales. Cela dit, vu votre historique, je veux m'en assurer avec une IRM des mains. Je vous ai obtenu un rendez-vous demain matin à Marbella.

– Oh ! merci, merci, docteur ! s'exclama Brigitte. Je suis d'un coup soulagée par ce que vous me dites ! D'abord, parce que ça n'a pas l'air bien grave, et puis parce que vous ne pouvez pas savoir ce que ça représente pour moi de m'entendre dire que je n'ai pas la même chose que ma mère !

– Que vous n'avez sans doute pas la même chose que votre mère… Attendons l'IRM de demain pour nous réjouir totalement, voulez-vous ?

– Brigitte retint ses larmes le temps de regagner sa chambre. Mais là, une fois qu'elle eut libéré Popcorn de son placard, ce fut comme si des vannes s'étaient ouvertes. Des pleurs, des hoquets, des sons rauques s'échappèrent de sa gorge et de sa poitrine durant ce qui lui sembla une éternité. Jusqu'à ce qu'elle s'écroule de fatigue sur son lit, après avoir pris la précaution de régler l'alarme de son téléphone au cas où elle ferait le tour du cadran, pour être sûre de joindre Christine le soir même. Heureusement qu'elle était là ! Car c'était un véritable réconfort de savoir qu'elle pouvait *a priori* compter sur elle pour garder Popcorn le lendemain matin pendant qu'elle serait à Marbella.

*
* *

CHAPITRE 22

Le raccourci du plaisir

— MARTHE —

Marthe se réveilla avec une énergie qu'elle ne ressentait qu'à Gruber. Son premier rendez-vous de la matinée était avec l'ostéopathe le plus sollicité de la clinique, un maître du genre qu'elle se débrouillait pour voir au moins trois fois pendant son séjour. Il la remettait sur pied à coups d'effleurements subtils, de manipulations énergiques et de pressions savantes pour dénouer les contractions de ses muscles, aligner ses ligaments et huiler ses rouages. Et elle se laissait faire malgré la douleur, éblouie par son savoir-faire et ses gestes sûrs. Elle profitait aussi du corps-à-corps que permettait le traitement, tandis qu'il la prenait dans ses bras ou qu'il pesait sur elle de tout son poids afin de lui débloquer le cou ou favoriser la rotation d'une hanche. Elle avait besoin qu'on la touche. N'était-ce pas ainsi qu'elle avait toujours établi des rapports humains ? Il faut dire qu'ayant passé sa vie à séduire elle s'était retrouvée bien seule une fois terminée sa carrière amoureuse. Impossible de se faire des amis. Elle s'était découverte empotée comme pas deux sur le terrain de la complicité ou de l'affinité intellectuelle et complètement incapable d'établir la moindre intimité sans le raccourci du plaisir. Alors elle avait découvert Gruber, où elle multipliait les massages et les rencontres superficielles, comme celle de ce Guy Godinot qui paraissait vouloir lui servir de chevalier servant en l'escortant d'un bout à l'autre de la clinique. Et ces séjours étaient une bouffée d'air frais auxquels elle pensait le reste de l'année, ce qui lui évitait de dérailler comme les vieux solitaires qui marmonnent tout seuls. Et le plus extraordinaire, c'est qu'elle y faisait l'expérience du bonheur, ce qui lui avait permis de se rendre compte qu'il lui avait manqué pendant la plus grande partie de sa vie.

C'était l'inconvénient de l'éducation reçue de sa mère, qu'elle traduisait par un aphorisme de son cru : « Mieux vaut aimer la Chine et les Chinois avant d'apprendre le mandarin. » Rapporté à son cas, il aurait mieux valu qu'elle soit tentée de devenir une grande horizontale digne de Liane de Pougy et de la Païva, comme le lui avait intimé sa mère, avant d'acquérir un savoir-faire de courtisane qui lui avait apporté bien peu de joie, en dehors de la satisfaction de maîtriser son corps et d'user du pouvoir que cela lui avait donné sur les hommes. L'analogie n'était pas fortuite, puisque sa mère lui avait enseigné le plaisir masculin comme s'il s'agissait d'une langue étrangère en alternant théorie et travaux pratiques.

Elle se rappelait encore le jour terrible où celle-ci l'avait sommée de coucher avec Félix, le commis boucher de la rue des Martyrs proche de leur maison de la place Saint-Georges, après avoir mis en avant la délicatesse dont elle faisait preuve en lui ayant choisi un garçon de son âge, qui plus est plutôt joli garçon. Quel accord sa mère avait-elle conclu avec le jeune homme ? De la viande gratuite sans doute. Toujours est-il qu'elle avait 18 ans quand elle se retrouva pour la première fois avec Félix dans une des chambres de l'ancienne maison close qui reprenait vie pour l'occasion. Il fut assez galant pour y patienter trois semaines à discuter, le temps qu'elle se déclare prête à faire l'amour avec lui. Après quoi elle l'y rejoignit une fois par semaine pendant un an. Seule, pendant quelques mois. Puis en compagnie de sa mère, qui jugeait indispensable de superviser leurs ébats à des fins éducatives. Ce qui de prime abord suscita chez elle quelques larmes et beaucoup de gêne. Puis elle s'aperçut qu'il n'y avait aucun voyeurisme, ni aucune excitation malsaine chez sa mère, juste la volonté de lui transmettre son savoir. De même qu'il n'y avait rien de trouble dans son attitude, puisqu'elle ne se mêlait jamais physiquement à leur corps-à-corps et se contentait de lui adresser des directives depuis le fauteuil crapaud au coin de la chambre dans lequel elle s'asseyait pour les observer. Elle formulait ses conseils d'une voix égale, détachée, égrenant des indications précises, techniques, sur les gestes à effectuer, les temps de pause à respecter, le rythme à imprimer, tel un compagnon du devoir avec son apprenti. Et force était de constater que sa mère savait de quoi elle parlait. Si bien qu'elle ne tarda pas à ressentir le respect de l'élève pour son maître et à lui obéir sans rechigner.

Ce fut le début de son véritable apprentissage où, faisant feu de tout bois, sa mère réconcilia ses goûts et ses dégoûts ainsi que ses facilités et ses faiblesses en vue de lui faire atteindre l'excellence. Ainsi, il y avait des matières, pour lesquelles elle n'éprouvait aucune inclination, dans lesquelles elle finit par s'illustrer, par exemple la fellation ou la stimulation de la prostate, une technique déclenchant une extase d'une autre longueur et d'une autre intensité qu'un orgasme de routine, que sa mère jugeait cruciale pour se rendre inoubliable. Ou encore l'étude des deux cents familles, au sein desquelles sa mère lui avait dressé une liste de cibles potentielles, en répétant que les Paccard, Puerari, Boissonnas, Mirabaud et consorts n'avaient qu'à bien se tenir. Et puis il y avait des méthodes conseillées par sa mère, comme le fait de faire rire les hommes, dont elle usait sur commande avec aisance, mais qui la faisaient se sentir duplice, car elle était de nature plutôt sombre. Jusqu'au jour où elle s'avisa que cette aptitude devait lui être naturelle, puisqu'il lui aurait été impossible d'être drôle pour distraire un homme si ce n'était pas le cas, et que le pessimisme n'était pas incompatible avec l'humour, qui tenait en réalité une grande place dans sa vie, qu'elle tentait ainsi de rendre plus joyeuse. Enfin il y avait des domaines comme le stylisme, où elle surpassa rapidement sa mère, qui n'en avait retenu que des règles rudimentaires telles que : « Les hommes aiment avoir accès à la peau et au sexe des femmes, donc pas de pantalon, de gaine, ou de collants qui leur en barrent l'accès. Mais il faut néanmoins leur compliquer la tâche en s'entravant de corsets, de porte-jarretelles, de boutons et de bretelles, car cela les excite bien davantage que de s'offrir à eux sans équivoque court-vêtue, décolletée ou maquillée comme une prostituée professionnelle. »

Bref, elle apprit le mandarin, ce qui l'avait en toute logique conduit à le pratiquer et donc à fréquenter des Chinois. Autrement dit, forte de l'enseignement de sa mère, elle avait tourné la tête d'hommes riches et puissants, qui avaient été séduits par son savoir-faire de demi-mondaine. Alors quoi d'étonnant à ce qu'ils aient été des jouisseurs égoïstes et capricieux et qu'il ne soit venu à l'esprit d'aucun d'entre eux de tenter de la rendre heureuse.

De plus, elle devait reconnaître qu'elle avait appris à dépenser de l'argent, mais pas à en gagner. Mariée trois fois, elle avait vécu sur un grand pied, entourée d'objets d'art et couverte de bijoux qui attiraient les regards, de Capri à la campagne anglaise, sans oublier Gstaad et Monte-Carlo, à la plus grande fureur des enfants nés des premiers mariages de ses maris. Or, malgré cette carrière éblouissante de femme entretenue qui n'avait rien à envier à la Belle Otero ou à Émilienne d'Alençon, ses illustres devancières du Second Empire, elle était désormais fauchée, son mari ayant confié tout son argent à Bernard Madoff dix ans plus tôt. Elle vivait seule dans un deux-pièces à Gennevilliers, avec quelques vêtements souvenirs de sa splendeur dont elle prenait le plus grand soin et au prix d'un régime draconien pour pouvoir continuer à rentrer dedans. Sa seule richesse ? La collection d'estampes japonaises érotiques de son mari anglais, dont ses enfants ne connaissaient pas l'existence et qu'elle avait pu empocher ni vu ni connu après sa mort. Aussi les vendait-elle petit à petit dans les ventes aux enchères dès qu'elle avait besoin d'argent, notamment pour aller à Gruber, sans quoi elle n'aurait jamais pu se le permettre.

C'était le seul endroit où elle se sentait tout à fait en sécurité, rassurée grâce à la présence des infirmières vingt-quatre heures sur vingt-quatre et aux sonnettes d'alarme dans toutes les pièces, du chevet de son lit à la baignoire de la salle de bains sans oublier les toilettes. Chez elle, à Gennevilliers, elle avait peur de mourir toute seule. Tant et si bien qu'elle espérait secrètement avoir la chance de rendre l'âme à Gruber.

*
**

CHAPITRE 23

Auras

— AGNÈS —

Agnès était heureuse à la perspective de revoir Christine en fin de matinée. Au moins pourrait-elle ainsi tenter de rattraper l'effet désastreux qu'elle avait d'évidence produit lors de leur entrevue de la veille. Son insistance à rencontrer Brigitte pour lui transmettre le message de la défunte n'avait-elle pas failli briser la magie de leur rencontre ? Sans compter qu'elle y était peut-être allée un peu fort avec Christine dans sa façon de lui conseiller davantage d'équanimité. En tout cas, elle avait appris sa leçon. Plus question de prêcher dans le désert quand on ne lui demandait pas son avis. Et, à l'avenir, elle se débrouillerait toute seule pour contacter Brigitte. Il lui tardait de rétablir avec Christine les conditions propices à une amitié qui avait débuté sous des auspices tellement pittoresques et joyeux.

Certes, la consultation allait rebattre les cartes de leurs rapports. Mais cela ne l'inquiétait pas trop, car si la gravité de son échange avec Christine risquait d'ôter de la légèreté à leur relation, elle ne pourrait qu'en accroître également l'intensité. Ses clients ne lui étaient-ils pas d'ordinaire reconnaissants de leur permettre de tourner la page d'un deuil qu'ils ne parvenaient pas à surmonter ? Sans parler de ceux qui lui sautaient au cou lorsqu'ils croisaient à nouveau son chemin des années plus tard, en lui affirmant qu'elle avait changé leur vie.

En attendant, la boutique avait l'air ouverte, découvrit-elle en consultant le livret de la clinique. Une aubaine, considérant qu'elle s'y était cassé le nez jusqu'alors en tentant d'y aller sans vérifier au préalable ses horaires d'ouverture plutôt fantaisistes. Ainsi, elle pourrait se procurer le livre de recettes de Gruber qu'elle montrerait fièrement à ses filles pour les convaincre qu'elle comptait se prendre en main et surveiller sa ligne. Après quoi il lui suffirait de leur servir une de ces innommables vinaigrettes allégées au yaourt 0 % ou à l'orange qui étaient invariablement de tous les menus diététiques pour les faire tenir tranquilles un moment et avoir la paix. Elle avait plus d'une heure devant elle avant son rendez-vous avec Christine. Largement le temps d'acheter un livre et de regarder – qui sait ? – si la boutique vendait des vêtements à sa taille.

Elle traversait le bâtiment principal en route vers la boutique lorsqu'elle aperçut le couple étrange formé par le grand type plutôt beau d'une soixantaine d'années auquel elle avait cédé sa place la veille devant l'ordinateur du *business center* et une vieille dame tirée à quatre épingles qu'elle avait déjà croisée çà et là dans la clinique. Était-ce un fils et sa mère, un mari et sa femme, ou des compagnons de cure ? se demanda-t-elle, avant de s'aviser que c'était de sa part une question étonnante vu qu'elle ressentait d'habitude en un éclair la nature des rapports entre les gens.

Cette fois, la réponse lui parvint à travers leur aura qui lui apparut distinctement contre le mur blanchi à la chaux du couloir. Cela lui arrivait depuis peu. Elle percevait autour de tous les êtres vivants, qu'il s'agisse d'humains, d'animaux ou de plantes, une matière subtile à la fréquence vibratoire plus élevée que celle de la matière physique. Et il lui semblait alors que les gens se trouvaient au milieu d'un vitrail de couleur, qui n'était autre que leur champ d'énergie, dont la forme ovale pouvait dépasser de plusieurs mètres les contours de leur corps physique.

Au centre de leur aura, telle une colonne vertébrale étirée des pieds à la tête se trouvait une sorte de cylindre contenant une double spirale teintée de leur couleur de naissance, en l'occurrence le vert, pour l'un et l'autre membre de ce couple. Mais autant le vert foncé de l'homme reflétait un état d'esprit négatif alliant colère, envie, ressentiment et une faible estime de soi, autant le vert amande de la vieille dame indiquait une personnalité perfectionniste, humble, encline à donner la priorité à son travail aux dépens de sa vie personnelle.

Mais il ne s'agissait là que d'une première lecture. Car, autour de cet axe renfermant la couleur de naissance, il y avait des enveloppes, ou corps subtils, superposés comme des poupées gigognes, qui englobaient d'autres teintes traduisant l'état d'esprit et de santé des individus, leurs habitudes ou leurs émotions. Et ces couleurs secondaires, mouvantes et passagères, étaient délicates à décrypter, car elles se manifestaient sous forme de tourbillons colorés si les émotions auxquelles elles correspondaient étaient transitoires, et sous forme de nappes stagnantes susceptibles de masquer ou d'altérer la couleur de naissance si ces sentiments persistaient.

Bref, lire les auras était tout un art, dans lequel elle n'était qu'une apprentie. D'où ses difficultés à faire la synthèse de toutes ces informations. Il faut dire que, faisant d'ordinaire appel à son intuition, elle n'avait pas l'habitude d'étudier les gens sous l'angle physique, fût-il vibratoire. Et il lui semblait que ce travail d'observation entravait son aptitude naturelle à faire abstraction de ses préjugés. Autrement dit, elle avait du mal à être objective. De sorte qu'elle se laissait influencer par le style collet monté de la vieille dame qui ne rimait pas avec l'euphorie juvénile émanant de son aura, ainsi que par la nonchalance de son compagnon, pourtant contredite par les volutes de peur émanant de ses corps subtils.

De plus, c'était sans compter avec les chakras disposés le long du corps physique, qu'elle aurait également dû prendre en compte. Car ces émetteurs et récepteurs d'énergie, associés à des fonctions et des couleurs diverses, indiquaient en l'occurrence un déséquilibre dans le chakra du cœur de la vieille dame, qui révélait des risques d'hypertension artérielle et de problèmes cardiaques, ainsi qu'un blocage dans le chakra du nombril de l'homme, dont la couleur boueuse signalait des perturbations intestinales et une confusion de sentiments.

Enfin, comme si cela n'était pas déjà assez compliqué comme cela, le nom, la fonction et le nombre des corps subtils variaient d'une école de pensée à l'autre. Aussi devait-elle choisir entre une classification distinguant sept corps subtils, les corps physique, éthérique, astral, mental, causal, bouddhique et atmique, et une nomenclature divisant les corps subtils en deux catégories, ceux qui étaient en lien avec la personnalité de l'individu pendant son incarnation et ceux qui le rattachaient à l'au-delà. Ces deux catégories, elles-mêmes séparées par une interface vibratoire, ressemblaient à une sorte de cage grillagée, en la circonstance franchement opaque chez l'homme, ce qui le rendait *a priori* non seulement matérialiste, mais aussi dépourvu d'altruisme.

Bref, il y avait de quoi en perdre son latin. Et force était de constater qu'elle n'avait pas assez d'expérience pour lire l'aura de ce couple correctement le temps d'une rencontre furtive, se dit-elle en les voyant s'éloigner dans le couloir. Mais à peine avait-elle tiré cette conclusion que surgirent dans son esprit des flashs dont elle n'était pas à même de déterminer la provenance. Étaient-ce ses aptitudes de médium qui la rattrapaient sans crier gare ? ou des bulles de mémoire du couple s'échappant de leur aura ? Toujours est-il qu'elle capta dans le sillage de la vieille dame des images d'orgies et de corps enchevêtrés, qui ne lui laissèrent aucun doute sur la nature de ses activités passées. Et elle eut la vision du bel homme penché sur le cadavre d'une femme âgée bien moins soignée que celle qui se situait à présent à ses côtés, qui la laissa à la fois interdite et glacée.

⁂

CHAPITRE 24

Un paquet de saindoux

— CHRISTINE —

Poids : 62,4 kilos (– 1 kilo). Démentiel !
Tension : 106/80.
Pouls : 75.

Un kilo en moins, quel pied ! Au moins ces sels de Glauber ont-ils servi à quelque chose, se dit-elle à la sortie de l'infirmerie. Dans sa chambre l'attendait sa tisane du matin confectionnée à partir de citronnelle, de feuilles de kafir, de gingembre, de menthe, de verveine et de réglisse, qu'elle sirota en pensant au programme de sa matinée. Il était trop tard pour attraper le dernier bus à destination du bord de mer. Et le cours d'art-thérapie qui la tentait était à 11 heures, juste au moment de sa consultation avec Agnès. De toute façon, traîner dans sa chambre n'était pas pour lui déplaire.

La vidéo du jour la déconcerta par sa justesse : « Vous avez vécu vingt-quatre heures sur vos réserves, vous constatez que vous ne ressentez aucun manque d'aucune sorte. C'est le moment de mesurer que, si vous êtes capable de supporter le jeûne, vous êtes capable de bien des choses. » De fait, elle avait été tellement occupée depuis son arrivée qu'elle n'avait pas eu l'impression de se priver de quoi que ce soit. Et elle n'avait pas eu faim, ce qui était tout à fait encourageant.

Elle aurait sans doute conservé sa bonne humeur si elle n'avait pas cédé à la tentation de consulter le site de son émission qui venait de diffuser sa chronique enregistrée juste avant son départ et lu les commentaires qu'elle avait suscités. Y compris les insultes d'une certaine Martine, de Caen, qui s'en était manifestement donné à cœur joie pour la mettre plus bas que terre en l'attaquant sur sa silhouette. Il faut dire que ce jour-là elle avait, sur le conseil de la styliste de l'émission, fait l'erreur de porter une jupe trop courte et des collants à résille, sans mesurer le piège que tendaient les nouveaux tabourets du studio à l'évidence conçus par des anorexiques pour leurs semblables. Car, avec leur assise haut perchée et un marchepied au niveau du sol, l'on ne pouvait s'y asseoir que toutes cuisses déployées. Si bien que les cameramans du plateau, espiègles ou sadiques, l'avaient surtout filmée de dos tandis qu'elle se penchait en avant pour commenter sa recette de galette au céleri et aux pommes vertes. Moyennant quoi ladite Martine de Caen avait écrit : « Ta gueule, grosse pute ! Ça te sert à quoi toutes ces victuailles que tu caches dans tes fesses ? On dirait un paquet de saindoux dans une passoire ! » Elle fut abasourdie par la violence et la méchanceté du commentaire. Décidément passer à la télé n'amenait souvent qu'une humiliation après l'autre ! D'ailleurs, les gens qui l'arrêtaient dans la rue ne se gênaient pas pour lui assener qu'elle était moins bien qu'à la télé, que ses recettes étaient irréalisables, ou qu'elle serait bien inspirée de changer de coiffure. Dire que Brigitte lui enviait sa carrière, qui consistait surtout à ramer pour joindre les deux bouts et à défendre bec et ongles son poste contre des concurrentes toutes plus jeunes et plus canon les unes que les autres. Alors qu'elle-même, avec ses kilos…

Son poids, encore et toujours son poids ! Décidément, ce problème la hantait depuis toujours, en tout cas aussi loin qu'elle s'en souvienne. Et que cette souffrance ne soit plus en odeur de sainteté à l'heure du *body positive* où il fallait désormais non seulement s'accepter tel que l'on est, mais aussi revendiquer ses kilos afin de prendre position contre la *grossophobie* n'y changeait rien. Elle maudissait son corps. Et cela l'empêchait d'accéder à la meilleure version d'elle-même. Incapable de vivre pleinement l'instant présent, elle passait son temps à regretter son passé, soit parce qu'il avait été bousillé par ses kilos en trop, soit parce qu'il avait été illuminé de façon éphémère par des kilos perdus qu'elle avait très vite repris. Ou bien elle se projetait dans l'avenir avec espoir ou découragement en fonction de l'évolution qu'elle prêtait à sa silhouette. Quelques années de psychothérapie lui avaient, certes, permis de remonter à la source du problème, autrement dit son enfance où, priée de faire passer ses désirs et ses besoins après ceux des autres, elle s'était appliquée à s'effacer, quitte à disparaître. Résultat : pour compenser, elle s'était remplie, lestée de nourriture. Un réflexe qui l'avait bel et bien empêchée de ressentir ce que ce permanent sacrifice d'elle-même avait de douloureux, mais qui, hélas, avait eu aussi pour conséquence d'éteindre en elle tout désir de s'affirmer qui aurait sans doute éliminé son besoin de se gaver.

Néanmoins cette découverte ne lui avait pas servi à grand-chose puisque comprendre ce mécanisme ne lui avait pas pour autant permis de le désactiver. Du coup, elle s'était contentée de suivre des régimes de toutes sortes, qui avaient eu pour seul effet de lui faire perdre et reprendre tour à tour des dizaines de kilos. D'où son idée de jeûner, dont elle espérait qu'elle aurait sans doute la vertu d'une remise à zéro, d'un *reset*. En effet, elle avait beau être un peu inquiète à la perspective de ne pas manger et ne pas savoir comment elle allait réagir, elle espérait qu'elle allait apprécier la vie sans nourriture.

*
**

CHAPITRE 25

Consultation

Nerveuse à l'idée de ce qui suivrait et décidée à répertorier avec méthode chaque fragment de sa première incursion dans le paranormal, Christine commença par constater que la chambre d'Agnès était la copie conforme de celle de Brigitte, tandis qu'Agnès, qui faisait de son mieux pour la mettre à l'aise, mettait de l'eau à chauffer dans la bouilloire dont chaque chambre était équipée :

– Un sachet de camomille, de menthe ou de réglisse ? Sinon, voulez-vous enregistrer notre séance avec votre téléphone ? J'ai remarqué que mes clients sont contents de pouvoir réécouter les messages de leurs défunts.

Puis, quand elles furent toutes les deux installées sur le canapé :

– Ça vous va si l'on commence tout de suite ? Il y a une énergie masculine qui me parvient, une énergie paternelle, quelqu'un qui est mort de façon soudaine. Votre père, n'est-ce pas ?

– Oui, fit Christine, soulagée qu'Agnès lui épargne l'appréhension de l'attente en allant ainsi droit au but.

– On me dit Jean, ou Claude ?

– C'est Jean-Claude !

– Est-ce qu'il avait des problèmes d'audition ?

– Mais c'est dingue, comment vous savez ça ?

– C'est qu'il me montre son oreille gauche… Est-ce qu'il vous appelait « ma poupée » ?

– Oui, fit Christine, les larmes aux yeux.

– Il me dit qu'il avait un cancer, mais que ce n'est pas de cela qu'il est mort… Il me montre un accident de voiture, avec votre mère à ses côtés.

– C'est insensé ! Oui, ils sont morts tous les deux dans un accident de voiture il y a trois ans, s'exclama Christine avant de fondre en larmes.

– Il veut vous dire qu'ils sont morts sur le coup, qu'ils n'ont pas souffert, qu'il va bien. Il dit de ne pas vous inquiéter, qu'il est en paix et qu'il est avec votre mère. Son prénom, c'était Françoise, c'est ça ?

Christine se contenta de hocher la tête, contenant ses sanglots et incapable de parler.

– C'est curieux, je sens aussi une odeur d'eucalyptus.

– C'est lui ! Il s'était mis aux cigarettes à l'eucalyptus quand avait été diagnostiqué son cancer aux poumons. Il disait que ce n'était pas mauvais pour la santé.

– Il m'explique qu'il a fait tourner en bourrique tous ses médecins, mais qu'il a bien fait de refuser de se soigner.

– Oui, c'est incroyable ! c'est vrai, il les a rendus fous ! Il était têtu comme une mule ! Impossible de le faire changer d'avis ! ! !

– C'est bizarre, mais là, il a pour vous un message, comment dire, plutôt prosaïque : est-ce que vous avez eu récemment une fuite sous le lavabo de votre salle de bains ?

– Euh ! oui, fit Christine, qui n'en revenait pas.

– Il me dit que c'était lui. Il voulait vous prévenir que votre chauffe-eau va vous lâcher, que vous allez devoir le remplacer.

Christine hocha la tête en signe d'acquiescement, les yeux écarquillés, partagée entre fou rire et incrédulité. C'était bien de son père d'être aussi terre à terre, même dans l'au-delà ! Son conseil au ras des pâquerettes l'avait dégrisée. Mais elle voulait néanmoins entendre la suite de leur échange, dont le moins que l'on pouvait dire était qu'il prenait un tour inattendu. Et elle leva les yeux vers Agnès.

– Il est parti, lui dit Agnès, l'air surpris.

– Que voulez-vous dire ?

– Eh ! bien, simplement ça, qu'il est parti. Comme s'il avait raccroché pendant qu'on était au téléphone.

– Ah ! il vous a carrément raccroché au nez, c'est ça ! s'exclama Christine. Autrement dit, c'est tout ce qu'il avait à me dire ! Pas un je t'aime, ou un mot pour s'excuser de travailler sans cesse en me laissant, toute mon enfance, seule à la maison avec une mère gavée de barbituriques, complètement incapable de s'occuper de moi, et que j'ai, par-dessus le marché, dû prendre en charge, tout ça pour sa foutue carrière ! Mais il se fout de ma gueule !

– Oh ! Christine, je suis désolée !

– Non, mais c'est insensé ! Quand je pense au nombre d'histoires de médiums que j'ai entendues, où les défunts adressent des messages bouleversants à leurs proches qui en ont le cœur chaviré et la vie changée à jamais. Et mon père, lui, me parle de plomberie !

– Oui, c'est étonnant. Mais vous savez, j'ai appris d'expérience que les esprits nous adressent les messages que l'on a besoin d'entendre, pas fatalement ceux que l'on a envie d'écouter.

– Ça veut dire quoi ? Que ce qui aurait de l'importance pour moi, c'est d'entendre parler de mon chauffe-eau, c'est ça ?

– Non, je pensais plutôt au fait que vos parents sont ensemble et qu'ils sont en paix.

– Oui, vous avez raison, je suis désolée. En plus, vous n'y êtes pour rien.

– Non, c'est moi qui suis navrée de vous voir si déçue par vos retrouvailles. C'est rare ! C'est même si rare que je ne peux m'empêcher de penser que votre père n'a pas dit son dernier mot, qu'il va vous recontacter. Ou bien que votre contrariété sera porteuse d'autre chose...

– Oui, bon, eh bien ! on verra, réussit à articuler Christine, tandis que les larmes de rage et d'humiliation lui montaient aux yeux. N'avait-on jamais entendu parler d'un message de l'au-delà aussi minable ?

*

De retour dans sa chambre, son téléphone sonna. C'était Brigitte, la dernière personne à laquelle elle avait envie de parler, surtout après sa consultation avec Agnès et la fureur mêlée de tristesse causée par le message de son père qu'elle voulait avoir le temps d'assimiler et de digérer. Mais elle n'allait pas pouvoir échapper éternellement à Brigitte. Et puisque ne pas lui répondre revenait à reculer pour mieux sauter, elle décrocha et prit les devants pour lui demander :

– Comment vas-tu ?

– Et toi ? répliqua Brigitte sans lui répondre.

– Aussitôt exaspérée, Christine se mordit l'intérieur de la bouche. Ce n'était pas la première fois que Brigitte répondait par une question à une de ses questions. Du reste, à bien y réfléchir, il lui semblait même que c'était systématique, et que Brigitte se débrouillait toujours pour la faire parler en premier, histoire de se réserver la possibilité de ne pas se livrer. Et de fait, Brigitte enchaîna aussitôt :

– Qu'est-ce que tu fais demain matin ?

Et rebelote ! fulmina intérieurement Christine, qui était également horripilée par une autre manie de Brigitte consistant à l'obliger à divulguer son emploi du temps avant de lui faire la moindre proposition, ce qui lui interdisait d'inventer une excuse pour y échapper. Comment refuser de dîner avec Brigitte par exemple, si elle venait de lui déclarer n'avoir aucun plan qui l'en empêchait ? Il lui apparut alors que la façon de faire de Brigitte ne révélait pas seulement son manque de délicatesse, mais aussi ses redoutables capacités de manipulatrice. Elle la mettait en position d'infériorité en lui demandant d'être un livre ouvert, puis elle misait sur sa hantise de la confrontation et son manque d'aplomb pour la piéger. Et Brigitte prenait le pouvoir avec d'autant plus d'assurance qu'elle se savait capable de la faire changer d'avis si par hasard elle se risquait à lui tenir tête tellement elle pouvait se montrer obstinée quand elle voulait obtenir quelque chose. Bref, elle ne lui laissait aucune chance. Aussi Christine changea-t-elle de tactique en lui répondant simplement :

– Pourquoi ?

Et lorsque Brigitte, obligée de se découvrir, lui demanda si elle pouvait garder Popcorn le temps d'aller faire une course en ville, elle lui répondit d'un ton aussi implacable qu'hypocrite qu'elle était malheureusement occupée par un rendez-vous d'acupuncture impossible à déplacer tant ce spécialiste était populaire et débordé.

*
* *

JOUR 5

CHAPITRE 26

Pression de l'au-delà

7 h 30. Agnès sortit de sa chambre au moment précis où Brigitte sortait de la sienne, ce qui lui donna l'occasion de constater qu'elles étaient voisines et qu'elles se rendaient en même temps à l'infirmerie pour leur pesée matinale. Bridant son naturel chaleureux, elle s'efforça de n'adresser à Brigitte qu'un demi-sourire compatible avec la façon dont celle-ci l'avait snobée jusqu'à présent, non pas pour lui rendre la monnaie de sa pièce, mais pour éviter de la faire fuir davantage en se montrant trop empressée. Ce n'était pourtant pas l'envie d'aborder Brigitte qui lui manquait, considérant que cela faisait deux jours qu'elle était harcelée par l'esprit de sa mère qui l'avait pourchassée dès l'instant où elle avait compris qu'elle était capable de communiquer avec elle.

Agnès avait cependant témoigné de fermeté à l'égard de la défunte en lui disant qu'elle faisait de son mieux, mais qu'elle ne pouvait pas aller plus vite que la musique, et que si, au bout du compte, Brigitte ne voulait pas l'écouter, c'était son droit le plus strict. Mais son interlocutrice, qui ne l'entendait pas de cette oreille, avait persisté à lui apparaître tout au long de la journée et l'avait même pincée plusieurs fois à l'avant-bras pour attirer son attention en la voyant absorbée dans sa lecture. Cela ne l'avait pas choquée tant que ça car elle avait l'habitude des mauvaises manières des défunts bloqués dans le monde des vivants. Et elle s'était contentée de créer une bulle de lumière tout autour d'elle pour s'en protéger. Mais dès qu'elle avait baissé la garde pour aller aux toilettes, au beau milieu de la nuit, l'esprit de la mère de Brigitte lui était apparu à nouveau et elle s'était montrée si angoissée qu'elle avait provoqué en elle un sentiment de lourdeur qui oppressait.

– Pas maintenant, pas pendant la nuit, s'était-elle bornée à lui répondre tandis que la défunte, aussi impatiente qu'autoritaire, l'enjoignait encore de convaincre Brigitte d'écouter son message.

Aussi à son réveil, quelques instants plus tôt, l'avait-elle laissée s'exprimer davantage. La défunte tourmentée s'était dite découragée de constater que Brigitte ne la voyait pas, révélant ainsi à son insu qu'elle ne savait pas qu'elle était morte. Alors Agnès lui avait expliqué le plus délicatement possible qu'elle était en transition entre notre monde et l'au-delà. Et cette nouvelle semblait l'avoir secouée au point qu'elle était restée tranquille depuis lors, même durant cette rencontre fortuite avec sa fille qui avait lieu au sortir de leurs chambres respectives. Si bien que Agnès était à mille lieues d'imaginer que cette réunion se prolongerait, et encore moins du fait de Brigitte, qui lui adressa alors la parole pour lui demander à brûle-pourpoint :

– Pardonnez-moi de vous déranger, mais j'ai un grand service à vous demander. Je ne sais pas pourquoi, mais j'ai l'impression que je peux vous faire confiance. Est-ce que je peux venir vous voir dans votre chambre après notre visite à l'infirmerie pour vous expliquer de quoi il s'agit ?

– Oui, bien sûr, répondit Agnès, sans trop savoir à quoi s'attendre.

Mais cela n'était pas tombé dans l'oreille de la défunte, qui était de nouveau au comble de l'impatience quand Brigitte frappa à la porte d'Agnès une demi-heure plus tard.

– Je n'irai pas par quatre chemins, dit Brigitte. Voilà, je cache mon chien dans ma chambre. Je l'ai emmené à la clinique, bien que ce soit tout à fait contraire au règlement, car sans lui, je suis prise de panique. Jusque-là, je me suis bien débrouillée, mais je dois absolument aller en ville ce matin. Et Christine ayant refusé de m'aider, je ne sais pas vers qui me tourner. Accepteriez-vous de garder mon chien le temps que je revienne ?

– Bien sûr, vous pouvez compter sur moi, lui répondit simplement Agnès.

Devait-elle profiter de l'occasion pour préparer Brigitte à écouter le message de sa mère ? Elle aurait pu la mettre sur la voie de ses aptitudes paranormales en la rassurant sur l'IRM qu'elle allait passer d'ici quelques heures et dont le résultat venait de lui apparaître avec netteté. Ou exiger qu'elle entende l'esprit de sa mère qui trépignait à leurs côtés en échange du service qu'elle lui rendait afin de régler cette histoire une fois pour toutes. Mais il lui sembla qu'il ne pourrait rien sortir de bon de ces stratagèmes, car Brigitte était aussi anxieuse et pressée que sa mère défunte. Bref, ce n'était pas le bon moment.

– Comment voulez-vous faire ?

Il fut convenu qu'Agnès irait dans la chambre de Brigitte pour ne pas changer les habitudes de Popcorn et le perturber davantage.

– Je ne sais pas comment vous remercier, lui dit Brigitte, qui était sur le départ.

– Ne vous inquiétez pas pour ça, lui répondit Agnès. On trouvera bien quelque chose.

*
* *

CHAPITRE 27

L'affaire Carpentier

— GUY —

16 heures. Marthe étant occupée une bonne partie de la journée par des soins dont il n'avait pas réussi à la détourner, Guy s'embêtait ferme. Pourtant, il s'était démené. Il s'était réveillé à temps pour prendre le bus à destination de la plage où il se promenait tous les matins. Puis il avait enchaîné en fin de matinée avec une excursion à Puerto Banús, qui s'était avérée bien frustrante, entre ses boutiques de luxe, où la moindre babiole coûtait les yeux de la tête, et les odeurs de nourriture s'échappant des restaurants du port, qui constituaient un véritable supplice pour un type au régime depuis huit jours. De retour à la clinique, il avait déjeuné seul. Après quoi, pas moyen de faire une sieste. Pourtant cela faisait deux jours qu'il dormait mal. Depuis qu'il avait lu l'article consacré à ce que les journalistes appelaient désormais l'affaire Carpentier.

Suzanne Carpentier. Bien qu'une partie de lui-même aurait préféré ne l'avoir jamais rencontrée, il n'aurait pas pu rêver mieux s'il s'était mis en quête de la candidate idéale pour se prouver qu'il avait du charme et de l'influence. 98 ans, riche, veuve et sans enfant, elle n'avait ni attache, ni club de bridge, ni cousin dévoué, pas même une voisine de palier qui lui prête attention. Juste un chien arthritique qui avait grand besoin de prothèses. C'était comme si elle lui tendait les bras ! Alors, après avoir tourné autour du pot pendant quelque temps, il s'était décidé. Quel mal y avait-il à entreprendre de séduire platoniquement une vieille dame pour voir ce que cela pourrait donner ? Surtout que, loin d'en pâtir, Suzanne serait la première à bénéficier du temps et de l'attention qu'il lui consacrerait. Il ne voyait pas comment les choses tourneraient mal, puisqu'il avait la tête froide et qu'il ne lui voulait aucun mal. D'autant que, comme il ne ressentait pour elle qu'une indifférence teintée de bienveillance qu'il réservait à tous les propriétaires de chiens, il lui serait facile de mettre fin à l'affaire s'il s'en lassait ou si cela ne se déroulait pas comme prévu. Alors pourquoi pas ?

Aussi prit-il l'offensive. Et il fut stupéfait d'éprouver une euphorie aux antipodes du détachement amusé qu'il avait prévu. Était-ce le fait d'avoir un projet qui apportait du piment à son quotidien ? Ou l'intérêt de l'entreprise qui s'avérait captivante ? Il découvrit qu'il était passionnant de prendre le pouvoir sur quelqu'un et, plus incroyable encore, qu'il y excellait.

Nul doute que les années noires de son enfance l'y avaient préparé. Il savait ce que c'était d'être seul et isolé. Et il se souvenait de la bouffée d'air frais que suscitait une main tendue. Mais il avait surtout appris à se mettre à la place des autres. Celle des parents de sa famille d'accueil, dont il avait appris à déchiffrer les émotions sur leur visage, tant il redoutait, s'il ne leur donnait pas satisfaction, qu'ils le rendent aux services sociaux, tel un article hors d'usage. Mais aussi celle de ce qu'il était alors convenu d'appeler ses petits camarades, qui de nos jours seraient plus justement qualifiés de harceleurs. Car il tentait de percer leurs intentions pour se soustraire à l'état de terreur permanente dans laquelle le plongeait le fait de ne pas savoir où et à quelle heure aurait lieu leur prochaine attaque.

Bref, il avait été à rude école. Mais il n'avait à l'évidence pas perdu son temps. Cela avait aiguisé sa sensibilité. Au point qu'il se découvrit capable de se brancher à l'état d'esprit de

Suzanne comme à un réseau, pour capter les variations de son humeur, si bien qu'il savait d'instinct quoi faire et quoi dire pour la manipuler. Et la prise de conscience de ce talent après toute une vie à se faire traiter de nul suscita en lui une ivresse dont il lui fut bientôt difficile de se priver.

⁂

CHAPITRE 28

La position du plongeur

— BRIGITTE —

On l'installa à plat ventre avec un coussin sous la poitrine, les bras tendus, les mains jointes comme pour une prière. Une position de plongeur, qui se révéla incroyablement inconfortable au moment précis où elle entrait dans le tunnel de l'IRM. Aussi, compatissante, l'aide-soignante lui proposa-t-elle à la place de se coucher sur le dos, avec les mains en prière au-dessus de la tête. Un coup de chance inespéré, considérant que l'examen durait au moins vingt minutes et qu'elle devait pouvoir respecter la position sans bouger. Déjà qu'elle n'était pas très loin de la crise de panique… Elle ferma les yeux par précaution. Mieux valait éviter de constater *de visu* qu'elle était enfermée dans un tube. Car de là à s'imaginer enterrée vivante dans un sarcophage il n'y avait qu'un pas qu'elle se sentait tout à fait capable de franchir. Surtout à la faveur du boucan infernal de la machine qui l'assaillait malgré le casque sur les oreilles dont on l'avait armée.

Était-ce la première fois qu'elle se voyait privée du recours habituel à ses cinq sens ? En tout cas, cela lui donnait l'occasion de se rendre compte qu'au-delà de leur fonction ils avaient le mérite fondamental de la distraire de son angoisse. Et que, lorsqu'elle ne pouvait pas y faire appel, elle n'avait d'autre choix que de se réfugier dans son esprit.

Elle ne put s'empêcher d'avoir une pensée pour sa mère. Une pensée de compassion pour une fois, tant l'angoisse et la douleur causées par son rhumatisme déformant faisaient désormais écho à ses propres sensations, même si c'était dans une mesure qui n'avait rien de comparable avec ce qu'avait éprouvé sa mère. Car celle-ci souffrait le martyre dès le matin. Et elle devait dérouiller ses doigts rouges, gonflés et de guingois avant de pouvoir faire quoi que ce soit, mettre de l'eau à chauffer, ouvrir le robinet, ou saisir une tasse à café. Et ce depuis l'adolescence, au début de sa polyarthrite. Elle avait bien tenté de se soigner. Il lui semblait se rappeler que sa mère avait pris des corticoïdes, puis des sels d'or. Mais en vain. Le docteur Da Silva lui avait dit qu'elle aurait été soulagée si elle avait pu bénéficier du méthotrexate ou des anti-TNF alpha qui avaient vraiment tout changé. Toujours est-il que ses poussées inflammatoires étaient devenues de plus en plus intenses et durables, qu'avec le temps ses déformations étaient devenues permanentes et que cela l'avait conduite à une fibrose pulmonaire qui l'avait tuée.

Stop ! Elle aurait pourtant dû le savoir que c'était une mauvaise idée de songer à sa mère, que cela provoquait aussitôt chez elle une vague d'angoisse. Elle tourna ses pensées vers Popcorn. Quel soulagement qu'Agnès ait pu le garder pendant son absence ! Elle ne savait pas ce qu'elle aurait fait sinon. Pour autant, impossible de chasser sa mère de son esprit. Celle-ci y revenait en force, comme si son pouvoir d'attraction, tel celui d'un aimant, augmentait dès qu'elle s'en approchait par la pensée. Ce qu'elle avait d'ailleurs instinctivement évité de faire jusqu'alors, sauf avec sa psy, à laquelle elle avait d'ailleurs livré une version expurgée de son enfance.

Car seul son recours aux mensonges et aux omissions lui avait insufflé le courage d'évoquer son passé. Ainsi, elle lui avait parlé de la violence de sa mère, mais elle s'était bien gardée de lui en préciser les modalités. Elle avait en effet besoin que quelqu'un de neutre jauge et analyse les événements, même si elle les avait trafiqués pour se donner le beau rôle. Ne lui avait-elle pas dit que sa mère et son frère s'étaient ligués contre elle, alors que c'était l'inverse ?

Elle avait 7 ans quand elle avait constaté que sa mère avait un problème. Soudain, des objets lui échappaient et elle n'arrivait plus à saisir le manche d'une casserole. Inutile de dire que cela n'arrangeait pas son caractère. C'était grave, avait-elle compris. Et malgré son jeune âge, elle s'était sentie dans l'obligation de la secourir. Sa mère ne lui avait pourtant rien demandé. Elle avait même commencé par refuser son aide. Mais en bonne fille, elle avait insisté. Et sa mère avait fini par lui confier les tâches qu'elle peinait à exécuter. *A posteriori*, c'était d'ailleurs ce qu'il y avait de plus dur à assumer pour elle, sa veulerie d'alors, son ardeur à aider une mère pourtant incapable d'affection, alors qu'elle aurait dû l'affronter. Elle n'était en effet pas seule en cause. Il y avait Thierry, son petit frère, de trois ans son cadet, au côté duquel elle aurait dû se ranger afin de le défendre. Au lieu de quoi… elle avait prêté main-forte à sa mère. C'était le cas de le dire.

Cela avait commencé de façon insidieuse un jour où sa mère avait voulu punir Thierry. À bout de ressource devant ce fils aussi turbulent que rebelle, elle avait choisi de confisquer sa peluche chérie. Mais comme celle-ci était trop volumineuse pour qu'elle puisse la soulever elle-même, elle lui avait demandé de le faire à sa place.

Elle se souvenait d'avoir pensé qu'il s'agissait d'une tâche bien simple, comparée à tout ce qu'elle avait fini par prendre en charge pour aider sa mère, comme la cuisine, les courses, le ménage, la lessive et le repassage. Sans comprendre qu'elle franchissait ainsi une limite inacceptable. Car son devoir de fille consistait à porter secours à sa mère et non à lui apporter son concours pour punir son frère. Si bien qu'en accomplissant pour sa mère de façon indistincte tous les gestes que celle-ci ne parvenait plus à exécuter elle avait tacitement accepté de devenir son bras armé, ce qui lui apparut de façon flagrante quelques années plus tard.

Il en est des gestes comme de bien d'autres choses, il y en a d'irrémédiables. Et elle était hantée par ceux qu'elle avait accomplis à la place de sa mère à l'adolescence de Thierry. Comment avait-elle pu ? Elle était pourtant bien placée pour savoir ce qu'il ressentait en recevant ses coups puisqu'elle en avait elle-même reçu de sa mère. Mais alors qu'au fil du temps elle avait appris à les éviter, notamment à force de lâcheté et de serviabilité, Thierry, lui, avait choisi la voie du conflit et de la rébellion. Ce qui lui valut nombre de gifles et de sanctions avant que leur mère, qui n'avait plus dans les mains la force suffisante, n'achète une cravache dans un magasin d'articles d'équitation. Une solution qui lui donna toute satisfaction, jusqu'au jour où, incapable de plier les phalanges, la cravache lui glissa des mains. Sa mère aurait-elle seulement songé à lui demander de manier la cravache à sa place si elle n'avait pas pris l'initiative de la ramasser ? s'interrogeait-elle encore et toujours depuis ce moment-là. Son zèle d'alors lui faisait honte. Il ne pouvait s'agir d'autre chose, vu qu'elle exécrait sa mère et qu'elle n'avait pas le souvenir d'avoir ressenti la moindre compassion ou pitié à son égard en la voyant pleurer de rage et d'impuissance devant la déformation de ses doigts.

Comment en était-elle arrivée à basculer ainsi de la bonne volonté à l'empressement, puis de la complaisance à la complicité en levant la main sur son frère pour le compte de sa mère ? Était-ce le mécanisme de l'engrenage qui l'avait piégée dans son apparente logique ? Et qui l'avait rendue incapable de refuser ce dont elle semblait avoir accepté le principe des années auparavant lorsqu'elle avait ramassé la peluche de son frère ? Ou bien le besoin inavouable d'être le bon petit soldat de sa mère dont elle cherchait désespérément l'approbation ? Sans doute un peu des deux, puisqu'elle se sentait injuste ou malhonnête dès qu'elle penchait pour une seule de ces hypothèses.

Quel était l'intérêt de ressasser son passé, s'insurgea-t-elle, considérant que ni Thierry ni sa mère n'étaient plus de ce monde. Mais elle n'arrivait pas à freiner la machine à remonter le temps qui s'était mise en marche au même moment que les ondes de radiofréquence dans le champ magnétique de l'appareil. Et elle aurait sans doute revécu les épisodes les plus pénibles de son enfance si l'IRM n'avait pas alors pris fin, interrompant à point nommé son douloureux travail de réminiscence.

– L'examen est terminé. On va vous sortir du cylindre de l'appareil et vous pourrez alors vous lever, vous rhabiller et partir. On transmettra le compte rendu directement à votre médecin, retentit dans son casque une voix surgie de la cabine d'examen des clichés.

*
* *

CHAPITRE 29

Rationalisme

— CHRISTINE —

Poids : 61,7 kilos (– 700 grammes). Moins bien que la veille, mais quand même pas mal.

Tension : 91/71.

Pouls : 76.

D'après la vidéo du jour, il était possible de ressentir un petit coup de mou au troisième jour de jeûne. Ce n'était rien de le dire. Son corps se rebiffait. Et elle morflait. Elle s'était réveillée fatiguée, déprimée, sans entrain, avec un mal au crâne à couper au couteau, que l'infirmière avait attribué à l'arrêt brutal du café. Aussi cette dernière avait-elle préféré, plutôt que de l'aspirine, lui en prescrire une tasse qui lui avait été apportée dans sa chambre. Une exception à la règle, mais quel plaisir ! De toute façon depuis la veille, elle avait été incapable de penser à autre chose qu'à sa consultation avec Agnès. Comme elle sortait de chez la médium, elle avait pleuré pendant longtemps, déversant un trop-plein d'émotions qu'elle s'était ensuite efforcée de maîtriser en les traitant les unes après les autres comme s'il s'agissait de dossiers administratifs.

Sans conteste, en premier lieu, il y avait la joie sans mesure d'entendre son père, auquel elle continuait de parler lorsqu'elle était toute seule, pour ne pas ressentir son absence depuis trois ans. Mais cette joie était suivie de près par la stupéfaction. Car elle n'aurait jamais imaginé que celui-ci se manifesterait de façon si irréfutable.

C'est qu'en demandant une consultation à Agnès elle n'avait pas réfléchi plus loin que le bout de son nez. Les histoires de fantômes et de médiums l'avaient toujours intriguée. Et comme son père lui manquait, elle avait simplement pensé que cela serait merveilleux de recevoir un signe de sa part. Mais elle s'était rendue chez Agnès en touriste, munie d'une dose de scepticisme et d'incrédulité confortables qui la maintenait du bon côté du rationalisme, tel le côté d'une avenue le plus exposé au soleil et donc le plus prisé. Aussi s'attendait-elle à recevoir un message qui laisserait une bonne part au doute, quant à son sens, son origine, voire son authenticité, du genre : « Je suis avec toi, depuis toujours et pour toujours. » Bref, un message énigmatique, juste assez troublant pour en éprouver du réconfort, mais pas assez précis pour être déconcertant. Elle était loin d'imaginer que l'esprit de son père s'exprimerait de façon aussi claire, personnelle et singulière, la laissant avec la certitude stupéfiante qu'il s'agissait bien d'un message de lui, envoyé de l'au-delà.

Et, bien qu'extraordinaire, cette nouvelle la propulsait en dehors de sa zone de confort en l'obligeant à réviser son idée du monde, estampillée par la raison. Cela changeait tout, à commencer par sa peur de la mort, qui n'était donc pas le trou noir qui vous engloutit sans retour. S'ouvrait alors tout un champ de questions qu'elle ne s'était jamais posées auparavant. Notamment sur ses convictions en matière de spiritualité, très sommaires, qu'elle s'était forgées en réaction à ses grands-parents perpétuellement courbés dans des églises humides, dont l'humilité complaisante et masochiste et les jugements culpabilisants sur le péché l'avaient amenée à développer une véritable aversion pour la religion.

Enfin ses larmes d'après la consultation étaient aussi mêlées de la colère d'avoir reçu de son père non pas le message d'amour qu'elle attendait, mais un vulgaire conseil de plombier. Et, avec cette émotion-là, elle n'avait pas fini d'en découdre.

Conclusion : la journée s'annonçait morose. D'autant qu'elle ne savait pas comment se définir par rapport à Brigitte, qu'elle avait envoyée bouler la veille par un refus de garder son chien, ce qui lui avait paru sur le moment un geste plein de panache, amplement justifié par le comportement d'une parfaite égoïste, mais qui lui apparaissait désormais comme un refus mesquin de rendre service à une amie, révélant un manque de générosité patent. Et elle ne savait pas non plus ce qu'elle ressentait vis-à-vis d'Agnès, de la reconnaissance pour lui avoir permis de vivre ce contact avec son père, de la fascination pour son intimité avec l'au-delà, ou de l'irritation pour ses sermons qui lui avaient rappelé les prêtres de son enfance. Résultat des courses, elle décida de les éviter toutes les deux le temps de savoir quoi faire.

Ainsi, pour le déjeuner, elle décida d'aller dans la salle à manger des jeûneurs dès l'ouverture, histoire de ne prendre aucun risque de les croiser. Il y avait de la soupe aux petits pois, un jus végétal à base de céleri, d'épinards et de poire, ainsi que du jus d'ananas et de pastèque. Autant de préparations parmi lesquelles elle pouvait en choisir une, ou en panacher deux demi-portions. Elle opta pour un grand verre de jus de fruits, qu'elle avala d'une traite, avec d'autant moins de plaisir qu'elle savait ce qui l'attendait de retour dans sa chambre. Puisque pour couronner le tout, c'était le jour de son premier lavement ! Qu'est-ce qui lui avait pris de choisir cette formule artisanale impliquant la venue dans sa chambre d'une infirmière pour lui introduire sa canule dans le derrière plutôt que les trois séances d'hydrothérapie du côlon requises pendant toute la durée de la cure ? Certes, cette formule était gratuite et elle lui avait paru plus douce que le lavage intestinal high-tech façon Kärcher proposé par la clinique à 130 euros la séance. Mais du coup jusqu'à la fin de la cure, elle allait devoir endurer la chose un jour sur deux après le repas de midi.

– Couchez-vous en chien de fusil sur le lit et détendez-vous, lui dit l'infirmière adorable, munie d'une poche de liquide, d'au moins un demi-litre, dotée d'un tuyau et d'un embout à insérer là où on sait incroyablement long qui ne lui disait rien qui vaille.

– Dites-moi stop lorsque vous sentirez que vous avez absorbé autant d'eau que vous le pouvez et j'arrêterai. Après cela, essayez de tenir le plus longtemps possible, environ trois minutes, avant d'aller aux toilettes.

Autant la canule était indolore, autant le liquide l'étonna par la fraîcheur de sa température. Et elle se surprit à crier « stop ! » en moins de temps qu'il ne fallait pour le dire. Le plus difficile fut de se retenir pendant que l'infirmière finissait de laver et de ranger le matériel avant de se précipiter à son tour dans la salle de bains. Là elle éclata de rire, soulagée. Vraiment, il n'y avait pas de quoi en faire un fromage ! D'autant que pour se distraire, elle avait calculé qu'après ce lavement il ne lui en restait plus que trois à subir d'ici la fin de la cure. Elle avait bien fait. Peut-être qu'il était temps qu'elle voie le bon côté des choses, qu'elle arrête de râler et qu'elle profite de sa cure !

*
**

CHAPITRE 30

Cabinets japonais

— AGNÈS —

Agnès se demandait parfois si c'était une chance de percevoir davantage de fréquences que le commun des mortels, comme ce matin-là dans la chambre de Brigitte, où elle captait malgré elle les informations émises par les affaires de celle-ci, ce qui lui donnait l'impression d'être indiscrète.

Certes, il n'y avait pas que des inconvénients dans ce phénomène. C'était même la seule de ses aptitudes dont son mari s'était servi tout au long de leur vie commune, puisqu'il lui donnait le CV de tous les employés qu'il envisageait d'engager avant de les embaucher. Il appelait ça lui demander son « avis ». Et, de fait, c'est ce qu'elle se contentait de lui donner, car il aurait été bien trop mal à l'aise d'apprendre que les photos des postulants s'animaient lorsqu'elle les examinait et que défilaient sous ses yeux des séquences imagées de leur enfance, puis de leur adolescence, qui lui permettaient d'accéder à leur histoire et à leur état d'esprit. Pas besoin d'entrer dans un état de transe légère, les objets étaient des supports de communication qui lui parlaient, ce qui transformait, par exemple, en brouhaha épuisant la tournée des brocanteurs dans laquelle l'entraînait souvent son collectionneur de mari. Mais elle préférait cette cacophonie à la décharge de détresse qui la secoua en déplaçant le réveil de bureau de Brigitte pour décrocher le téléphone de sa chambre et prévenir la réception que, ne voulant pas être dérangée, elle préférerait que le ménage ne soit pas fait ce matin-là, comme le lui avait demandé Brigitte.

– Nous voici tranquilles, toi et moi, pour le reste de la matinée, dit-elle à Popcorn d'une voix enjouée destinée à regagner un peu de sérénité.

Habitué à être gardé par quelqu'un d'autre que sa maîtresse, le petit chien était calme et distant, comme s'il s'était résigné à faire contre fortune bon cœur. Il attendait Brigitte. Et cette attente constituait sans nul doute une occupation qui l'accaparait tout à fait, trop en tout cas pour répondre aux propositions de jeux ou de bol d'air sur la terrasse d'une étrangère dans son genre.

C'était à l'évidence aussi le cas de l'esprit de la mère de Brigitte, qui ne s'était pas manifestée depuis son réveil. Tapie dans un repli du voile séparant les vivants et les morts, sans doute gardait-elle ses forces en vue de la conversation cruciale qu'elle espérait avoir avec sa fille dès son retour. Et, à bien y réfléchir, c'était également son cas, se dit Agnès en constatant que de lire dans la chambre de Brigitte ne lui faisait pas du tout le même effet que de lire dans la sienne, comme si le fait d'attendre Brigitte enduisait l'instant présent d'une patine qui le ternissait et le rendait plus lourd. Parasitée par cette attente, elle se découvrait à la fois agitée et désœuvrée. Et ce d'autant plus qu'elle se gardait bien de toucher à quoi que ce soit dans la chambre qui serait susceptible de la faire plonger dans l'histoire de Brigitte qu'elle ne voulait pas connaître avant de lui transmettre le message de sa mère afin de pouvoir s'effacer totalement sans interférer entre elles.

La salle de bains lui ayant paru sans danger, elle s'assit avec curiosité sur ses toilettes, autrement plus sophistiquées que celles de sa chambre, qui étaient équipées de fonctions ahurissantes telles que des jets d'eau d'intensité et d'orientation différentes indiquées par des logos sur un boîtier accroché au mur. Mais mal lui en prit, car ses fesses généreuses débordant du siège des toilettes déclenchèrent aussitôt la fonction séchoir de ces cabinets japonais, d'où une odeur nauséabonde d'urine chaude. Elle commença par glousser, puis elle se reprit. Fallait-il que son derrière soit considérable pour qu'il dépasse ainsi de toilettes pourtant destinées aux clients d'une clinique d'amaigrissement qui n'avaient *a priori* rien de fluet ? ! Peut-être était-il temps qu'elle prenne soin d'elle-même ?

Elle repensa à Pilar, la vendeuse de la boutique, qui était à ses heures également prof de gym et qui lui avait proposé d'assister à son cours, en formulant sa demande comme s'il s'agissait d'un service. Celle-ci manquait-elle d'élèves au point de draguer les clientes de la boutique pour ne pas faire pâle figure auprès de ses collègues, comme la prof d'aquagym qui faisait un malheur à la piscine tous les jours à 11 heures ? Ou était-ce une façon délicate de l'inciter à se remettre en forme ? Elle n'en savait rien. Dans le doute, elle avait cru s'en tirer en lui confiant qu'elle ne possédait aucun vêtement de sport :

– Alors là, ce n'est vraiment pas un problème, lui avait répondu Pilar qui lui présenta aussitôt des leggings, des tee-shirts, des baskets et des chaussettes adaptées.

– Mais vous avez ma taille ? lui avait-elle demandé avec surprise.

– Bien sûr ! lui avait répondu Pilar avec conviction, comme si cela ne faisait pas un pli, ce qui lui avait fait beaucoup de bien.

Néanmoins cela avait été un choc de se voir en tenue de sport. Depuis combien de temps ne s'était-elle plus regardée en pied ? Elle fut prise au dépourvu par la forme ovoïde qu'avait désormais son corps.

Un énorme ballon de rugby sur pattes ! se dit-elle partagée entre détresse et fou rire.

Pilar l'avait-elle senti ? Toujours est-il qu'elle lui apporta alors de quoi se couvrir :

– Et que diriez-vous de ce petit kimono à porter en veste pour vous déplacer dans les allées de la clinique ? Cela mettrait un peu de couleur.

Touchée par sa délicatesse, Agnès avait acheté la panoplie de la sportive et plus ou moins promis à Pilar d'assister à son cours qui se déroulait le lendemain.

Prévenue par l'agitation soudaine de Popcorn, Agnès comprit que Brigitte n'allait pas tarder. Comment allait-elle aborder la question de sa mère défunte et l'amener à accepter une consultation ? Il était bien temps d'y songer ! se reprocha-t-elle, elle aurait pu y penser avant, considérant qu'il y avait trois heures qu'elle s'embêtait ferme dans sa chambre.

Brigitte déboula sur ces entrefaites, à l'évidence soulagée d'en avoir fini avec cet examen et enchantée de retrouver Popcorn qui lui fit une fête de tous les diables :

– Oh ! mon chéri, quel amour ! Oui, c'est la fête de se retrouver, oui, oui, oui ! ! ! Moi aussi, je suis contente ! ! !

L'échange de Brigitte et de son chien s'éternisant, Agnès finit par se sentir de trop, piquée, plantée dans un coin de la pièce, comme si elle attendait d'être récompensée pour ses bons et loyaux services. Si bien qu'elle se dirigea vers la porte de sa chambre en disant :

– Bon ! Eh bien ! je vais vous laisser…

Il allait sans dire que c'était une figure de style car elle était certaine que Brigitte allait l'arrêter avant qu'elle ne passe la porte pour un brin de conversation ou à tout le moins des remerciements, lui donnant ainsi un prétexte à rebondir et à improviser sa demande.

Mais Brigitte n'en fit rien et se contenta de jeter un coup d'œil dans sa direction, avant de replonger au sol pour prendre son chien dans ses bras, comme si elle ne l'avait pas vue, comme si elle n'existait pas.

⁂

JOUR 6

CHAPITRE 31

La chance des débutants

— GUY —

Encore un article sur l'affaire Carpentier ! constata Guy sur l'écran de l'ordinateur de la clinique, avant d'être assailli par les crampes d'une colique, qui le saisissait dès qu'il était angoissé. Et ce depuis l'enfance, où ses intestins, qui refusaient de se mettre au diapason du sang-froid dont il voulait faire preuve au moment d'aller à l'école, le retenaient dans la salle de bains bien après l'heure où il aurait dû se mettre en route, provoquant nombre de retards qui n'arrangeaient rien à son cas. Aussi, avant de se précipiter aux cabinets, n'eut-il que le temps d'en lire le gros titre : « L'affaire Carpentier, sur la piste d'un serial killer ? »

À tous les coups, le journaliste avait déterré le cas de sa voisine qui habitait un immeuble de sa résidence, se dit-il au bord de l'évanouissement. Mais celle-là, il n'y était pour rien ! L'autopsie avait révélé que la vieille avait confondu le collyre de son chien avec ses gouttes pour le cœur. À l'époque, cela l'avait tarabusté, peiné même. Elle était gentille, cette dame ! Un accident trop bête et, en l'occurrence, fatal. Bien sûr, elle n'était pas un perdreau de l'année, elle avait l'âge de partir. Et puis ce n'était pas comme si elle avait des enfants. Mais tout de même. Cela lui avait fait quelque chose. Au point qu'il avait lancé des recherches sur Internet sur les effets toxiques de l'atropine, semble-t-il liée à la belladone, une plante appelée aussi morelle perverse, cerise du diable ou mandragore baccifère. Tout un programme ! C'est même ça qui lui en avait donné l'idée. Cela avait l'air tellement simple. En tout cas pour lui, qui en rencontrait beaucoup, des vieilles à la recherche de conseils ou de traitements pour leur chien. Cela leur évitait un trajet chez le vétérinaire et le prix de la consultation. Il faut dire qu'à force de côtoyer des vétérinaires il en savait long au sujet des chiens. Et il en discutait d'autant plus volontiers avec les mamies souvent seules et avides de conversations que ça faisait partie de l'idée qu'il se faisait de son métier et de lui-même, car il avait toujours aimé rendre service.

Retenu aux cabinets, comment se serait-il empêché de penser à Suzanne ? Avec elle, n'avait-il pas eu la chance des débutants ? Il n'avait pas eu à tâter le terrain bien longtemps avant de constater qu'elle avait peur de la confrontation, ce qui lui facilita la tâche. Alors il s'était lancé, appliquant son projet qu'il qualifia d'aventure, aussi bien pour se le représenter sous un jour favorable que pour rendre justice à son côté excitant et son issue incertaine.

La première étape qu'il s'était fixée ? Séduire Suzanne. Lui donner ce dont elle avait besoin, en l'occurrence de la compagnie, de l'affection et de la sécurité. Et cela lui était apparu d'autant plus facile qu'il lui suffisait de la traiter ainsi qu'il avait lui-même toujours rêvé de l'être. Si bien qu'il n'eut aucune peine à l'entourer et à la choyer comme s'il éprouvait de l'affection pour elle. Il eut ainsi l'occasion de constater que les marques d'affection factice qu'il s'efforçait de donner à la vieille dame l'amenaient à ressentir pour elle une sorte d'attachement sincère et que son dévouement de commande, pourtant entaché de mauvaises raisons, le rendait contre toute attente heureux.

Néanmoins, il était hors de question d'en rester là. Il avait une revanche à prendre sur son passé. Et c'était l'occasion de se prouver qu'il ne manquait ni de talent ni d'intelligence. Donc une fois qu'il eut installé le confort affectif dont Suzanne avait besoin en lui donnant l'habitude de recevoir une visite tous les week-ends et un coup de téléphone chaque jour à heure fixe, il était passé à l'étape suivante : se rendre serviable et compétent à tout propos, qu'il s'agisse de son chien, de son téléphone portable, de sa connexion Internet, des courses, des réservations au restaurant ou des places de spectacle, l'idée étant de graver dans son esprit la certitude qu'elle pouvait toujours compter sur lui, en lui disant : « Pas de souci, je m'en occupe », le plus souvent possible. Puis il s'était rendu indispensable en l'assistant pour ses remboursements de Sécurité sociale, ses déclarations d'impôts ou les fiches de paie de sa femme de ménage, remplaçant ainsi peu à peu son « Je m'en occupe » par « Je m'occupe de tout ». Moyennant quoi Suzanne en vint assez vite à ne plus prendre une décision sans lui en parler.

Sans doute aurait-il dû se contenter de cette dépendance affective en guise de victoire symbolique. Mais l'accès aux comptes en banque de Suzanne constituait à ses yeux la seule preuve de son succès, qui présentait, en outre, l'avantage d'en finir avec ses fins de mois difficiles.

Quand il sortit enfin des toilettes, le bureau où se trouvait l'ordinateur était occupé.

– Ah ! C'est vous, dit-il d'une voix au timbre adouci à la vue de la figure de Marthe derrière l'écran.

– Vous tombez à pic, dit-elle en se levant. Je viens de terminer mon courrier et je m'apprêtais à partir à votre recherche. Ça vous dirait d'aller aux puces avec moi ce matin ? Il y a un bus qui y part à 11 heures.

– Quelle bonne idée ! Donnez-moi dix minutes pour lire mes mails et je vous rejoins dans le hall.

Cette fois, il tremblait de peur en tapant « affaire Carpentier » dans le moteur de recherche. Mais il crut se trouver mal en lisant l'article qui, bien que succinct, évoquait la piste d'un tueur en série dont le mode opératoire consistait à se servir des chiens comme appât pour aborder ses victimes. Impossible de rentrer chez lui dans ces conditions ! Gagné par la panique, il se força à réfléchir posément. *Primo,* il devait s'assurer qu'il lui était possible d'écourter son séjour sans payer de supplément, ce qu'il vérifierait tout de suite en passant par la réception avant de rejoindre Marthe. *Secundo,* il était obligé de faire peau neuve et de s'inventer un nouveau plan, voire un nouveau personnage, et *fissa,* par exemple l'après-midi même, dès son retour du marché aux puces.

*
**

CHAPITRE 32

Corruption

— BRIGITTE —

Brigitte se réveilla en sursaut, tout à l'angoisse de ne pas savoir comment faire garder Popcorn pour ses rendez-vous de la journée. C'était un peu de sa faute parce qu'elle avait franchement déconné la veille quand elle avait laissé partir Agnès sans un mot de remerciement, ce dont elle ne s'était rendu compte que lorsque Popcorn avait fini de lui faire la fête. Ce n'était pas très malin. Car, bien qu'elle n'ait aucune envie de frayer avec cette grosse dondon, elle faisait une *dog-sitter* idéale. Et elle aurait été mieux inspirée de se la mettre dans la poche et de s'assurer de ses disponibilités éventuelles pour les jours suivants. Et ce d'autant plus qu'à l'inverse de ce qu'elle avait pensé elle ne pouvait pas compter sur l'aide de Christine, qui avait totalement disparu de la circulation depuis deux jours et qui ne répondait plus à ses SMS ou à ses coups de fil. Inquiète, elle était allée jusqu'à prier la réception de vérifier si Christine allait bien. On lui avait répondu qu'elle n'avait pas à s'inquiéter. Quelle mouche l'avait piquée ? Elle n'en avait aucune idée ! Mais c'était un comble tout de même, considérant qu'elle lui avait avancé la somme nécessaire à son séjour et qu'elle avait organisé tout le voyage.

Quoi qu'il en soit, elle était désormais bien embêtée. Car elle avait beau avoir pris le moins de rendez-vous possible, elle se retrouvait coincée pour ses obligations de l'après-midi. Comment faire juste après le déjeuner pour son premier soin d'enveloppement hépatique auquel elle avait échappé jusque-là, puis pour sa séance d'hydrothérapie du côlon et son rendez-vous avec le docteur Da Silva pour commenter les résultats de son IRM ?

Elle disposait de la matinée pour inventer une solution. Certes, elle avait bien la possibilité de recontacter Agnès, mais elle ne se voyait pas lui présenter des excuses pour lui réclamer aussitôt un nouveau service dans la foulée. Non, ce serait trop cavalier. Mieux valait lui glisser un petit mot d'excuse sous sa porte pour normaliser leurs rapports et attendre un peu avant de la recontacter si besoin était.

C'est le plateau de petit déjeuner qu'elle trouva dans sa chambre à son retour de l'infirmerie qui lui en donna l'idée. Comment n'y avait-elle pas pensé plus tôt ?

Aussi, au lieu de libérer tout de suite Popcorn de son placard, et négligeant son infusion, en l'occurrence un mélange fenouil, menthe, citronnelle, rooibos, anis, orange, cannelle, décrit comme digestif, antispasmodique, expectorant et tonique, s'empara-t-elle du pot de miel qui était servi avec et qu'elle tentait jusque-là de faire durer toute la journée en en prenant une cuillère de temps en temps. Et elle le renversa soigneusement sur le sol au milieu de la pièce, avant de décrocher son téléphone et de dire dans son meilleur espagnol :

– *Necesito alguien para ayudarme a limpiar.*

Puis, à l'arrivée de la femme de chambre :

– *¡Disculpe, disculpe, hice una tontería!*

Enfin, tandis que la jeune femme agenouillée nettoyait les dégâts, elle lui demanda son nom, celui de la personne qui faisait le service du soir, leurs horaires de travail. Et elle apprit ainsi qu'elle s'appelait Carmen, qu'elle avait 30 ans, un mari menuisier et deux enfants, que sa collègue Asunción prenait des cours du soir pour devenir comptable, et qu'Alba, l'infirmière en charge des enveloppements hépatiques, avait un enfant adulte handicapé. Puis, juste avant de la raccompagner à la porte, elle glissa dans sa poche un billet de 100 euros, en lui disant :

– *¡Muchas gracias Carmen, soy Brigitte, y eso es para tus hijos!*

Et lorsque celle-ci fit mine de refuser son pourboire dont le montant lui semblait extravagant, Brigitte ajouta en français :

– Non cela me fait plaisir, vraiment. Vois-tu, moi, je n'ai pas d'enfant, juste un chien qui est l'amour de ma vie, donc je ne peux qu'imaginer combien tu dois tenir à tes enfants. Alors si je peux t'aider à les gâter…

Et, bien que Carmen n'ait visiblement pas tout compris de ce qu'elle lui avait dit, elle parut en avoir saisi l'essentiel. À savoir que son chien était à ses yeux aussi important qu'un enfant. Et que cet échange de confidences lui avait rapporté 100 euros. De quoi la dissuader de signaler la présence de Popcorn à sa hiérarchie lorsqu'elle la découvrirait, lui semblait-il.

Aussi, peu importe qu'à cette occasion elle ait effrontément menti à Carmen en niant l'existence de sa fille, Dorothée, avec laquelle elle était brouillée depuis cinq ans, et qu'elle était incapable d'évoquer sans ciller. Cette information ne donnait-elle pas d'elle-même une image de femme au caractère difficile ? Ce qui aurait suscité son lot de soupçons, de questions ou de conseils malvenus parfaitement incompatibles avec l'ambiance d'empathie qu'elle voulait installer entre elle et Carmen avant de la soudoyer.

*
**

CHAPITRE 33

Conte zen

— AGNÈS —

Aurait-elle voulu céder à la tentation de se monter le bourrichon qu'Agnès aurait pu s'en donner à cœur joie. Entre Brigitte, qui la traitait plus bas que terre, Christine, qui avait clairement manifesté son insatisfaction à l'issue de sa consultation, et le cas de conscience posé par le couple formé par le bel homme et la vieille dame, elle aurait pu se dire qu'elle était tricarde.

Mais cela faisait longtemps qu'elle avait décidé de ne pas s'apitoyer sur son sort en prenant les choses personnellement. Ses aptitudes lui offraient une lucarne sur les souffrances d'autrui qui ne lui laissait aucun doute sur le fait que les gens étaient le plus souvent trop occupés par leur propre personne pour accorder une attention délibérée aux membres de leur entourage. Ainsi, elle n'était pour rien dans le mépris de Brigitte, qui avait constamment besoin de se sentir supérieure à quelqu'un pour masquer ce qu'elle pensait d'elle-même, à savoir qu'elle n'était qu'une moins que rien. Quant à la colère de Christine, elle était destinée à son père défunt, pas à elle qui s'était bornée à relayer ses propos. La jeune femme avait seulement besoin d'un peu de temps pour digérer les émotions suscitées par la séance avant de s'en aviser. Enfin, pour ce qui était du couple qu'elle qualifiait *in petto* d'infernal, elle en avait conclu qu'il était urgent de ne rien faire, même si le gigolo, sans doute meurtrier, voulait bel et bien s'en prendre à la courtisane retraitée.

Comment dire si c'est bien ou mal ? On ne sait jamais, se dit-elle en souvenir du conte zen qui l'avait tant marquée, celui du fermier propriétaire d'un cheval indispensable aux travaux de sa ferme. Un jour le cheval s'enfuit. Et son voisin de lui dire : « C'est terrible ! Vous devez être dévasté. » Et le fermier lui répond : « Comment dire si c'est bien ou mal ? On ne sait jamais. » Mais, quelques jours plus tard, le cheval revient au bercail en compagnie d'un cheval sauvage. Et son voisin de le féliciter : « Vous devez être ravi. » Ce à quoi le fermier lui réplique : « Comment dire si c'est bien ou mal, on ne sait jamais. » Plus tard, le fils du fermier monte le cheval sauvage qui le fait tomber. Le fils du fermier se casse alors la jambe. « Quelle horreur ! dit le voisin. Voilà votre fils estropié à vie ! » « Comment dire si c'est bien ou mal, on ne sait jamais... », rétorque à nouveau le fermier. Par la suite, la guerre éclate. Tous les jeunes gens sont mobilisés, excepté le fils du fermier. « Votre fils est le seul à ne pas partir à la guerre. Assurément, il a beaucoup de chance ! » annonce le voisin. Et le fermier de répondre à nouveau « Comment dire si c'est bien ou mal, on ne sait jamais... »

Néanmoins, malgré toute la sagesse qu'elle s'efforçait de mettre en pratique, Agnès ne pouvait se défendre de ressentir une impression de tristesse et d'abandon. Elle avait besoin de se requinquer, de se connecter à quelque chose de beau et de bon. Alors elle repensa à l'incroyable gentillesse de Pilar, la vendeuse de la boutique, dont les yeux s'étaient illuminés en s'adressant à elle. Ne lui avait-elle pas promis de venir à son cours ?

Aussi, quelques instants plus tard, se retrouva-t-elle devant le miroir de sa chambre où, mal à l'aise dans sa tenue de sport qui moulait son corps d'ordinaire escamoté par le rempart de ses tuniques, elle enfila le kimono cache-misère opportunément recommandé par Pilar avant de respirer un bon coup. Et elle se lança dans les couloirs de la clinique en direction du gymnase, où elle n'avait encore jamais mis les pieds.

La pièce, dans son immensité, avait un charme désuet bien différent de celui de la salle de sport tout en verre et en métal située au bout du jardin. L'ambiance y était pour ainsi dire coloniale, avec son parquet, ses ventilateurs au plafond et son pan de mur de portes-fenêtres en arc de cercle aux montants de bois foncé qui donnaient sur le jardin.

Agnès s'y sentit aussitôt plutôt bien, tant ses proportions imposantes reléguaient au second plan sa vocation sportive. Se trouvaient ainsi estompés les monceaux de tapis de gym, les piles d'haltères et les rangées de ballons d'exercice à picots bombés comme des champignons pourtant capables d'enlaidir n'importe quelle pièce de taille plus modeste, tout comme les cinq ou six personnes venues assister au cours qui semblaient, elles aussi, bizarrement happées ou rapetissées par le volume de la salle.

– Vous êtes venue ! s'écria Pilar d'un air émerveillé avant de l'accueillir comme un personnage de haut prestige qui l'aurait honorée de sa présence.

Puis elle l'escorta jusqu'à un mur de casiers numérotés correspondant aux numéros de chambre, qui contenaient chacun une serviette à mettre autour du cou, ainsi qu'une housse personnelle destinée à recouvrir les matelas de gym, tout en se tournant vers un monsieur pour lui demander des nouvelles de sa femme : « Ça va, Yvonne ? Je ne la vois pas ce matin ? » Et elle débuta son cours.

– Contrairement au yoga, où on inspire et on expire par le nez, je vais vous demander d'inspirer par le nez et d'expirer par la bouche…

Pilar ne s'adressait qu'à elle, nota Agnès, en constatant que les autres participants semblaient être des habitués.

– Pour vous, Agnès, pas besoin de sauter avant de plier les genoux…

Ou bien :

– Restez sur vos avant-bras, Agnès, pas la peine de prendre appui sur les mains pour faire la planche. Bravo, c'est fantastique !

Bien sûr, elle se sentit vaguement honteuse et gênée lorsqu'elle se rendit compte que tous les élèves sans exception, même ceux d'apparence très âgés, étaient de loin plus souples et plus musclés qu'elle. Mais qu'importe ! Pilar lui témoignait une telle bienveillance qu'elle en aurait pleuré. Cela faisait longtemps qu'elle n'avait pas ressenti tant de douceur.

*
* *

CHAPITRE 34

Cours de méditation

— CHRISTINE —

Poids : 61,4 kilos (– 300 grammes). Décevant après les prouesses des jours précédents.

Tension : 97/74.

Pouls : 70.

Il y avait un cours de méditation sur le point de commencer au pavillon du Bien-Être. Au point où elle en était, pourquoi pas ? se dit Christine, pourtant rebutée jusque-là par cette pratique très à la mode qui suscitait un enthousiasme unanime d'autant plus irritant que ses adeptes, incapables de se retenir de prêcher pour leur paroisse, multipliaient les injonctions à la relaxation et les descriptions de leur bien-être sans mesurer à quel point ils culpabilisaient les anxieux et les stressés dans son genre. Mais après avoir consulté une médium et communiqué avec son père dans l'au-delà, elle pouvait mettre une croix sur son scepticisme goguenard à l'égard des pratiques et des croyances alternatives qu'elle snobait jusqu'alors. Donc, pourquoi pas la méditation ? Après tout, l'un des intérêts de Gruber n'était-il pas de lui permettre de découvrir et d'expérimenter de nouvelles méthodes ?

Le dojo était un rectangle blanchi à la chaux en lisière d'un bois, dont les arbres animaient la baie vitrée au fond de la pièce comme un écran de cinéma. Devant celle-ci, une estrade où le professeur de méditation, une jeune femme aux longs cheveux tressés en natte, faisait face à une dizaine de participants qui discutaient en attendant le début du cours. Le premier que Christine repéra fut Super Yogi, le quinquagénaire belge aux cheveux crépus poivre et sel que Marthe lui avait présenté comme un obsédé de cette discipline. Puis elle reconnut ses compagnons d'infirmerie, le mannequin sublime aux faux airs de Christy Turlington, accompagné de son prétendant, le jeune Indien transi, dont elle ne put s'empêcher de remarquer les cheveux gras et de penser qu'il aurait été beau avec dix kilos de moins et un vigoureux shampoing. Son père ne doit pas être loin, se dit-elle, ayant constaté que le jeune homme faisait tout en famille. Et comme pour lui donner raison, le patriarche indien lui apparut alors de dos en pleine discussion avec un couple. Christine arrêta son regard sur la femme, qui faisait partie de ces mutantes issues de la chirurgie esthétique que l'on ne peut s'empêcher de scruter pour déceler leurs traits d'origine et les situer sur l'échelle des générations. De sorte qu'elle mit un moment avant de jeter un coup d'œil à l'homme à ses côtés qui, découvrit-elle avec surprise, n'était autre que Guy Godinot, avec lequel elle n'avait aucune envie d'engager la conversation. Mais la question ne se posa pas vu que Guy se contenta en l'apercevant de lui adresser un bref signe de tête, visiblement captivé par les propos de l'Indien :

– Oui, j'ai guéri grâce au jeûne. Mais cela ne s'est pas produit du jour au lendemain. J'ai commencé par une série de trois cures d'un mois sur une période de deux ans, ce qui a bel et bien inversé mon diabète de type 2. Mais cela m'a tellement grisé qu'ensuite j'ai fait des excès. Et bien sûr, mon diabète est réapparu. Alors j'ai refait une cure d'un mois il y a de cela trois ans et depuis je n'ai plus jamais eu besoin de médicament ni d'insuline. Mais il faut dire que j'ai pris le taureau par les cornes. Je fais très attention à ce que je mange, je fais du sport et chaque année, je reviens suivre une cure à Gruber, où j'ai fini par entraîner toute ma famille.

À ces mots, Guy se tourna vers sa voisine, rayonnant comme s'il avait lui-même guéri l'Indien de son diabète :

– Vous voyez, Geneviève, que je ne vous avais pas menti et qu'il ne faut pas perdre espoir !

Avant de lui tendre une enveloppe en ajoutant d'un air entendu :

– Tenez, voilà ce dont je vous avais parlé.

Abasourdie par l'intimité évidente que supposait l'échange de Guy et de ladite Geneviève, Christine se demanda ce que Marthe en penserait. Guy établissait-il des rapports aussi étroits avec tous les curistes ? Ou se faisait-il une spécialité des vieilles en mal de compagnie ?

Mais un coup de gong annonçant le début du cours mit fin à ses interrogations. Les participants prirent place sur les coussins de méditation ronds et dodus comme des beignets placés sur les tapis de yoga disposés en épi de chaque côté du mur. Et après avoir observé leur façon de faire, Christine s'y assit à son tour dans la position du lotus, qu'elle doutait pourtant fort de pouvoir garder plus de cinq minutes.

– Bonjour à tous. Et bienvenue à ce cours de techniques de méditation, qui s'adresse en priorité aux débutants ou aux curieux d'en apprendre davantage sur cette pratique… mais qui n'en accueille pas moins volontiers les méditants aguerris, dit la professeure en adressant un regard appuyé ainsi qu'un sourire de connivence à Super Yogi, dont Christine aurait juré qu'il se rengorgeait sous ses airs faussement modestes.

Puis, tirant à elle un chevalet, elle reprit :

– Je vais commencer par cette illustration tibétaine qui met en lumière les phases par lesquelles passent tous les apprentis méditants. Elle est intitulée « Les neuf étapes de la méditation du calme mental ». Et l'on y voit un moine tentant d'apaiser son esprit, symbolisé ici par l'éléphant qu'il cherche à dresser. Au commencement du chemin emprunté par le moine, autrement dit à ses débuts comme méditant, l'éléphant-esprit rencontre deux types d'écueils. Tantôt il est en proie à la torpeur et il est alors représenté de couleur foncée. Tantôt il est victime d'agitation mentale, personnifiée ici par le singe, qui détourne l'attention du moine en grimpant aux arbres ou en s'éloignant de la route à suivre…

Christine tenta de se concentrer pour suivre l'explication. Mais elle ne put s'empêcher de remarquer que la prof souffrait d'un tic particulièrement agaçant. Car si elle commençait ses phrases comme il se doit, les yeux ouverts et le regard tourné vers l'assistance, elle battait des paupières au bout de quelques secondes avant de fermer pour de bon les yeux, la tête légèrement basculée vers l'arrière comme si elle se trouvait mal ou qu'elle entrait en transe pendant ce qui semblait une éternité, avant de les rouvrir afin d'aligner la phrase suivante.

– Mais en progressant sur le chemin vers le calme mental, la couleur de l'éléphant-esprit s'éclaircit petit à petit et il se laisse jour après jour apprivoiser par le moine. Celui-ci parvient à attacher son éléphant à un arbre, qui symbolise la respiration, à l'aide d'une corde, emblème de la partie de notre esprit focalisée sur la respiration…

Pourquoi fallait-il toujours qu'elle adopte une attitude critique ? se demanda Christine. Elle passait sa vie à osciller entre distance amusée, sarcasme et mauvais esprit. Or ce n'était pas comme si cela lui réussissait, ou que cela l'aidait à maigrir, ou à être heureuse. Sans compter que c'était le contraire de l'attitude requise pour aborder une méditation. Alors au lieu de persifler à l'envi comme elle le faisait, elle ferait mieux d'écouter la prof :

– C'est ce que je vais vous demander pendant cette session, de vous concentrer sur votre respiration en regardant passer sans les saisir les pensées qui vous viennent les unes après les autres, sans poursuivre aucun but, ni chercher à atteindre quoi que ce soit, sauf de laisser émerger ce qui affleure entre vos pensées, de voir ce qui se manifeste à l'intérieur de vous-même et de lui laisser l'espace libre.

Plus facile à dire qu'à faire, se dit Christine, les yeux mi-clos, aux prises avec des pensées triviales qui ne devaient pas être très orthodoxes. Ainsi, lorsqu'elle inspirait, elle ne sentait l'air rentrer que par la narine gauche. Étrange. Sa cloison nasale était-elle en cause ? Elle constata qu'elle avait une perception fragmentée d'elle-même. Lorsqu'elle se concentrait sur les sensations de ses narines, elle ne parvenait pas à suivre sa respiration dans le reste de son corps. Et quand elle portait son attention sur le souffle dans sa gorge, impossible d'en suivre le parcours dans son nez ou son ventre. Enfin, lassée de commenter ses impressions, elle arrêta de vouloir bien faire et cessa de se donner du mal. Alors elle décroisa les jambes et elle se laissa aller.

Bientôt, au lieu de percevoir les variations d'ennui ou d'agitation mentale auxquelles elle s'attendait, elle sentit une boule d'émotion âcre et sèche se former au fond de sa gorge alors que la prof ajoutait avec un indubitable sens du timing : « Accueillez vos émotions, même négatives. » Comme si elle avait le choix ! s'insurgea Christine, submergée par une vague de tristesse, qu'elle avait dû escamoter ou contenir jusque-là pour éviter d'en faire l'expérience et qui ne demandait qu'à surgir. Elle baissa la tête pour cacher ses yeux rougis et ses lèvres gonflées par les larmes. Et elle s'efforça de contenir les poussées de sanglots qui se succédaient dans sa gorge. Si bien qu'elle fut trop occupée pour entendre les mots de conclusion de la prof sur lesquels s'achevait le cours ou pour voir les gens quitter la salle les uns après les autres. Et elle se rendit compte qu'elle était seule dans le dojo lorsqu'elle se risqua enfin à lever les yeux. Sous le coup d'une soudaine inquiétude de voir arriver les participants du cours d'après, elle se leva aussitôt. Puis elle aperçut, à moitié glissée sous le tapis de yoga occupé par Geneviève, l'enveloppe que Guy lui avait tendue avant le cours. Et elle la ramassa par réflexe, sans réfléchir à la façon dont elle la lui ferait parvenir puisque n'y figuraient ni son nom ni son numéro de chambre. Elle verrait bien. De toute façon, pour l'heure, c'était le cadet de ses soucis.

*
* *

JOUR 7

CHAPITRE 35

Promenade

– Bon, on a quarante-quatre minutes devant nous avant le bus du retour. Alors comme d'habitude, je vais mettre une alerte sur mon téléphone dans vingt-deux minutes, comme ça, on saura quand il est temps de faire demi-tour, dit Guy à Marthe.

– Guy, vous êtes un génie ! Quelle merveille de me reposer ainsi sur vous, au sens propre comme au figuré d'ailleurs ! répondit-elle, qui serrait le bras de Guy auquel elle s'appuyait.

Il était 8 h 16. Et le bus de la clinique venait de les déposer sur le parking de l'hôtel Puente Romano donnant sur le chemin du bord de mer, où il fallait choisir de quel côté longer la plage, à droite en direction de Puerto Banús ou à gauche vers Marbella.

– Cela ne vous rappelle pas le narrateur de *La Recherche* alternant ses promenades entre le côté de chez Swann lorsque le temps était incertain et le côté de Guermantes lorsqu'il faisait beau ?

– Comme c'est amusant, je n'y avais pas songé, fit Guy, tout en se faisant la réflexion qu'il risquait d'autant moins d'y avoir pensé qu'il n'avait jamais lu Proust, avant d'ajouter : sauf qu'ici, entre mer et montagne, dans un microclimat où le temps est beau en été comme en hiver, nous sommes privés de ce genre de critères. Alors on tire à pile ou face, ou bien vous avez une préférence ?

– Oui, allons du côté de Marbella, voulez-vous ? Il me semble que la dernière fois, on est allés en direction de Puerto Banús.

– C'est parti pour le côté cossu, vers l'hôtel Marbella Club, son débarcadère, sa plage privée avec ses transats, ses parasols, ses restaurants et son ambiance jet-set, fit Guy qui singeait un tour-opérateur.

– Que vous êtes drôle ! Mais aussi injuste ! Regardez l'arrière-plan des montagnes que l'on voit d'ici, qui se découpent sur le ciel à l'heure où le jour se lève, n'est-ce pas magnifique ? Cela dit, je préfère comme vous le côté de Puerto Banús qui est un peu plus authentique. Mais il faut que je vous avoue : quand on était sur le parking, j'ai aperçu la dame qui habite dans les Pyrénées, vous savez, celle qui s'est retrouvée à notre table au début de la cure et qui nous a infligé tous les détails de son récent cancer, avant de se plaindre du fait qu'elle se retrouvait souvent seule pour sa promenade du matin malgré la présence de nombreux curistes de Gruber, ce qu'elle trouvait honteux. Et je me souviens de m'être dit que cela me paraissait bien normal au contraire, vu que l'on n'avait qu'une seule envie en l'écoutant, c'était de prendre ses jambes à son cou.

– Quel mauvais esprit vous avez ! la railla Guy en affichant un air conquis, alors qu'il s'appliquait non sans mal à ralentir son allure afin de l'accorder à ses petits pas de vieille dame.

– Toujours est-il qu'à notre arrivée je l'ai vue chercher des yeux d'éventuels compagnons de balade et j'ai lâchement fait semblant de ne pas la voir. Puis, quand elle s'est engagée du côté de Puerto Banús, je nous ai fait prendre la direction opposée, car je voulais éviter qu'elle nous mette le grappin dessus. Vous imaginez ? Lui faire la conversation et renoncer à notre tête-à-tête ! Or je suis tellement bien avec vous que je n'ai envie de me priver ni de ce que vous dites ni de votre silence.

Guy se contenta de sourire. Cette invitation à garder le silence tombait à pic. Il avait besoin de réfléchir. Que dire de son plan de bataille ? Il était content de sa lettre, de la façon dont il avait formulé son offre de service et des femmes auxquelles il l'avait donnée. Ce qu'il lui fallait, c'était un job, une porte de sortie, un point de chute où se réfugier à la fin de la cure. Car il ne pouvait pas rentrer chez lui. Et il n'avait plus le temps de ne courir qu'un lièvre à la fois en se contentant de faire le joli cœur avec Marthe dans l'espoir que leur amitié aboutisse à quelque chose de concret.

Il n'y avait qu'à voir le nombre de mois qu'il lui avait fallu pour y parvenir avec Suzanne Carpentier. Car, s'il lui avait été facile de la séduire, il avait trouvé plus délicat de passer d'une simple influence amicale à une véritable opération d'emprise pour atteindre son but. Il avait dû changer du tout au tout, déstabiliser Suzanne au lieu de la rassurer, la délaisser au lieu de l'entourer et la critiquer au lieu de la flatter. Et il n'avait pu le faire que progressivement.

Ainsi avait-il commencé par la faire douter d'elle-même à force de reproches à tout bout de champ : elle était étourdie, désordonnée, crédule, naïve, dépassée par les événements et incapable de tenir ses comptes. Puis il l'avait fait douter des autres : s'était-elle seulement aperçue qu'elle se faisait avoir par tout un chacun, ses fournisseurs, son banquier et même ses petits-neveux qui n'en voulaient qu'à son argent ? Trop affolée pour mettre en cause ses propos, Suzanne s'était empressée d'admettre tous ses torts et de s'excuser dans l'espoir de l'amadouer et de retrouver l'insouciance des débuts de leur relation.

Mais il n'était pas question de lui faire ce plaisir, ni même de lui accorder un sourire avant qu'elle ne convienne qu'il était son seul rempart contre les vautours qui l'entouraient et qu'elle comprenne que ses conseils étaient des ordres, et ses avertissements, des interdictions. Alors il s'était montré intraitable, alternant les bouquets de fleurs et les coups de sang qu'il diversifiait en boudant, en la privant de visites ou de coups de téléphone, ou en la bombardant d'ultimatums tels que : « Faites ce que vous voulez, mais si vous décidez de faire l'inverse de ce que je vous dis, ne revenez pas vers moi pour vous plaindre ! »

Grâce à quoi elle finit par être domptée. Dès lors, elle lui demanda comme un service de réparer ses erreurs, de piloter son banquier qui gérait ses avoirs au petit bonheur et de redresser les bévues de son notaire, dont les conseils patrimoniaux étaient aberrants. Ce qu'il fit mine d'accepter à regret, et seulement pour lui rendre service. Jusqu'au jour où Suzanne changea son testament en sa faveur et souscrivit une assurance-vie dont il était le seul bénéficiaire, et où il comprit non sans stupeur qu'il était parvenu à ses fins. Et puis après ? s'était-il alors demandé, sidéré de constater qu'il s'était tellement concentré sur les moyens d'obtenir la docilité de Suzanne qu'il n'avait pas vraiment réfléchi au but qu'il poursuivait. Mais le sujet était trop épineux pour un authentique examen de conscience. Alors, pendant tout un temps, heureux d'avoir mis en place le dispositif qui ferait de lui l'héritier de Suzanne lorsqu'elle mourrait de sa belle mort, il s'était satisfait de la situation. D'autant que rien ne pressait, vu qu'il s'était aussitôt mis à piocher dans les comptes en banque de Suzanne pour couvrir ses dépenses personnelles.

Ce qu'il n'avait pas prévu, c'est la lassitude qui le gagna une fois qu'il avait obtenu de Suzanne de quoi vivre. Celle-ci ne l'intéressait plus. Elle le dégoûtait même un peu. Comme s'il lui avait fait l'amour et qu'une fois repu il ne pouvait se résoudre à la tendresse requise par l'usage. Impossible de la délaisser néanmoins. Car il devait entretenir chez elle la docilité nécessaire au maintien de ses dispositions testamentaires.

Un service après-vente en quelque sorte. Mais pour combien de temps ? s'était-il demandé, avant de comprendre qu'il ne tiendrait pas la distance et que, tôt ou tard, il commettrait un impair qui éveillerait les soupçons de Suzanne et le ferait retourner à la case départ. Bref, il ne pouvait pas en rester là. Et il allait bien falloir qu'il en finisse d'une façon ou une autre.

L'alarme de son téléphone sonna.

– On fait demi-tour ? lança-t-il à Marthe d'un air distrait.

Marthe acquiesça par un hochement de tête, sans oser relancer la conversation. Guy semblait tellement perdu dans ses pensées qu'elle hésitait à le déranger. Qu'il était beau ! Avec ses yeux fiévreux et sa posture nonchalante, il ressemblait à un portrait de Van Dyck qu'elle avait admiré à la Pinacothèque de Munich. C'était fou, tout de même, de penser qu'elle n'avait jamais été aussi bien au bras d'un homme qu'avec lui, alors qu'elle n'entretenait aucun espoir qu'il se passe quoi que ce soit entre eux. D'abord, bien sûr, en raison de leur différence d'âge, puisqu'à vue de nez, et bien qu'elle ne le lui ait jamais demandé son âge pour éviter qu'il ne s'interroge à son tour sur le sien, il devait avoir une petite soixantaine d'années et qu'elle en avait vingt-cinq de plus. Mais surtout parce qu'elle en avait soupé, des plaisirs de la chair, qu'elle en avait eu son content dans la vie.

En effet, après l'apprentissage somme toute plutôt sain dispensé par sa mère, elle avait pratiqué toutes les facettes de la perversion avec André, son premier mari. Une formation dont elle se serait bien passée, tant sa noirceur l'avait longtemps hantée et qu'elle avait en partie conjurée grâce à sa découverte de l'art, dont celui-ci faisait commerce. Mais cela lui avait permis de conquérir Barry son deuxième mari, l'un des divorcés les plus convoités d'Angleterre, qui était tellement compliqué sexuellement qu'il avait du mal à trouver chaussure à son pied. Si bien qu'elle s'était attelée à leurs moments d'intimité comme à un travail ingrat, mais nécessaire, afin de mériter la position et les avantages qu'il lui apportait. Puis à sa mort, elle avait épousé Spiros, de vingt ans son aîné, le seul homme pour lequel elle ait éprouvé de l'affection. Elle l'aimait comme un père, ce qui ne constituait pas une raison suffisante pour la dispenser de coucher avec lui. De telle sorte qu'elle s'en acquittait volontiers, mais sans plaisir, pour les mêmes raisons qu'on fait la toilette d'un malade, parce que c'est en se dévouant ainsi qu'on lui assure un bien-être digne de ce nom.

Non, ce qu'elle ressentait avec Guy, c'était un émoi sensuel de jeune fille, où le seul fait de lui effleurer la main lui donnait des frissons. Il avait l'air triste, voire préoccupé, remarqua-t-elle. Et elle aurait aimé lui dire que la vie peut être belle. Pas toujours, et généralement pas très longtemps. Mais certains moments compensaient tous les autres, comme ceux qu'elle vivait tous les ans à Gruber, où tout le monde la traitait comme une femme respectable, sans que personne ne soupçonne ou ne lui rappelle son passé de libertine. Tandis que d'autres, comme ceux qu'elle vivait en ce moment avec Guy, rehaussaient l'existence d'une douceur inédite, inespérée et inoubliable.

Ils gardèrent le silence jusqu'à leur retour à bord de l'autocar, où un curiste de Gruber monta à l'arrêt du centre-ville, un gobelet de chez Starbucks à la main.

– On s'est pris un petit *latte* ? Peut-être même un bagel ? l'apostropha Guy depuis le fond du bus, déclenchant ainsi l'hilarité générale des passagers, tous soumis à une stricte prohibition du café, hormis les rares exceptions admises par la clinique pour soigner les maux de tête et qui, au mieux, avaient droit à de la chicorée.

– Mais c'est seulement un americano ! répondit avec une sincérité désarmante le curiste surpris d'avoir déclenché une réaction pareille.

Marthe, elle, pleurait de rire. Aussi attendit-elle d'avoir repris son souffle pour se pencher vers Guy en chuchotant :

– Que vous êtes drôle ! Et que c'est bon d'être avec vous !

*
* *

CHAPITRE 36

Piscine

— AGNÈS —

Agnès s'aventura jusqu'à la piscine chauffée, où elle se réjouit de constater qu'il n'y avait personne, malgré le soleil pâle qui en cette fin d'octobre maintenait la température extérieure autour de vingt degrés. L'expérience du cours de gym de Pilar ne l'avait convaincue que d'une chose, elle était sacrément rouillée. Et elle allait devoir faire un plus grand usage de son corps si elle ne voulait pas finir paralysée d'ici quelques années. Mais elle n'avait aucune envie de subir les regards navrés ou compatissants d'entraîneurs qui étaient des sportifs de métier. Non, elle allait simplement se forcer à bouger un peu en commençant par quelques pas ou quelques brasses par jour.

Elle frissonna au contact de l'eau et s'avisa qu'elle n'avait pas croisé Christine depuis deux jours. Sa consultation l'avait-elle chamboulée au point que celle-ci l'évitait depuis lors ? se demanda-t-elle en barbotant. Et cette hypothèse, qu'elle n'avait pas voulu envisager jusque-là, lui sembla tout à coup aussi vraisemblable que contrariante. Bien sûr, ce n'était pas la première fois qu'elle transmettait un message de l'au-delà qui bouleversait son destinataire. Mais d'ordinaire elle montrait plus de prudence lors de ses consultations. Elle faisait attention à sa façon de s'exprimer afin de ne pas heurter ses clients. En s'abstenant, par exemple, d'indiquer qu'un défunt était perdu dans le bas astral, ou en arrondissant les angles lorsqu'elle relayait des propos qui lui semblaient difficiles à entendre. Sur ce point, elle avait baissé la garde. Elle était en vacances, et Christine lui était tellement sympathique qu'elle avait compté sur ce rendez-vous pour replacer leur relation sur la voie de l'amitié qui avait éclos lors de leur première rencontre. Alors, elle avait laissé tomber le formalisme habituel de ses consultations. Et elle s'était montrée d'autant moins vigilante qu'elle avait estimé le message du défunt à l'évidence plutôt inoffensif et plus affectueux.

Mais il n'y avait rien d'anodin à ce que cela se produise au moment où lui pesait son rôle de médium. Parce qu'elle pouvait bien se la raconter et dire à qui voulait l'entendre que depuis la mort de Bernard elle assumait pleinement ses dons, il n'en était rien. C'était même le contraire. Puisque ses aptitudes, bridées jusque-là, semblaient avoir décidé de prendre leur revanche en se multipliant au lieu de la laisser profiter en paix de la maîtrise de celles qu'elle possédait depuis l'enfance. Et elle en avait par-dessus la tête. Dans le fond, elle n'était qu'une petite-bourgeoise ayant déjà élargi ses horizons très au-delà de ses capacités. Et elle avait beau s'habiller de façon excentrique, ce qu'elle aurait vraiment voulu, c'est d'être comme tout le monde.

N'en jetez plus, la cour est pleine, se disait-elle ainsi dès qu'elle se découvrait de nouvelles facultés dont elle se serait volontiers passée. Car certaines d'entre elles, comme la capacité d'échanger avec les plantes et les animaux, étaient tellement ahurissantes qu'elle passait son temps à les mettre en doute. Probablement, dans son cas, était-il salutaire de faire preuve d'esprit critique. Mais questionner sans cesse ses perceptions en les soupçonnant d'être le produit de son imagination, n'était-ce pas évoluer sur des sables mouvants, ce qui était tout à fait perturbant ?

Mais ce n'était rien comparé à son sentiment d'impuissance devant la détresse de ses clients victimes de la perte d'un enfant, le suicide d'un conjoint, ou tout autre des drames de la vie évoqués dans son cabinet, alors qu'elle n'avait à leur offrir pour les soulager que les bribes d'informations ou les quelques images qu'elle percevait de l'au-delà. Autrement dit, bien peu de chose au regard de leur souffrance, de leur sensation de perte ou de leur soif de savoir. D'où le fait qu'une fois passé l'émerveillement d'avoir reconnu leurs chers disparus grâce à la précision des indices livrés par les défunts ces endeuillés restaient souvent sur leur faim. Et cela les amenait à consulter de nouveau pour en apprendre davantage, et parfois même à rentrer dans une forme de dépendance aux médiums qui les empêchait d'entrer dans la voie de la consolation. Si bien qu'elle s'interdisait de voir ses clients plus de deux fois d'affilée, de quoi encourir les foudres de ses confrères qu'elle faisait passer ainsi malgré elle pour des charlatans ou des profiteurs, ce qu'ils étaient d'ailleurs parfois. Et de son côté, elle tâtonnait à la recherche de son équilibre en compensant par la nourriture l'énergie considérable qu'elle déployait tant pour assurer ses consultations que pour mener une vie normale.

Et c'était une gageure, se dit-elle en la présence de l'esprit de la mère de Brigitte, debout près de la chaise longue où elle avait posé son peignoir, qui l'observait tandis qu'elle sortait de la piscine. Pas moyen d'avoir la paix, maugréa Agnès en se dirigeant vers la défunte, dont elle obtint la promesse de la laisser définitivement tranquille une fois qu'elle aurait proposé en bonne et due forme à Brigitte de lui transmettre un message de sa part.

De toute façon, n'avait-elle pas déjà assez tourné autour du pot ? Il était temps qu'elle règle cette question une bonne fois pour toutes, quelle que soit l'issue de sa démarche. Après quoi elle tenterait d'arranger les choses avec Christine.

Pour une fois qu'elle pouvait, après coup, tenter d'apaiser les émotions suscitées par une de ses consultations ! Et puis il lui semblait de manière confuse qu'elle avait un rôle à jouer auprès de Christine, voire quelque chose à lui apporter, mais quoi ?

⁂

CHAPITRE 37

42 litres

— BRIGITTE —

– Mon trésor, à partir d'aujourd'hui on ne s'excuse plus d'exister, alors prépare-toi à voir du changement ! déclara Brigitte à demi allongée sur son lit en plantant son regard dans celui de Popcorn qui, tel un alpiniste sur un versant de montagne, entreprit de gravir sa poitrine pour l'observer de plus près et lécher son visage. Oh ! mon chéri, quel amour tu es ! Je savais que tu serais d'accord ! Viens, on s'en va !

Prise la veille, sa décision venait de lui être confirmée par l'infirmière qu'elle avait interrogée, l'air de rien, lorsque celle-ci lui avait dit qu'autant le jeûne était irremplaçable pour ses effets thérapeutiques, autant un régime à huit cents calories pouvait s'avérer plus efficace pour maigrir. Avant d'ajouter que les précautions à prendre pour interrompre une cure de jeûne étaient proportionnelles à sa durée. Autant dire que pour cinq jours de jeûne, elles devaient être insignifiantes. En d'autres termes, la messe était dite !

Elle mit Popcorn dans son sac à dos et se rendit à la réception pour leur annoncer son intention de passer à la cure diététique. Après quoi, elle grimpa dans le bus de 9 heures à destination du bord de mer, où elle libéra Popcorn avant de s'installer à une table au bord de la piscine de l'hôtel Marbella Club, le cinq-étoiles le plus proche.

– *Tienes* croissants ? demanda-t-elle au serveur. Depuis combien d'années n'en avait-elle pas mangé !

Et c'est devant un café-crème, en se léchant les doigts pour y rattraper les miettes de croissant, qu'elle se repassa le film des événements de la veille.

*

Cela avait débuté dès le matin, sitôt constaté que le personnel de la clinique aux alentours de sa chambre semblait au courant de la présence de Popcorn. À commencer par la préposée aux tisanes concoctées dans de grands chaudrons à la cuisine de son étage, qui l'avait interpellée pour lui parler de son scotch-terrier. Avant que l'infirmière de garde ne lui dise de ne pas s'inquiéter lorsqu'elle lui rendrait visite dans sa chambre pour son soin d'enveloppement du foie car elle adorait les animaux. Et la seule explication possible à cela était que Carmen, la femme de chambre, s'était confiée à ses compagnes de travail. Pourquoi ? Pour leur demander conseil sur la conduite à tenir ? pour ne pas être la seule mise en cause si la présence du chien revenait aux oreilles de la direction ? ou parce qu'elle s'entendait si bien avec ses collègues qu'elle n'avait aucun secret pour elles ? Et, du coup, quelle attitude adopter ? Devait-elle se réjouir de la gentillesse avec laquelle ces employées semblaient réagir ? ou l'interpréter comme une invitation à acheter leur silence après celui de Carmen, ce qui allait lui coûter un bras ?

Pourtant leur comportement n'avait rien de menaçant. Et si ça se trouvait, Carmen n'avait même pas évoqué avec eux le sujet de l'argent. Sans parler de la citation de la fille du fondateur de Gruber placardée dans le couloir du bâtiment d'origine qui stipulait : « Une vie sans chien est une vie de chien. » Il n'en restait pas moins qu'elle enfreignait le règlement de la clinique, d'où elle ne voulait pas prendre le risque de se faire expulser. Et que, dans le doute, il valait mieux arroser tout le monde de pourboires royaux. Ou proposer à Carmen de créer une cagnotte pour celles qui la remplaceraient auprès de Popcorn lorsqu'elle n'était pas disponible afin de s'assurer un service de garderie continu. Et c'est exactement ce qu'elle avait fait, se libérant par là même de ce tracas qui l'avait jusqu'alors empêchée de profiter de Gruber et de ses vacances en célibataire. Aussi, le cœur léger et sans trop savoir à quoi s'attendre, elle s'était rendue à son rendez-vous d'hydrothérapie du côlon.

*

Tout dans le cabinet de consultation du docteur Abascal, remarqua-t-elle d'emblée, était conçu pour faire oublier la nature nauséabonde de sa spécialité. Les bougies çà et là qui adoucissaient le décor, le brûle-parfum dégageant une odeur d'encens et les rideaux gris perle derrière lesquels elle allait devoir se déshabiller. Au point qu'elle eut l'impression de se trouver dans un boudoir plutôt que dans un cabinet de médecin. Le praticien lui-même contribuait à cette impression surprenante, voire incongrue de raffinement. Très soigné, il avait les cheveux gris plaqués vers l'arrière, une cravate bleu nuit à pois jaunes et une chemise lilas qui dépassaient de sa blouse blanche. Un souci du style, dont elle eut bientôt la confirmation puisqu'un simple coup d'œil à sa robe griffée suffit au docteur Abascal pour déterminer qu'ils faisaient partie du même monde. Et dès lors il n'eut de cesse que de le lui faire savoir. Ainsi, la consultation débuta par un échange aussi mondain que médical, où il lui laissa entendre qu'il venait, lui aussi, d'un milieu huppé, avant de se déclarer enchanté d'apprendre qu'elle était mariée et mère de famille, car ainsi il pouvait sans crainte lui confier ses idées qui dataient d'autrefois.

C'est bien beau, tout ça, se dit-elle en s'allongeant sur le dos sous une couverture comme il le lui suggérait, mais elle aurait préféré savoir ce qui allait se passer.

– Vous pouvez m'expliquer ?

– Oui, je vais introduire dans votre rectum une canule, munie de deux conduits indépendants, reliée par un tuyau à cet appareil, qui va me permettre d'ajuster la température, la pression et la quantité d'eau que je vais injecter dans votre côlon, en l'occurrence entre vingt-cinq et trente-cinq litres d'eau, cela va dépendre de votre niveau de relaxation…

– Quelle horreur !

– Mais non, ce n'est rien, je suis déjà monté jusqu'à quarante-deux litres ! Et puis ne vous inquiétez pas, je vais le faire petit à petit, en plusieurs fois, sur une durée de quarante-cinq à soixante minutes. Le principe de l'opération est très simple. L'eau est acheminée dans l'intestin par un des conduits. Elle y reste ensuite pendant quelques minutes afin de déloger tout ce qui s'y trouve. Puis l'eau usée est évacuée à l'extérieur du corps par le second conduit, entraînant les déchets avec elle. Et rassurez-vous, comme tout s'opère en circuit fermé, le processus est complètement inodore.

– Et ça ne fait pas mal ?

– Non, au pire, vous ressentirez un certain inconfort, voire une sensation de crampe intestinale. Et, dans ce cas, je vous ferais un léger massage de l'abdomen afin de favoriser la mise en suspension des résidus. Autrement dit, laissez-moi faire et détendez-vous, lui enjoignit-il avant de mettre en route ce qu'elle se représentait désormais comme une lance à incendie, tout en embrayant sur la guerre absurde menée par les féministes contre les hommes, qui était à l'évidence l'un de ses dadas. Vous rendez-vous compte qu'en Espagne les violences faites aux hommes, qui sont perpétrées par des femmes, sont considérées comme des violences domestiques, alors que les violences faites aux femmes commises par des hommes sont considérées comme une violence de genre, et donc plus lourdement condamnées, ce qui est tout de même parfaitement injuste…

Brigitte se demanda un instant si elle aurait dû s'insurger, défendre ses convictions. Mais elle n'en menait pas large. Il faut dire qu'un tuyau dans l'anus et la pression d'un jet d'eau dans les entrailles dissipait assez vite toute envie de polémiquer. Aussi, plutôt que de le laisser fulminer à ce propos, elle changea de sujet et l'interrogea sur les habitués de Gruber.

– Ma préférée est une vieille dame qui vient tous les ans, et depuis quinze ans, toujours tirée à quatre épingles, qui a épousé un lord anglais, puis un Grec richissime…

Brigitte songea aussitôt à Marthe. Une supposition qu'elle aurait volontiers vérifiée auprès du docteur Abascal si elle n'avait pas été si occupée. D'abord à serrer les dents, puis à soupirer de soulagement à la fin du traitement et enfin à se rhabiller, avant de quitter son cabinet, bien décidée à ne jamais plus y remettre les pieds.

*

Puis, à la fin de la journée, vint le moment de son dernier rendez-vous avec le docteur Da Silva :

– Bonjour Brigitte ! Bonne nouvelle ! je viens de regarder votre IRM. Et c'est bien du rhumatisme psoriasique et non de la polyarthrite rhumatoïde comme votre mère. Donc vos risques de déformations sont faibles, même s'il sera nécessaire de vous faire suivre et de surveiller le rythme de vos poussées inflammatoires. Je suis heureux pour vous. Et si vous n'étiez pas en train de suivre une cure de jeûne, je vous dirais de déboucher le champagne.

Elle poussa un cri de joie et remercia le médecin avec effusion, avant de s'autoriser à admettre, une fois de retour au pied de son lit, qu'elle ne ressentait en rien la gaieté et le soulagement qu'elle avait affichés. Comme si cette nouvelle, dont elle avait rêvé depuis toujours et à laquelle elle s'était interdit de croire jusque-là, la prenait paradoxalement de court. Sans doute était-il impossible de se défaire du jour au lendemain de l'angoisse de finir comme sa mère qui l'avait littéralement constituée et sans laquelle elle ne savait même pas qui elle était, se dit-elle avec gravité. Avant de s'aviser qu'à défaut de parvenir à digérer cette nouvelle sans précédent elle pouvait se réjouir de la fin du marathon médical qu'elle s'était imposé depuis son arrivée et du succès de la prise en charge de Popcorn par le personnel de la clinique. Autrement dit, elle allait enfin être à même de profiter de son séjour à Gruber. D'où l'intérêt de se rabibocher avec Christine, qui était à l'évidence contrariée, et de saisir la chance de se lier avec la fascinante Marthe qui, malgré son âge proche de celui qu'aurait eu sa mère, avait piqué sa curiosité.

*
* *

CHAPITRE 38

Petit Frère des Riches

— CHRISTINE —

Poids : 60,9 kilos (– 500 grammes). Plus enthousiasmant que ses moins 300 grammes de la veille ! Ouf ! Ça n'avait été qu'un mauvais passage.

Tension : 95/71.

Pouls : 82.

Vidéo du jour : « Vous constatez que vous ne manquez de rien, ni de nourriture ni de ce qui vous paraissait indispensable jusqu'ici ? Laissez la paix, la quiétude vous combler. » Et de fait, après les nuages de la veille, elle était d'humeur joyeuse. Troublante, la façon dont ces vidéos parvenaient à anticiper son état d'esprit, se dit Christine impressionnée par l'exactitude avec laquelle la clinique planifiait le déroulement de la cure. Tout de même, elle était étonnée d'être si prévisible. Cela écornait l'idée qu'elle se faisait d'elle-même en tant qu'individu au comportement singulier. Mais d'un autre côté, cela lui faisait du bien d'être ramenée à sa condition d'*Homo sapiens* régi par les lois de son espèce. Car alors son attitude envers la nourriture était hors de cause. Et cela voulait dire qu'à l'inverse de ce qu'elle pensait elle n'était ni défectueuse de caractère ni coupable de ses réflexes, mais simplement humaine.

Certes, son euphorie était en partie due aux trois kilos qu'elle avait perdus depuis le début. Mais elle était en outre transportée par le pouvoir et l'autonomie de son corps capable de vivre du strict minimum. Et comme elle ne ressentait ni manque ni pensées lancinantes, elle faisait, sans doute pour la première fois, l'expérience de la sérénité à l'égard de la nourriture. Une vraie libération !

Pourquoi ne pas renouer avec Brigitte ? se dit-elle avant de l'appeler en vain dans sa chambre, puis sur son téléphone portable. Curieux ! Serait-elle partie se balader avec Popcorn ? À moins que sa « grande amie » ne lui fasse payer son refus de la veille de garder son chien en ignorant son appel ? Qu'importe après tout, car ce n'était pas cela qui allait l'empêcher de profiter de la cure, d'élargir ses horizons et d'aller vers les gens. Elle avait appris qu'il y avait dans le hall d'entrée de la clinique une boîte aux lettres destinée aux curistes en mal de partenaires de tennis, de randonnée ou de jeux de cartes. L'on y déposait sa demande et la réception la traitait en vous mettant en rapport avec d'éventuels candidats. Si elle faisait preuve d'un tant soit peu d'audace, elle rédigerait une petite annonce pour trouver des compagnons d'excursion, songea-t-elle en jetant un coup d'œil au bureau de sa chambre en quête de papier à lettres. Au lieu de quoi elle aperçut l'enveloppe qu'elle avait récupérée dans le dojo la veille et dont elle avait oublié jusqu'à l'existence. Comment allait-elle en retrouver la destinataire ? Elle se voyait mal à la réception tenter de décrire cette femme à laquelle la chirurgie esthétique avait fait perdre tout caractère et tout signe distinctif. Et comme elle n'avait pas non plus l'intention d'aller trouver Guy pour lui rendre sa lettre, il lui sembla qu'elle avait une bonne excuse pour l'ouvrir, ce dont elle mourait d'envie.

« Chère Madame, cher Monsieur, Permettez-moi de vous soumettre les lignes qui suivent en relation avec mon activité professionnelle. Suisse de père et de mère, j'ai occupé plusieurs postes à responsabilité au sein de diverses entités relevant tant du domaine du luxe que de celui des services. Depuis toujours, je nourris une passion pour l'Excellence. Depuis plusieurs années maintenant, je me consacre au Conseil, en particulier à celui que je destine à celles et à ceux que la vie a privilégiés, en Suisse et à l'étranger… »

– Ben voyons ! s'exclama Christine, sidérée que Guy se présente ainsi ouvertement en Petit Frère des Riches, avant de s'agacer de son emploi grandiloquent des majuscules aux mots « Excellence » et « Conseil » pour se pousser du col et faire l'important.

« … bien qu'il me soit difficile de lister tout ce que "je sais faire et être" pour mes clients tant la palette de ce que je leur propose est vaste, je résume volontiers ci-après ce que j'entreprends pour eux, dans les domaines généralement concernés par leur quotidien… »

Christine se posa la question : qu'y avait-il de plus révulsant ? Son « ci-après » donnant un lustre administratif à son propos, ou son « tout ce que je sais faire et être » issu du lexique du développement personnel, façon gourou, qu'elle trouvait à gerber ? Mais, comme elle n'allait pas tarder à le comprendre, tout cela n'était rien par rapport à ce qu'elle était sur le point de découvrir.

Ainsi déclarait-il pouvoir représenter ses riches clients auprès des établissements bancaires et financiers et les conseiller pour toutes les questions juridiques, fiscales et successorales. Précisant au passage qu'il était capable de piloter l'obtention d'un permis de séjour pour les personnes désireuses de s'installer en Suisse, de coordonner les démarches utiles à l'obtention d'un impôt au forfait et d'entreprendre toutes les démarches relatives à leur installation prochaine. Sans oublier de se poser en conseiller pour toutes leurs questions immobilières (achat, vente, construction et promotion), en interlocuteur de leurs architectes et décorateurs d'intérieur, en responsable du recrutement et de la gestion de leur personnel, toutes fonctions confondues, et en tuteur supervisant la scolarité des enfants et prodiguant des conseils pour leur avenir.

Mais il n'en restait pas là, se décrétant apte à conseiller, planifier et organiser les visites médicales, les check-up, les soins dentaires et les interventions chirurgicales (médicales ou esthétiques) qu'ils envisageaient. Et comme si cela ne suffisait pas comme ça, il ajoutait à la liste ahurissante de ses domaines d'expertise qu'il administrait tout ce qui avait trait à l'aviation privée et au yachting. Qu'il conseillait ses clients pour leur shopping en négociant de substantiels rabais lors de leurs achats de montres et de bijoux. Qu'il était capable de s'occuper de l'achat, de la vente et de la valorisation de leurs œuvres d'art, de gérer leurs fondations, de les éclairer en matière de mécénat et d'animer leur vie sociale. Qu'il pouvait également gérer leur image et leur communication, dans certains cas et, quand ils le lui demandaient, les aider à correspondre aux codes en vigueur dans le milieu auquel ils appartenaient, ou auquel ils aspiraient. Et il leur offrait également son aide lors de conflits familiaux ou juridiques, accompagnant ses clients dans le cadre de médiations, s'ils le souhaitaient, en affirmant disposer d'un important réseau de professionnels spécialisés avec lesquels il travaillait en Suisse et dans le monde entier.

Enfin, pour couronner le tout, il terminait en ces termes : « Véritablement passionné de développement personnel, j'expose à mes clients les "mécanismes de la pensée", je les sensibilise aux principes de l'"intelligence émotionnelle" et les initie à ceux de l'"analyse transactionnelle". Tout ce que je sais "faire et être" trouve sa légitimité dans ce qui me caractérise et m'anime depuis toujours, dans les principes que mes parents m'ont inculqués, ainsi que dans le milieu socioculturel auquel j'appartiens et dans lequel j'évolue. Par goût de la discrétion et par souci de confidentialité, j'ai choisi de ne pas utiliser les réseaux sociaux. Pour les mêmes raisons, je m'applique à ne pas être présent sur Internet. Bien cordialement à vous, Guy Godinot. »

Ce n'est qu'en reprenant son souffle à la fin de la lettre que Christine s'aperçut qu'elle l'avait lue comme en apnée. Difficile de déterminer ce qui était le plus choquant dans cette énumération exhaustive et méthodique des prétendues compétences de Guy. L'aplomb avec lequel il déclarait savoir accomplir toutes ces tâches ? Le nombre d'escroqueries cousues de fil blanc auxquelles elle donnait lieu ? La totale absence de scrupules qu'impliquait son impudence ? Ou bien l'éventail des délits qu'il était prêt à commettre, de l'abus de confiance aux malversations financières, sans oublier la manipulation mentale, qui se dégageait de cette liste dépourvue de la moindre référence professionnelle ou mention de son existence sur Internet. Bref, c'était bien pire que ce qu'elle avait imaginé : Guy Godinot était à n'en pas douter un escroc professionnel et une crapule d'envergure. Et cela faisait froid dans le dos.

*
* *

CHAPITRE 39

Deux avis

Le premier réflexe de Christine ? Aller frapper à la porte d'Agnès. D'abord, parce qu'en l'absence de Brigitte elle n'avait personne d'autre vers qui se tourner, et puis parce que, eu égard aux circonstances, il ne lui semblait pas du luxe de prendre l'avis d'une clairvoyante.

– Quelle bonne surprise ! Je suis heureuse de vous voir ! s'exclama Agnès.

Et avant que Christine ne puisse lui expliquer l'objet de sa visite, elle ajouta :

– Vous tombez à pic ! Figurez-vous que je comptais aller à votre rencontre dans la clinique pour vous proposer les soins offerts par mes filles avec mon séjour. Une formule tout compris. Elles ont voulu me faire ce cadeau, mais je n'ai aucune envie d'en profiter moi-même.

– C'est très gentil, mais… balbutia Christine, prise de court.

– Vous comprenez, je n'ai qu'une envie, c'est de lire des bouquins et de ne rien faire d'autre. Or j'ai tout de même des scrupules à ne pas les utiliser. Et je serais heureuse de vous en faire bénéficier.

– Je ne sais pas si je peux accepter… Vous en êtes sûre ?

– Oui, vraiment, vous me rendriez service. Surtout si vous me décrivez les soins que vous avez choisis et comment ça s'est passé. Comme ça, pas besoin d'avouer à mes filles que je suis restée dans ma chambre à paresser… Mais vous aviez quelque chose à me dire sans doute ?

– Oui, je voulais vous demander votre avis, dit Christine en lui tendant la lettre de Guy sans explication.

– Hum, je vois ! commenta Agnès après l'avoir lue.

– Vous voyez quoi ? s'impatienta Christine.

– Pourquoi vous pensez devoir intervenir. Je me trompe ?

– Non, c'est bien ça. Qu'est-ce que vous en dites ?

– Eh bien, si je vous faisais une réponse courte, je vous dirais que cela ne nous regarde pas. Mais je suis bien consciente que ma réaction aurait l'air, d'une part, plutôt désagréable et, d'une autre, assez lâche. De sorte que si vous avez cinq minutes, je serais ravie de développer…

– Je vous en prie, fit Christine en s'asseyant sur le canapé comme l'y invitait Agnès.

– Je vais partir de loin, mais je suis convaincue que l'on ne vit que ce que l'on suscite de façon vibratoire. Les bonnes, comme les mauvaises expériences, le mal comme le bien. Et que notre but, au niveau de notre âme, est d'expérimenter l'un comme l'autre, car le mal ne saurait pas se concevoir sans le bien.

– Mais là, ce n'est pas franchement au niveau de l'âme que l'on se situe… l'interrompit Christine agacée, qui se dominait pour ne pas dire à Agnès ce qu'elle pensait de son délire mystique.

– Oui, je sais, vous ne voyez pas le rapport, mais j'y viens. En réalité, il me semble présomptueux de penser que l'on peut, ou que l'on doit intervenir lorsque l'on croit que quelque chose de mal va arriver à quelqu'un. En premier lieu, parce qu'au bout du compte ce mal va peut-être produire quelque chose de bien. Et puis parce qu'il y a des chances pour que ce mal soit précisément l'expérience que cette personne doit vivre pour en tirer un enseignement, ce qui advient souvent dans les épreuves. Et là, je vous parle aussi bien de Guy que de ses éventuelles victimes…

– Comme vous y allez ! Mais je ne vois pas comment vous pourrez m'en convaincre.

Le point de vue d'Agnès était peut-être profond, se dit Christine en la quittant, mais elle n'était pas sûre de l'avoir compris. À ce compte-là, on ne s'engagerait jamais en faveur de rien et on ne combattrait ni la pauvreté ni l'injustice ! En fait, plus elle y pensait, plus ses arguments lui paraissaient fumeux : laisser faire, tout est bien, même ce qui n'est pas bien, et puis quoi encore ! ! Peut-être qu'elle-même ne tutoyait pas le ciel, mais elle avait des principes. Et sa morale lui disait tout l'inverse.

La porte voisine était celle de Brigitte. Aussi tenta-t-elle sa chance en y frappant à tout hasard.

– Ah ! tu es là, s'exclama-t-elle quand Brigitte lui ouvrit la porte. Je croyais que tu étais sortie, j'avais essayé de te joindre…

– Je viens de rentrer, dit Brigitte en ouvrant son sac à dos pour en laisser sortir Popcorn qui fila aussitôt en direction de la terrasse.

Tout comme avec Agnès, Christine lui tendit sans mot dire la lettre de Guy Godinot. Mais après en avoir pris connaissance, loin de pousser de hauts cris, Brigitte se contenta de dire :

– Bon, sa lettre de motivation est sans doute maladroite, je te l'accorde…

– Sa lettre de motivation ! Mais tu te fous de moi ! Tu vois bien que c'est l'offre de service d'un escroc ! Et qu'il michetonne sous notre nez en plein Gruber !

– Oh ! là, là, tout de suite les grands mots ! Après tout, ce qu'il propose, c'est exactement le service fourni aux gens fortunés par les *family office*.

– Les quoi ?

– Les *family office*, ces sociétés qui facilitent la vie des gens riches en les aidant, entre autres, à contrôler la gestion de leur patrimoine…

– Mais ça n'a rien à voir, ce sont des avocats, des fiscalistes ou des comptables, pas des fabricants de prothèses pour chiens ! Je ne te comprends pas. Quand je pense que tu montais sur tes grands chevaux à la seule idée qu'Agnès veuille nous faire payer ses consultations. Et là, c'est tout ce que tu trouves à dire !…

– Écoute, le pauvre type cherche visiblement un job, si on lui laissait une chance ?

– Arrête ! Tu l'as vu comme moi faire le joli cœur avec Marthe ! En plus, hier, je l'ai vu avec une autre femme, on ne peut quand même pas le laisser faire…

– Mais enfin ces femmes sont assez grandes pour se forger une opinion par elles-mêmes, non ?

Sur ce, Brigitte écourta la conversation en prétextant des nausées avant de mettre Christine à la porte abruptement au motif qu'elle était sur le point de vomir. Et celle-ci se retrouva Gros-Jean comme devant dans le couloir : comme s'il était possible de vomir après une semaine de jeûne ! s'indigna-t-elle. Pourquoi Brigitte avait-elle mis fin à leur entretien ? Est-ce qu'elle lui en voulait toujours pour cette histoire de chien ? Ou est-ce qu'elle avait tout bêtement jugé assommante son insistance à parler de Guy ?

*
**

JOUR 8

CHAPITRE 40

Passage d'âme

— AGNÈS —

S'agissait-il d'un coup de main de ses guides célestes ? se demanda Agnès en levant le nez de son livre : Popcorn, le chien de Brigitte, venait de débouler dans le carré de jardin devant sa chambre, sans doute attiré par l'odeur du putois qui y avait élu domicile. Aussi appela-t-elle la réception pour être mise en relation avec la chambre voisine :

– Brigitte Dutilleul ? Navrée de vous déranger, mais je serais ravie que vous veniez dans ma chambre récupérer votre chien.

– Bien sûr, pardonnez-moi ! J'en profiterai d'ailleurs pour vous remercier de l'avoir gardé l'autre jour, vous m'avez sauvé la vie ! répondit Brigitte.

Mais Agnès ne lui laissa pas le temps de poursuivre ses amabilités de vive voix, car à peine Brigitte avait-elle franchi le seuil de sa chambre qu'elle l'aborda de but en blanc :

– Je profite de cette occasion de vous parler en tête à tête, car j'ai à vous transmettre… un message… de votre mère.

– Mais ça ne va pas, non ! Vous vous foutez de moi ! s'était aussitôt emportée Brigitte.

– Non, je ne me le permettrais pas. Il se trouve que l'esprit de votre mère m'est apparu dès votre arrivée à Gruber, car elle essaie d'interagir avec vous et se tient toujours à vos côtés. Comme en ce moment…

– C'est ça ! ! ! Et puis quoi encore ?

– Non, je vous assure, je ne vous raconte pas n'importe quoi. Je vous la décris : elle est grande, mince, brune. Elle a le nez busqué et des peignes en écaille dans les cheveux. Elle est inquiète, même nerveuse. D'ailleurs elle n'arrête pas de bouger les mains, sur lesquelles elle porte des gants avec le bout des doigts ouverts, vous savez, le genre de mitaines de compression vendues en pharmacie…

– Stop ! cria Brigitte.

– Elle vous demande seulement d'écouter ce qu'elle a à dire…

– Il n'en est pas question ! Même pas en rêve !

– Même si cela lui permettait de trouver la paix ?

– Mais sûrement pas ! Déjà qu'elle m'a pourri la vie de son vivant, je ne la laisserai pas recommencer après sa mort. Tout ça pour qu'elle trouve la paix, ce dont je me fous ! !

– C'est votre droit, donc je n'insisterai pas. Pourtant si vous m'y autorisez, j'aimerais juste ajouter quelque chose…

– Quoi ? fit Brigitte excédée, tout en récupérant Popcorn qui, d'un saut, bondit dans ses bras.

– Une simple réflexion que je tire de mon expérience. À savoir que le bien-être des vivants dépend du bien-être des morts, et *vice versa*. Autrement dit, écouter votre mère l'aurait sans doute soulagée d'une partie de sa culpabilité et lui aurait permis de s'élever, mais cela vous aurait également apaisée. Cela aurait estompé le ressentiment qui continue de vous rattacher à elle et qui fait durer votre lien.

– Oui enfin, ça reste à voir, mais comme je n'ai aucune intention d'essayer…

– Ne vous inquiétez pas, j'ai compris ! Mais sachez que ma porte est ouverte si vous changez d'avis…

» … ou que vous avez à nouveau besoin de moi pour garder votre chien, ajouta Agnès en riant pour détendre l'atmosphère, tandis que Brigitte esquissait un sourire contraint avant de filer sans demander son reste.

*

Agnès se retrouva face à l'apparition de la mère de Brigitte qui lui sembla bien tourmentée. Aucun doute dans son esprit : celle-ci, croyant agir pour le mieux, allait parasiter de plus belle le champ d'énergie de sa fille, tant pour exister que dans l'espoir vain de faire amende honorable. Si bien que, si elle ne l'en empêchait pas, Brigitte, qui devait déjà souffrir de fatigue, de sautes d'humeur, de dépression ou d'angoisse depuis la mort de sa mère, allait en baver des ronds de chapeau. Alors Agnès demanda à ses guides l'autorisation de la faire passer dans la lumière. Et dès qu'elle lui fut accordée, elle visualisa un salon virtuel, creusé dans la roche d'une falaise en surplomb de la mer, dans l'espoir que la beauté et la magie du lieu détournent la mère de Brigitte de son ténébreux état d'esprit. Puis, comme dans l'invisible toute intention était création, la pièce se matérialisa aussitôt. Et elle y invita la défunte à parler, ou plutôt à échanger en mots, en images et en émotions.

Confuse, cette âme errante refusait toujours de croire qu'elle était morte. Mais elle finit par convenir que cela expliquerait son état anormal, ainsi que le curieux brouillard dans lequel elle évoluait, d'où il lui était bizarrement impossible de communiquer avec sa fille. Alors Agnès lui expliqua de nouveau qu'elle se trouvait dans un entre-deux-mondes où elle n'était pas à sa place. Elle devait poursuivre son chemin d'âme. La bonne nouvelle ? Seuls ses craintes et ses remords la retenaient dans cet espace, où elle s'était elle-même condamnée à l'errance. Et si elle le souhaitait, elle pouvait monter dans la lumière, car personne ayant le désir de s'y rendre n'y était jamais refusé, lui dit-elle avant de faire apparaître un escalier flottant adossé au mur de la grotte, qui menait à un palier où des rais de lumière s'échappaient d'une porte entrouverte.

La peur de la défunte étant palpable, Agnès poursuivit :

– Vous n'avez rien à craindre : la mort n'est pas une fin, mais un retour à la maison après notre passage sur terre. Et quelles que soient les erreurs que vous avez commises de votre vivant, personne ne vous jugera une fois que vous serez de l'autre côté. Car c'est à vous seule qu'il reviendra de passer en revue votre vie. Après quoi vous serez soignée de vos tourments par des êtres de lumière, ce qui vous permettra ensuite de rejoindre le plan d'évolution qui vous convient. Alors n'ayez crainte, montez vers la lumière. Mais pour cela, vous devez faire face à vos agissements, les accepter et vous pardonner. Cela vaut mieux que de choisir les ténèbres de peur de les affronter.

Dès lors la défunte lui ouvrit son cœur. Elle devait absolument demander pardon à sa fille, sans quoi elle ne parviendrait jamais à l'abandonner sur terre. Agnès lui proposa d'écrire sous sa dictée ce qu'elle voulait dire à Brigitte. Et une fois couché sur le papier le simple « je t'aime, pardon » qu'elle jura de transmettre à Brigitte, Agnès lui assura qu'elle pourrait s'impliquer autant qu'elle le voudrait auprès de sa fille depuis l'au-delà. En tout cas, elle pourrait y agir mieux et davantage que là où elle se trouvait à présent. Mais la défunte n'en avait pas fini. Elle évoqua alors son fils Thierry, le frère de Brigitte, qui s'était suicidé. Elle avait envers lui des torts irréparables, affirma-t-elle, tandis que la porte en haut de l'escalier virtuel s'ouvrait sur une puissante lumière blanche où se découpait la silhouette d'un jeune homme.

– Mais regardez, Thierry est venu vous chercher. Vous voyez bien, ça veut dire qu'il vous a pardonné. N'ayez crainte, allez le retrouver.

La défunte s'engagea dans l'escalier où elle s'arrêta à mi-chemin. Agnès l'encouragea d'un signe de tête à poursuivre, puis elle l'observa gagner en luminosité tandis qu'elle gravissait les marches vers son fils et les autres silhouettes baignées de lumière qui l'attendaient sur le palier. Parvenue en haut des marches, l'entité se retourna pour lui dire merci, après quoi elle fut aspirée vers le haut. Le passage était fait.

Agnès se sentit envahie de gratitude. Elle n'avait pas besoin de connaître toutes les lois de la vie après la vie pour savoir qu'elle avait aidé la mère de Brigitte à monter vers le monde d'en haut, où elle allait se ressourcer dans la paix et l'harmonie. Quelle joie d'être ainsi capable de rassurer les âmes en détresse, de les amener à accepter leur mort et à lâcher prise pour leur permettre de sortir enfin de leur état de tristesse et d'errance ! À chaque fois, cela levait d'un coup tous ses doutes sur ses aptitudes et sa raison d'être en ce monde.

*
* *

CHAPITRE 41

Doubles initiales

— BRIGITTE —

D'abord sous le coup de la confusion et de la colère provoquées par son entrevue avec Agnès, Brigitte eut, peu après son retour dans sa chambre, subitement l'impression d'être libérée d'un poids. Un intense sentiment de bonheur l'envahit. Comme si le monde s'ouvrait soudain à la lumière et que sa chambre devenait tout d'un coup le plus bel endroit de la terre. Sans doute qu'après les conclusions favorables du docteur Da Silva et la fermeté dont elle avait fait preuve à l'égard d'Agnès elle avait enfin tourné la page de son enfance, se dit-elle, en constatant ce qu'elle n'aurait jamais cru possible : elle n'était plus sous le joug de ses rapports toxiques avec sa mère et son frère.

L'image de sa fille Dorothée lui traversa alors l'esprit. Elle hésita l'espace d'un instant à reconsidérer leur brouille. Peut-être était-ce le moment de la libérer, elle aussi, de leurs liens d'hostilité et de ressentiment ? Mais Popcorn se mit à japper joyeusement à ses pieds, en courant avec entrain autour d'elle avant de planter ses pattes sur ses jambes pour l'inviter à le prendre dans ses bras.

– Bon, tu as raison, allons plutôt nous promener pour fêter ça ! !

Le menu du déjeuner était affiché à l'entrée de la salle à manger du rez-de-chaussée. « Salade de choucroute. Aubergines farcies à la purée de tomates. » Rien de folichon, se dit-elle, mais c'était tout de même plus réconfortant que les bouillons et les jus de fruits du salon des jeûneurs. Surtout qu'elle mourait de faim, après sa matinée de la veille passée à expier le croissant et le café au lait qu'elle avait inconsidérément ingurgités, et le simple bol de soupe qui lui avait été servi à dîner dans sa chambre pour rompre son jeûne.

– Quelle bonne surprise ! s'exclama Marthe. Vous avez épuisé les charmes du jeûne et décidé de nous rejoindre ?

Marthe rayonnait dans son pantalon sept huitièmes en gros-grain noir, sa chemise blanche et sa large ceinture en satin noir qui soulignait sa taille fine. Épatée par son élégance, Brigitte s'avisa alors que le chic de Marthe tenait au fait qu'elle ne cherchait pas à dissimuler son âge, à l'inverse de la plupart des femmes mûres qui laissaient les outrages du temps leur dicter leurs décisions vestimentaires. Ainsi, portées par leur enthousiasme pour ce qui leur restait de jeunesse, elles exhibaient en dépit du bon sens les parties de leurs corps qu'elles jugeaient les mieux conservées, en s'affublant de shorts en plein hiver ou de robes échancrées pour aller au bureau. À moins que, embarrassées par un détail de leur physique, elles ne tentent de le cacher à l'aide de subterfuges qui n'aboutissaient d'ordinaire qu'à le souligner. Rien de tel avec la tenue de Marthe, qui se contentait de mettre en évidence sa silhouette irréprochable. Et elle lui donnait un air si alerte que le couple qu'elle formait avec Guy, qui se tenait à ses côtés, apparaissait presque crédible malgré leur différence d'âge.

En revanche, Guy semblait absent, voire préoccupé, nota Brigitte, qui repensa à la théorie de Christine sur sa probable carrière d'escroc ou de gigolo. À la suite de quoi le sourire contraint qu'il affichait lui apparut soudain artificiel. Stop ! pensa-t-elle en chassant cette idée de son esprit. Pas question de creuser dans cette direction : il ne manquerait plus qu'elle découvre chez Guy des éléments susceptibles d'étayer ce scénario et qu'elle se retrouve avec un dilemme moral sur les bras qui gâcherait tout son plaisir à côtoyer le seul couple élégant du lieu ! Et ce d'autant plus que ce n'était pas Guy qui l'intéressait, mais Marthe, qu'elle était bien décidée à côtoyer et à faire parler de sa vie fascinante.

Mais, pour cela, il fallait commencer par dérider Guy. Aussi, une fois installée devant des spirales de chou vert aux faux airs de spaghettis, lui lança-t-elle comme défi de deviner la nationalité des curistes dans la salle à manger, avec pour arbitre Marthe, qui les connaissait pour la plupart. Les tables étant réparties par langue, c'était un peu de la triche, mais c'était amusant, et parfois surprenant. Ainsi, elle n'aurait jamais dit que le sosie de David Niven à deux tables de la leur, qui ressemblait à un colonel anglais à la retraite, était espagnol. Et puis cela lui permit alors de questionner Marthe l'air de rien :

– D'ailleurs, Marthe, Sampras, c'est grec, n'est-ce pas ?

– Oui, mais je n'ai de grec que mon nom, ou plutôt celui de mon mari, qui était grec, car je suis tout ce qu'il y a de plus française.

– Pourtant si je puis me permettre, j'aurais mis ma main à couper que le docteur Abascal me parlait de vous, sans mentionner de nom, lorsqu'il m'a décrit la curiste la plus élégante de Gruber qu'il ait jamais rencontrée comme étant la veuve d'un lord anglais…

– Comme c'est gentil ! Je ne sais pas lequel de vous deux est le plus aimable, le docteur Abascal qui m'adresse un tel compliment, ou vous qui me reconnaissez dans cette description anonyme. Car c'est bien de moi qu'il s'agit ! Il faut dire que j'ai eu la chance d'avoir deux maris éminents : Barry, qui était marquis de Bufferin, avec lequel j'ai vécu jusqu'à sa mort d'une crise cardiaque lors d'une chasse à courre en 1979, et puis Spiros Sampras, un homme merveilleux plus âgé que moi, qui est décédé en 2000.

– Barry Bufferin et Spiros Sampras, vous cumulez les doubles initiales ? lança Brigitte, enchantée par son trait d'humour et de perspicacité qui avait jailli à point nommé pour démontrer à Marthe son sens de la repartie et éviter de lui apparaître trop impressionnée par le pedigree de ses maris.

Pourtant Marthe se crispa. Il était hors de question que cette femme, qu'elle trouvait jusque-là sympathique, la mette dans l'embarras en soulignant une coïncidence, qu'elle avait au fil du temps élevée au rang de superstition et qui la conduisait aujourd'hui à penser que Guy Godinot, lui-même doté de doubles initiales, était destiné à jouer un grand rôle dans son existence. Alors, avant que Guy ou Brigitte ne fassent le rapprochement, elle tenta de détourner leur attention en se lançant dans le récit de sa période anglaise. Restait à espérer que son compte rendu de la facette la plus élégante de sa vie parviendrait à satisfaire la curiosité de Brigitte, dont elle percevait les effluves de snobisme, et à distraire Guy, qui affichait un air morose, voire ombrageux, depuis le début du repas, malgré les efforts de Brigitte pour détendre l'atmosphère.

– Barry était anglais, mais sa maison de famille, si l'on peut qualifier ainsi le château de Blandecoye, était en Irlande du Nord, à vingt kilomètres de Belfast. C'était une propriété de huit cents hectares avec des forêts, des jardins, un lac et deux cent cinquante hectares de terrains agricoles, qui possédait sa propre gare avec une salle d'attente privée pour les châtelains…

– Ah ! Carrément ! réagit Brigitte, tandis que Guy persistait à manifester une sorte d'indifférence.

– Oui ! cela m'a beaucoup impressionnée, je dois dire, quand je suis descendue pour la première fois sur mon propre quai de gare. Davantage que le château, une bâtisse plutôt conventionnelle du temps du roi George, qui n'avait rien de remarquable d'un point de vue architectural. Mais à l'intérieur, que de trésors ! D'abord, le grand-père de Barry, un proche de la reine Victoria, avait rapporté de ses différents postes d'ambassadeur et de gouverneur de l'Empire britannique tout un bric-à-brac colonial impressionnant de défenses d'animaux, de pirogues aux proues sculptées, de machettes indonésiennes et de sarcophages égyptiens. Et puis surtout, le château abritait une fantastique collection de peintures, avec des Guardi, des Canaletto, des Winterhalter et même des Vermeer ou des Rembrandt. Je lui dois une bonne part de mon éducation en matière d'histoire de l'art…

– Mesdames, il me semble que la salle à manger est sur le point de fermer ses portes, les interrompit Guy Godinot. Si l'on poursuivait ce soir cette conversation passionnante ? L'on pourrait même prolonger la soirée au pavillon du Bien-Être, où un magicien se produit à 21 heures.

– Bonne idée ! s'écria Marthe avec un enthousiasme forcé, dont elle espérait qu'il parviendrait à dissimuler sa déception due au désintérêt manifeste de Guy pour son histoire.

Gênée par le dépit de Marthe, Brigitte s'empressa de convenir d'un rendez-vous pour le soir même avant de prendre congé du couple et de quitter la salle à manger par la porte-fenêtre donnant sur le jardin, où elle tomba nez à nez avec Christine, qui s'écria :

– Coucou Brigitte, ça va ? On ne se voit pas assez, je trouve. Je file à un rendez-vous d'acupuncture. Et toi ?

– Moi, je viens de finir de déjeuner.

Et d'ajouter devant l'air interloqué de Christine :

– Ah ! oui, je ne te l'ai pas dit, j'ai changé de programme. J'ai laissé tomber la cure de jeûne pour une diète à huit cents calories par jour.

*
**

CHAPITRE 42

Le sceau du secret

— MARTHE —

De retour dans sa chambre, Marthe ne put s'empêcher de repenser à la conversation du déjeuner. Autant elle avait fait carton plein auprès de Brigitte, autant elle avait fait chou blanc avec Guy, qui ne s'était montré ni impressionné ni intrigué par son récit. Un four, ainsi que l'auraient qualifié les théâtreux, auquel elle tenta de se résigner en se livrant à une sorte d'autocritique.

Sans doute sa description de sa vie d'aristocrate anglaise manquait-elle d'intérêt. Il est vrai que, telle une photo retouchée, elle n'avait plus grand-chose à voir avec la réalité dès lors qu'elle en avait gommé ses moments de tristesse, d'abattement ou de solitude : le froid glacial du château malgré les feux de cheminée dans chaque pièce, le snobisme du personnel qui dédaignait ses ordres dans l'accomplissement des tâches ménagères, y compris celles dont elle se serait bien occupée pour passer le temps. La nourriture à base de mouton bouilli, de Yorkshire pudding, de sauce à la menthe et de gelée fluo. Les interminables chasses à courre entre voisins, où il fallait sauter des haies gigantesques, juchée sur des chevaux grands comme des chameaux, le plus souvent sous une pluie battante, avant de rentrer fourbue, en compagnie de femmes en vieux chandails, au cou noir de crasse, qui la regardaient de travers, elle, la Française trop bien habillée, qui sentait la gourgandine à plein nez, tandis que les hommes, grisés de profiter d'un entre-soi datant de leur adolescence à Eton, fumaient et buvaient loin de leurs épouses qui tenaient une place des plus accessoire dans leur vie.

Et puis il y avait ce qu'elle était contrainte de passer sous silence, comme le penchant de Barry pour l'asphyxie érotique, une activité sexuelle à haut risque qui présentait le double avantage, aux yeux de son mari, de corriger son impuissance due à son alcoolisme avancé et de lui procurer des orgasmes intensifiés par la carence d'oxygène dans le cerveau.

Certes, pour avoir vu et vécu tant de situations inavouables, elle avait l'habitude de faire preuve de discrétion. Mais elle l'avait souvent constaté : livrer une version édulcorée d'une histoire était le meilleur moyen de faire un flop. Car toutes les choses frappées du sceau du secret semblaient avoir une façon bien à elles de signaler malgré tout leur existence. Comme si elles cherchaient à contourner l'interdiction qui leur était faite de figurer dans les conversations, en s'y ménageant une place en creux, d'où elles se débrouillaient pour prévenir les auditeurs à leur insu qu'ils se faisaient berner, qu'ils étaient privés d'un élément essentiel du récit, suscitant ainsi chez eux une sensation subliminale d'insatisfaction qui, telle une bulle d'air sous un papier peint, les empêchait d'y adhérer.

Néanmoins, malgré son envie de charmer Guy par ses talents de conteuse, il n'était pas question pour elle d'évoquer son expérience du *breath play.* D'abord, cela allait sans dire, en raison du caractère indécent, voire dérangeant du sujet qui était pour le moins difficile à glisser l'air de rien dans une discussion. Mais aussi parce qu'une confidence de cette nature aurait à coup sûr suscité chez Guy et Brigitte un flot d'interrogations sur la façon dont elle avait appris à maîtriser cette pratique sadomasochiste et jeté un sérieux doute sur la réputation dont elle bénéficiait à Gruber, où elle était considérée pour la première fois de sa vie comme une grande dame.

Le réveil, sur le bureau de sa chambre, afficha 15 h 15. Encore une heure-miroir. Cela lui arrivait de plus en plus souvent depuis peu : le hasard voulait qu'elle regarde l'heure au moment précis où l'appareil qui l'indiquait y faisait apparaître des chiffres doublés. Ainsi, deux jours plus tôt, elle était arrivée à 11 h 11 au pavillon du Bien-Être pour son rendez-vous de réflexologie. Et la veille au coucher, elle s'était surprise à éteindre la lumière à 23 h 23. Cela lui laissait un sentiment étrange. Car elle faisait grand cas de ces phénomènes, comme de la numérologie et de l'astrologie, auxquels elle ne comprenait pourtant pas grand-chose. Si bien qu'à tout hasard elle avait adopté l'ensemble des superstitions qui se présentaient. Elle touchait du bois pour conjurer le malheur. De même qu'elle évitait de passer sous une échelle, d'ouvrir un parapluie à l'intérieur, de se lever du pied gauche, d'être treize à table, d'offrir des fleurs un vendredi ou de poser un chapeau sur un lit. On n'était jamais trop prudent.

La vie ne lui avait-elle pas appris à prendre au sérieux ces présages ? Comme les doubles initiales des hommes de sa vie : celles de Barry Bufferin et de Spiros Sampras, repérées par cette fine mouche de Brigitte. Mais aussi celles d'André Amberlin, son premier mari, qu'elle s'abstenait autant que possible de mentionner lorsqu'elle évoquait son passé, tant ce Français d'origine égyptienne, dans les bras duquel l'avait poussée sa mère sous prétexte qu'il avait fait son premier million de dollars à 25 ans et qu'il se déplaçait en Rolls, lui avait laissé de mauvais souvenirs.

Dans ces conditions, comment ne pas s'interroger sur le double G de Guy Godinot ? Ainsi que sur l'heure-miroir qui venait de lui apparaître ? Elle entreprit d'en rechercher avec son téléphone la signification sur Internet et lut : « 15 h 15 est un moyen pour les anges de vous dire que vous allez vivre une histoire d'amour passionnée. » Sur quoi elle s'entendit partir d'un grand éclat de rire, qui s'arrêta tout net lorsqu'elle fut percutée par la révélation qu'elle était amoureuse de Guy Godinot.

Elle se figea, sous le coup de cette découverte. Elle aurait juré jusqu'alors qu'elle se contentait de penser à Guy avec un plaisir innocent. Il lui semblait qu'elle ressentait un calme incompatible avec le sentiment amoureux. D'où le fait qu'elle n'avait pas cherché à déterminer si elle éprouvait pour lui de l'intérêt, de la tendresse ou de la sympathie. De même qu'elle avait négligé de prêter attention aux changements éventuels dans sa façon de songer à lui et dans l'intensité du plaisir qu'elle y prenait. Or il fallait croire que son attachement s'était accru peu à peu, et en catimini, si bien qu'elle ne l'avait pas vu venir, tout comme un promeneur en balade sur la plage ne se rend compte de la marée montante que lorsqu'il détourne les yeux de la mer pour regarder le rivage. Il lui fallait se rendre à l'évidence, ce qu'elle éprouvait désormais pour Guy Godinot était bel et bien de l'amour. Aussi était-il impossible qu'il n'y en ait pas eu de signes avant-coureurs.

Alors, elle remonta le cours du temps jusqu'à leur rencontre deux semaines plus tôt. C'était à la table des curistes francophones. Il s'était présenté à elle en lui annonçant qu'il entamait une cure diététique d'une durée de vingt et un jours. Elle aussi, avait-elle admis, avant de faire preuve de la circonspection que l'on réserve au compagnon de hasard d'un vol long-courrier ou d'un voyage en train, sous l'effet de l'inquiétude d'avoir à le supporter pendant toute la durée du trajet. De sorte qu'elle l'avait tenu à distance tout en se faisant la réflexion qu'il était beau. Mais sa défiance n'avait duré que quelques jours. Car dès qu'elle s'était aperçue que Guy n'avait pas la moindre conscience de sa beauté, elle s'était demandé si, comme nombre d'hommes qu'elle avait connus, c'était parce qu'il se jugeait moins séduisant depuis qu'il avait perdu ses cheveux, ou s'il ne s'était jamais considéré comme tel. Bref, elle s'était intéressée à lui.

Était-ce à ce moment-là qu'était né son amour pour lui ? se demanda-t-elle avec la sensation distincte que cette question ouvrait la porte d'un coffre-fort, où, tels des documents sensibles, étaient entreposés ses sentiments compromettants. Et de fait, elle y trouva la réponse à sa question. Car si elle se montrait honnête, il lui fallait bien avouer qu'en réalité elle avait trouvé Guy non pas beau, mais magnifique. Et elle ne lui avait pas seulement témoigné de l'intérêt, mais elle avait été tout à fait émue de le deviner fragile et si peu sûr de lui. Au point qu'elle, qui n'avait jamais eu d'enfant ni éprouvé envers quiconque le moindre sentiment maternel, avait eu envie de le protéger. Puis elle s'était convaincue qu'elle pourrait, au moins pendant le temps de la cure, tenter de lui insuffler la confiance qui semblait lui manquer. Après tout, les hommes, ça la connaissait. Alors pourquoi ne pas mettre à profit son savoir-faire pour le tranquilliser ?

Autant dire que cela mettait à mal son histoire de marée montante illustrant un attachement qui l'aurait gagnée petit à petit. Non, elle était tombée amoureuse de Guy Godinot au premier regard. Et ce coup de foudre, elle s'était ensuite soigneusement employée à se le dissimuler. Parce que cela ne rentrait d'évidence pas dans ses projets, mais aussi par gêne, parce que c'était ridicule à son âge – elle avait 85 ans, que diable ! –, mais surtout parce que cela lui faisait peur. Car, si étonnant que cela puisse paraître au vu de sa carrière amoureuse, cela ne lui était encore jamais arrivé.

Alors elle s'était cachée derrière son petit doigt. Elle avait attribué son état d'esprit, plus proche de l'euphorie que de la bonne humeur, aux bienfaits attendus de cette « palaçothérapie », ainsi qu'elle appelait ses séjours à Gruber, qui combinaient le luxe d'un palace et les soins d'une clinique. Et elle avait refoulé ce qui lui apparaissait maintenant sans conteste, à savoir que toutes ses pensées convergeaient vers Guy, que toutes ses joies avaient un rapport avec lui et qu'elle lui devait, d'une façon ou d'une autre, toute l'énergie qui l'animait. Si bien qu'*a contrario* elle était chagrinée au moindre signe d'indifférence ou de distraction de sa part. Et que le dépit qui en résultait tournait alors en boucle dans sa tête comme une ritournelle, malgré ses efforts pour se calmer. En somme, c'était à se demander comment elle avait réussi l'exploit d'accumuler tous ces indices du sentiment amoureux sans s'en rendre compte.

Mais que devait-elle faire maintenant qu'elle avait posé ce diagnostic ? Fallait-il qu'elle essaie de penser à autre chose en attendant que se dissipe son attirance pour Guy ? Ou qu'elle tente non pas de vivre avec lui une histoire d'amour en bonne et due forme – il ne fallait pas exagérer –, mais de donner une suite à leur relation, qu'elle qualifierait alors avec tact d'amitié, afin d'être libre de le revoir à Paris, en Suisse ou quelque part à mi-chemin entre les deux ? Il était trop tôt pour le dire. Mais elle pouvait commencer par lui donner son numéro de téléphone. Ça ne mangeait pas de pain. Et tâcher de lui faire bonne impression le soir même en se mettant sur son trente-et-un.

*
* *

CHAPITRE 43

Tâter de l'acupuncture

— CHRISTINE —

Poids : 60,8 kilos (– 100 grammes). La Berezina ! Juste au moment où elle pensait enjamber allègrement la barrière des 60 kilos.

Tension : 101/73.

Pouls : 77.

Dire que, quelques instants plus tôt, elle se dirigeait vers le cabinet de Mei Xiang Ping, le nez au vent, enchantée de se sentir aussi bien. En effet, malgré un sommeil agité dû à l'abstinence alimentaire qui mettait son corps en effervescence, elle était depuis quelques jours beaucoup plus optimiste et enthousiaste qu'à l'ordinaire. D'abord, elle n'avait pas faim, ni l'ombre d'une fringale, ce qui lui donnait un aperçu de ce que pourrait être la vie si elle se débarrassait de son obsession de la nourriture. Et puis elle avait l'impression d'avoir les idées plus claires, ce qui se produisait, semblait-il, lorsque l'énergie que le corps consacrait d'habitude à la digestion était dirigée vers le cerveau. Enfin, elle éprouvait une vitalité inédite, à lui donner envie de faire des randonnées en montagne – ce qui ne lui ressemblait guère – et qui lui avait été expliquée par le mécanisme de purification de son corps, qui recyclait ses déchets et ses cellules défectueuses en carburant afin de préserver ses cellules saines. N'était-elle pas une publicité vivante pour le jeûne ?

En outre, elle se réjouissait d'avance de sa séance d'acupuncture. Une recommandation de la responsable des rendez-vous, qui avait tellement insisté pour lui vanter ce traitement qu'elle s'était dit que la malheureuse avait sans doute du mal à le fourguer, car les curistes ne devaient pas se bousculer au portillon pour se faire transpercer d'aiguilles comme des fakirs. Raison de plus pour se féliciter de vouloir découvrir cette fenêtre sur une autre culture et d'avoir décidé que, même si le soin se révélait pénible, elle en ferait un récit épique et hilarant à Agnès pour permettre à celle-ci de le transmettre à ses filles, tel Cyrano de Bergerac soufflant au comte de Guiche des lettres d'amour destinées à Roxane.

Pourtant il avait suffi qu'elle croise Brigitte au sortir de la salle à manger pour que son état d'esprit change du tout au tout et qu'elle n'ait plus aucune envie de tâter de l'acupuncture. Bien sûr, que son amie n'ait rien trouvé de mieux que de laisser tomber le jeûne sans la prévenir la mettait en colère. Mais son regard sur elle-même s'était aussi modifié. Car elle se demandait à présent si, fidèle à ses travers habituels qui l'amenaient à se conformer non à ses désirs, mais à une image flatteuse de sa personne, ce n'était pas son éternel fantasme d'être plus aventureuse qu'elle ne l'était qui l'avait conduite à prendre cet engagement malgré sa crainte des aiguilles. De la même façon que c'était son rêve d'être une vamp en *stilettos* qui la poussait à s'acheter à répétition des chaussures à talons aiguilles qu'elle avait trop mal aux pieds pour supporter plus de dix minutes. Toujours est-il qu'à présent elle regrettait d'avoir pris ce rendez-vous auquel elle se rendait à reculons car elle n'avait maintenant qu'une envie, c'était de se poser quelque part, dans le jardin, ou à la piscine, pour gamberger à loisir sur l'indélicatesse de Brigitte. Mais celle-ci ne perdait rien pour attendre, parce qu'elle comptait bien retourner le sujet dans sa tête dès que l'occasion se présenterait.

La femme qui la reçut correspondait en tout point à l'image qu'elle se faisait d'une Chinoise d'un certain âge. Pantalon noir, chemise blanche, escarpins plats, un visage rond comme la lune dépourvu de maquillage, des cheveux courts coupés au carré, l'allure austère des femmes qui avaient vécu la Révolution culturelle. Mei Xiang Ping la fit asseoir et l'observa depuis son bureau en métal déglingué, sous les vieilles planches d'anatomie de médecine chinoise accrochées aux murs de la salle carrelée du sol au plafond qui faisait penser à un laboratoire des années 1950.

– Qu'est-ce qui vous amène ?

– Euh ! mes kilos en trop et la sensation d'être fatiguée en permanence, répondit Christine, qui feignait un calme qu'elle était loin de ressentir.

Impossible, en effet, que ce cabinet vieillot, qui paraissait situé dans un espace-temps différent du reste de la clinique, ne reflète pas le manque de considération de l'établissement pour la thérapeute et sa discipline ! Pourvu que les aiguilles soient propres, se prit-elle à espérer nerveusement.

– Je vois, dit Mei Xiang Ping en la regardant avec sérieux et bienveillance. Mais je vois aussi que vous êtes fébrile. C'est votre état naturel ou vous avez peur des aiguilles ?

– Oui, c'est ça… Enfin je crois… C'est ma première fois… Mais je ne savais pas que ça se voyait tant que ça.

– Pour les aiguilles, ne vous inquiétez pas, je m'adapterai. Sinon, vous savez, c'est mon métier de vous observer. J'ai commencé mon examen dès que vous avez franchi la porte de mon cabinet.

– Comment ça ?

– J'ai regardé votre silhouette, votre démarche, la couleur de votre teint. J'ai observé votre visage pour voir s'il était gonflé.

Et devant l'étonnement de Christine, elle ajouta :

– C'est une déformation professionnelle : même devant un film à la télévision, je ne peux pas m'empêcher d'examiner la posture des acteurs pour repérer s'ils ont une sciatique ou mal aux genoux.

Et voyant que Christine se détendait, elle poursuivit :

– J'ai aussi observé vos yeux, votre physionomie générale, regardé si vous aviez l'air triste ou pleine d'entrain. Puis j'ai respiré votre odeur, votre haleine. Et j'ai prêté l'oreille à votre grain de voix pour déterminer si votre gorge est encombrée et si vous avez du mal à déglutir, sans oublier, bien sûr, d'écouter vos réponses à mes questions.

Christine ouvrit des yeux ronds, où la curiosité avait pris le pas sur la crainte :

– Et vous en avez déduit quoi ?

– Que vous avez mal à l'épaule droite...

– Mais c'est vrai en plus ! Je crois que ce sont les gestes répétitifs que j'effectue en cuisine...

– ... et sinon, je pencherais pour un manque d'énergie de la rate et des reins. C'est souvent le problème en cas de surpoids et de fatigue. Mais maintenant, il faut que je vous examine.

De nouveau agitée, Christine interrogea du regard Mei Xiang Ping, qui lui tendit un peignoir jetable et lui désigna dans un coin de la pièce un paravent derrière lequel se changer.

– Je suis prête, lança Christine qui, assise à la table d'examen, n'en menait pas large.

– Tirez la langue, lui dit Mei, après l'avoir rejointe.

– Pardon ?

– Oui, en médecine chinoise, chaque partie du corps est comme une miniature du corps entier. C'est le cas des mains, des pieds, de l'abdomen, des oreilles, dont le pavillon ressemble à un fœtus inversé, et même des yeux. Mais c'est en premier lieu le cas de la langue, qui est pour nous un outil majeur de diagnostic. Encore faut-il savoir la lire. Et maintenant, je vais prendre votre pouls, reprit-elle en s'emparant de ses poignets sur lesquels elle pianota avec ses doigts, comme un guitariste jouant des accords sur le manche de son instrument. Et puis devant l'air étonné de Christine :

– Voyez-vous, ce que je suis en train de faire, c'est de chercher à déterminer comment fonctionne votre qi, c'est-à-dire votre flux d'énergie, et donc quelles sont les affections dont vous souffrez afin de déterminer mon traitement. Car pour nous, tous les organes internes ont des battements spécifiques, qui permettent d'évaluer leur niveau d'énergie au sein des méridiens auxquels ils sont reliés. Et comme il y a douze méridiens, six sur chacun de nos poignets, il y a douze pouls différents à prendre en compte. Ce que je fais ici avec trois doigts sur chacun de vos poignets.

– Incroyable ! s'exclama Christine tandis que Mei poursuivait.

– Chaque doigt me permet de détecter les battements énergétiques de deux organes situés sur le même méridien. Par exemple, mon doigt le plus proche de vos pouces discerne, à gauche, l'énergie du cœur et de l'intestin grêle et, à droite, celle des poumons et du gros intestin. Et comme la prise de pouls s'effectue sur trois niveaux afin de mesurer les battements des organes à trois profondeurs différentes, en surface, à mi-hauteur et en profondeur, je dois appliquer une pression légère, moyenne, puis soutenue avec chaque doigt avant de poser un diagnostic.

– Eh bien ! s'exclama Christine, de nouveau frappée par le parallèle entre la prise de pouls chinoise et la technique du guitariste, avant de s'apercevoir que Mei l'avait déjà piquée plusieurs fois aux plis du coude et sur le crâne sans qu'elle ne s'en rende compte.

Et c'est seulement au moment où l'acupunctrice s'attaqua à ses pieds qu'elle se crispa.

– Ne vous inquiétez pas, je ne vais pas m'y attarder. J'essaie autant que possible d'éviter les mains et les pieds, parce que c'est plus douloureux. Certains acupuncteurs s'en font une spécialité. En Chine, il y en a même qui piquent dans les yeux, mais je les soupçonne de vouloir se donner des grands airs grâce à cette pratique spectaculaire, sans se soucier de la souffrance de leurs patients.

Et, tandis que Christine s'indignait, Mei en profita pour continuer de ficher ses aiguilles en oblique à plus ou moins de profondeur dans la peau.

– Mais vous allez m'en mettre combien comme ça ? fit Christine, tout en constatant qu'elle n'avait pas de mal à se laisser faire, puisque, passé l'appréhension de la piqûre, très peu d'aiguilles s'avéraient douloureuses.

– Eh bien, cela dépend ! Parfois, je n'arrive à en placer que trois ou quatre, voire aucune, si le patient ne les supporte pas, auquel cas, je me contente de lui faire des points d'acupression. Mais comme vous semblez bien les tolérer, je voudrais en profiter pour en mettre, je ne sais pas, disons une cinquantaine côté face et le même nombre côté pile…

– Une cinquantaine ! s'exclama Christine, épouvantée.

– Oui, enfin le nombre adéquat pour que mon traitement soit efficace avec des aiguilles aussi fines. D'autant plus que vous n'avez qu'un rendez-vous avec moi, n'est-ce pas ? C'est dommage. D'habitude, je refuse les patients que je ne peux pas traiter deux fois de suite à quelques jours d'intervalle. Mais là, il y a eu une annulation. Et je ne sais pas ce que vous avez fait à la programmatrice des rendez-vous, parce qu'elle a vraiment insisté pour que je vous voie. Elle m'a dit : « Mei, prenez-la, même pour un seul traitement, elle est adorable, vous ne le regretterez pas. »

Christine n'en revenait pas. Comment diable avait-elle produit une telle impression sur la secrétaire ? Cela ne pouvait pas avoir de rapport avec sa notoriété en France, vu que personne à Gruber n'en avait la moindre idée. Alors quoi ? Elles avaient, certes, sympathisé, comparé l'âge de leurs enfants et discuté d'éducation. Après quoi, elle lui avait confié que l'offre de soins dont elle disposait était un cadeau qu'elle n'aurait pas pu s'offrir, ce qui avait semblé la toucher. Mais de là à susciter un tel élan… Toutefois elle n'eut pas l'occasion d'y réfléchir davantage car, en moins de temps qu'il ne fallait pour le dire, elle se retrouva hérissée d'aiguilles, tel un porc-épic. Et Mei, qui la recouvrait d'une couverture de survie en papier métallisé, de lui dire :

– Reposez-vous, je viendrai les enlever pour traiter l'autre côté d'ici trente minutes.

Trente minutes ! Autant dire une éternité, se dit Christine, avant de s'aviser que c'était une occasion en or de ruminer au sujet de Brigitte.

Impossible, néanmoins, de se concentrer. Car elle sentit son corps parcouru d'une énergie qui circulait le long d'un réseau qui correspondait en tout point à la définition des fameux méridiens. À l'évidence, c'étaient des sensations qu'elle percevait pour la première fois. Et elle en était à tenter de cerner les contours de cette énergie, qu'elle se représenta comme une nappe de chaleur et de tension, quand celle-ci se fixa autour de certaines aiguilles plantées dans sa peau, donnant lieu à tout un va-et-vient de pulsations, de pincements ou de fourmillements avant de se dissiper et de reprendre sa course vers d'autres points d'acupuncture. Si bien qu'il lui fallut un certain temps avant d'être en mesure de penser à Brigitte.

Mais aussitôt qu'elle y songea, les critiques à son encontre jaillirent de son esprit comme un jet d'eau d'une fontaine. En un mot comme en cent, Brigitte avait dépassé les bornes. Négliger de lui annoncer qu'elle arrêtait son jeûne ! C'était vraiment la traiter par-dessous la jambe ! Mais le pire, c'était que cela ne l'étonnait pas, car Brigitte se fichait du monde. Au sens propre. Ne passait-elle pas son temps à s'affranchir des usages et des règles pour s'octroyer des dérogations, des passe-droits et des privilèges ? Ainsi, elle ne se contentait pas d'emmener son chien à Gruber, ce dont elle n'avait d'ailleurs, là non plus, pas jugé bon de la prévenir. Elle doublait aussi toutes les files d'attente et garait sans complexe sa voiture sur les emplacements réservés aux handicapés. La raison de son culot ? L'autre n'existait pas. Ou alors il n'avait pas voix au chapitre, parce qu'il n'avait aucune chance de faire valoir la validité de son point de vue face à la légitimité absolue, intégrale et sans réserve qu'elle s'attribuait et qui l'immunisait contre les plaintes, les reproches et les protestations éventuelles qu'elle suscitait.

Dans l'élan de sa colère, Christine ne s'aperçut qu'à peine du retour de Mei à son chevet. Et elle se laissa faire comme un automate lorsque celle-ci lui retira les aiguilles sur la poitrine et lui demanda de se retourner pour en cribler l'arrière de son corps. Car elle n'en avait pas fini avec son réquisitoire. Le pire ? L'outrecuidance de Brigitte la rendait fascinante. Ne faisait-elle pas ce dont tout le monde rêvait ? Dire ou faire ce qui lui passait par la tête sans vergogne et sans songer aux conséquences. Autrement dit, se dispenser de tout devoir, s'exonérer de toute responsabilité. Et le tout, dans la plus parfaite indifférence à l'opinion des autres. D'où la question : Brigitte était-elle libre ou psychopathe ?

Mais soudain, elle sentit son corps se détendre, se répandre sur la table comme un fromage coulant sous l'effet du bien-être. Les aiguilles s'étaient tues. Ses muscles étaient délassés, comme repus, après avoir été débarrassés de toutes leurs tensions, y compris celles dont elle ne soupçonnait pas l'existence avant d'expérimenter ce niveau stupéfiant de relaxation. Et elle en était là de ses sensations quand Mei retira ses aiguilles et la libéra de son immobilité forcée. La séance était passée en un rien de temps. Elle se rhabilla, enchantée par la sensation de fraîcheur mentholée qui circulait désormais dans son corps si léger qu'elle avait l'impression d'être en lévitation. Puis elle prit congé, non sans quelques mots de gratitude, et elle passa par le bureau des rendez-vous pour remercier la secrétaire, dont le visage s'éclaira à sa vue :

– Ah ! Je suis contente ! Je savais que le traitement de Mei vous plairait. Et je voulais que vous puissiez bénéficier de sa *magic touch*. C'est notre star, vous savez. Certaines personnes ne viennent à Gruber que pour elle, et je ne vous raconte pas combien c'est difficile d'obtenir un rendez-vous. Alors d'ordinaire, j'oriente les patients vers un de ses collègues moins demandé. Et j'espère que vous avez apprécié son cabinet rétro. Vous savez, elle n'a jamais voulu des rénovations que la clinique lui propose depuis des années, parfois avec insistance. Mais c'est devenu sa marque de fabrique et les curistes adorent. C'est même un des éléments les plus mentionnés dans le questionnaire de satisfaction qu'ils remplissent à la fin du séjour. Car seuls les *happy few* qui ont eu rendez-vous avec Mei en connaissent l'existence !

Christine quitta la secrétaire, songeuse. Elle avait clairement séduit cette femme. Et pourquoi pas ? La sympathie, ça ne s'expliquait pas. Qui plus est, elle avait surmonté sa peur des aiguilles. Or elle ne pouvait pas en dire autant de Brigitte. Celle-ci se jouait peut-être de toutes les règles, mais elle déclarait forfait au beau milieu d'un jeûne et ne semblait vouloir qu'une chose, c'était de rester avec son chien. Alors il était sans doute temps qu'elle comprenne que Brigitte n'avait en réalité rien de fascinant, voire qu'elle n'était pas assez intéressante pour occuper autant de place dans ses pensées. Elle avait mieux à faire.

⁂

CHAPITRE 44

Le filon de la sincérité

— GUY —

Dire qu'il avait cru faire preuve de prévoyance quand il avait décidé de se mettre au vert pendant trois semaines, certain qu'il était d'avoir ainsi tout le temps de se retourner et de décider de la suite ! Mais force était de constater qu'il avait péché par optimisme.

D'abord, il était persuadé que la police conclurait à une mort accidentelle suite à l'erreur d'une vieille dame ayant confondu le collyre de son chien avec ses gouttes pour le cœur. Si bien qu'il était loin d'anticiper qu'au lieu de classer l'affaire elle établirait un lien entre la mort de Suzanne et celle de Jeanne Broquet, sa voisine, décédée quatre ans plus tôt dans les mêmes conditions. Il en était presque outré, vu qu'il n'était pour rien dans ce décès tout à fait accidentel. Pourquoi la police ne s'en était-elle pas tenue à la seule mort de Suzanne qui était bel et bien suspecte ? Quoi qu'il en soit, maintenant que la piste criminelle semblait retenue, il ne lui restait plus qu'à espérer que la police suisse mettrait un moment avant de le retrouver. N'avait-il pas payé son billet de train en liquide, tout comme l'acompte de la cure qu'il avait réglé par Western Union au prétexte qu'il était en train de changer de banque ? Et depuis son arrivée en Espagne, il n'avait utilisé ni son téléphone ni sa carte de crédit.

D'autre part, de loin, Gruber lui avait paru plein de promesses. Certes, il s'en était fait une idée romantique, puisqu'il s'était représenté la clinique comme une version salubre du cabaret tenu par Humphrey Bogart dans *Casablanca*, autrement dit un refuge huppé regorgeant d'occasions pour ceux qui voulaient se refaire une virginité et repartir de zéro. Mais ce qui l'avait convaincu d'y faire une cure de vingt et un jours n'était pas cette réminiscence de cinéphile, mais le calcul auquel il s'était livré : Gruber comptait une centaine de clients, dont une proportion de femmes sans doute considérable. Soixante-dix pour cent ? Ce qui en ferait soixante-dix. Sachant qu'elles s'y cloîtraient souvent durant plusieurs semaines, quelle était la proportion d'entre elles susceptibles d'être accessibles ou en proie à une crise existentielle ? Trente pour cent, quarante pour cent, soit vingt à trente personnes ? Et si l'on ajoutait à cela qu'il y avait plus de deux cents salariés, soit un ratio de deux employés pour chaque curiste, n'atteignait-on pas un niveau de luxe qui rendait primordial d'attirer un type de clientèle qui pouvait se le permettre ? Aussi était-il probable d'y rencontrer du beau monde, voire d'y décrocher le gros lot.

Mais c'était compter sans le fait que, loin de miser sur la dynamique de groupe propre aux petits établissements, Gruber divisait ses curistes pour leur offrir une certaine intimité, ce qui réduisait beaucoup ses chances de réussite. Ainsi, la clinique faisait une différence entre les adeptes du jeûne thérapeutique et les curistes au régime, qui se croisaient si peu qu'ils semblaient soumis à un système de castes : les premiers ne mettaient jamais les pieds dans la salle à manger, sauf pour quelques repas au début et à la fin de leur séjour, et les deuxièmes s'aventuraient rarement dans le salon des jeûneurs. En outre, il y avait les clients fortunés, logés dans le bâtiment contemporain où se trouvaient les suites, dont celles du deuxième étage jouissaient d'une vue sur la mer, et ceux qui séjournaient dans la bâtisse où les chambres étaient bon marché. Qui plus est, chacun de ces édifices possédait plusieurs infirmeries, ce qui diminuait d'autant ses chances de faire des recrues dans la file d'attente de la visite médicale du matin, et *a fortiori* d'y ferrer du gros poisson lorsqu'on avait, comme lui, opté pour une chambre abordable. Mais, pour couronner le tout, les clients étaient également séparés en fonction de leur nationalité, un crève-cœur pour lui qui se débrouillait plutôt bien en allemand et en anglais. Ainsi, dès son arrivée, avait-il été assigné à une table francophone de six à huit personnes dont les noms étaient inscrits sur un chevalet de papier. Mais là non plus il n'avait aucune garantie de pouvoir parler avec eux. Car il fallait encore que leurs emplois du temps coïncident, étant donné que le service des repas se déroulait sur trois heures, et qu'ils ne profitent pas de la possibilité de demander une table à l'écart ou d'être servis dans leur chambre.

Alors il avait bien fallu qu'il aille chercher ses proies avec les dents, ce qui l'avait conduit à commettre quelques erreurs. Dans un premier temps, il avait misé sur la salle de sport, où chacun s'isolait sur sa machine avec des écouteurs aux oreilles, ainsi que sur la bibliothèque alors qu'elle était accaparée par des gardes du corps et des joueurs de cartes, qui formaient un parterre de témoins devant lesquels les lectrices esseulées qu'il avait repérées ne tenaient pas à répondre à ses travaux d'approche. De même qu'il avait, contre toute logique, essayé de nouer des relations dans la salle de cinéma, où l'attente du projectionniste lui avait à tort paru propice aux rencontres. Ou bien à la piscine, dont la réputation éculée de lieu de drague rendait suspectes ses moindres tentatives d'engager la conversation. Enfin, était-ce par manque de chance ou de savoir-faire ? les excursions ne lui avaient pas réussi non plus. Il s'y était cassé le nez sur des femmes seules et sur leurs gardes.

Mais parfois, sans faire chou blanc, certaines de ses initiatives avaient juste eu un piètre retour sur investissement. Comme le temps fou qu'il avait passé dans la salle d'attente des soins thérapeutiques à faire semblant de patienter pour engager la conversation avec des curistes, qui avaient rendez-vous avec un spécialiste. Ou les fastidieux cours de Pilates pour débutants sur lesquels il avait compté pour rencontrer des dames âgées si possible assez mal en point.

Jusqu'au moment où il s'était rendu compte qu'il avait intérêt à changer son fusil d'épaule. Gruber était connu pour son ouverture aux médecines alternatives. Aussi ses clientes ne pouvaient-elles être qu'attirées par tout un tas de disciplines qu'il trouvait tout à fait farfelues. N'était-ce pas en les pratiquant lui-même qu'il serait le plus à même de les baratiner ? Dès lors, il s'était inscrit aux cours de méditation et de yoga, qui avaient de fait donné de bons résultats, alors qu'il aurait parié jusque-là que les salutations au soleil ou le pranayama ne lui laisseraient que peu de chances de créer des liens. Puis il avait privilégié les réunions qui favorisaient l'échange de confidences, comme les conférences sur l'astrologie ou les débats sur les troubles du comportement alimentaire. Bien sûr, certains de ces ateliers demeuraient totalement au-dessus de ses forces, comme la séance d'art-thérapie à laquelle il avait assisté, où le prof s'était mis en tête de détourer au fusain les contours de la silhouette d'une grosse dame, qui s'était allongée par terre sur une toile vierge étalée au sol, pour lui donner l'opportunité de se réconcilier avec elle-même pendant le reste du cours en écrivant des mots d'amour sur les parties de son corps qui lui posaient un problème. Mais, dans l'ensemble, ce filon de la sincérité lui avait plutôt réussi. Et il pressentait qu'il en irait de même avec celui de l'écologie. Si bien qu'il aurait intérêt à assister aux cours de naturopathie ainsi qu'aux stages de cuisine *vegan*. Tout comme il devrait traîner près de la fontaine à eau de la réception, autour de laquelle se pressaient de plus en plus de curistes écoresponsables, qui voulaient voir disparaître les innombrables plateaux d'eau minérale en bouteilles de verre, qui s'élevaient comme des pyramides de toutes les tailles et de toutes les couleurs dans les moindres recoins de la clinique.

Mais ça, c'était avant de comprendre qu'il allait être rattrapé par ce que les journaux appelaient désormais l'affaire Carpentier. Quels indices susceptibles de l'incriminer la police avait-elle trouvés chez Suzanne ? Il n'en savait rien. Mais les articles de presse laissaient entendre que les forces de l'ordre étaient sur la piste d'un suspect. Aussi ne faisait-il plus aucun doute qu'il était recherché. Bref, il ne pouvait plus se contenter de jeter les bases d'une relation à long terme avec Marthe, ni se permettre d'attendre, comme il l'avait un moment envisagé, les retombées de l'offre de services qu'il avait distribuée, tel un prospectus, à quelques candidates triées sur le volet.

Il était temps d'activer le plan B, qu'il avait bricolé en dilettante pour se tranquilliser avant de se savoir poursuivi par la police. À commencer par les faux papiers qu'il avait achetés à Barbès avant la mort de Suzanne. En l'occurrence, une carte d'identité à 200 euros. Une contrefaçon si grossière qu'elle ne tromperait pas un agent formé à la détection de faux papiers, puisqu'elle était faite en papier ordinaire qui demeurait opaque sous un éclairage ultraviolet, au lieu de révéler des filigranes intégrés à sa texture propres au papier sécurisé des documents officiels. Mais c'était mieux que rien. Et il espérait qu'elle ferait l'affaire pour une traversée en ferry jusqu'à Tanger. En effet, ce qui avait réellement emporté sa décision d'aller à Gruber, c'était sa position géographique qui favorisait la fuite. Car au sud de la péninsule Ibérique, il y avait Gibraltar, un territoire de poche administré par les Anglais, qui était séparé de l'Espagne par une frontière d'un kilomètre de long. Et la clinique se trouvait en outre à une trentaine de kilomètres des côtes marocaines. De telle sorte qu'elle était située au confluent de trois pays et de trois frontières, ce qui compliquait à l'envi les recherches policières et les démarches administratives.

C'était bien pensé, sauf s'il s'avérait nécessaire, comme il le craignait, de présenter un passeport pour aller au Maroc. Mais il y avait plus grave : malgré ses économies ou plutôt celles de Suzanne qui dormaient sur son compte en banque, il ne pouvait plus retirer d'argent maintenant qu'il était recherché. Et il n'allait pas tarder à être à sec. Impossible, dans ces conditions, de se tourner les pouces huit jours de plus. Il ne manquerait plus que la police ne vienne le cueillir à Gruber sans qu'il n'ait rien tenté pour lui échapper. Non, il fallait qu'il se bouge et qu'il trouve une solution. Néanmoins avant de partir, il lui restait une question à tirer au clair : Marthe allait-elle pouvoir lui être utile d'une façon ou d'une autre ?

*
* *

CHAPITRE 45

Cocktail

« On se retrouve à la réception et on y va ensemble », lui avait dit Agnès. Aussi Christine ne s'attendait-elle pas à la trouver derrière le comptoir de la réception, en train de discuter avec les employées, comme si elle faisait partie du personnel.

– Vous savez que, dans leurs bureaux, la plupart de ces dames sont assises sur de grandes balles en caoutchouc et non pas sur des chaises ? Il y en a même une qui travaille debout devant une console en marchant sur un tapis roulant. Extraordinaire, non ? Apparemment plus une personne reste vissée à un siège, plus elle a de chances de mourir tôt. Et l'on gagnerait deux ans d'espérance de vie en s'asseyant moins de trois heures par jour. Mais *quid* de la position allongée ? L'histoire ne le dit pas. Parce que cela ne me dérangerait pas, moi, de m'allonger au lieu de m'asseoir. Et cela ne doit pas être aussi mauvais, vu que l'on passe déjà huit heures par jour au lit.

– Agnès ! s'esclaffèrent les réceptionnistes tandis que celle-ci rejoignait Christine du côté client.

– Bon, en tout cas, Christine et moi nous rendons de ce pas au cocktail de bienvenue. Ce qui ne peut pas être considéré comme de l'exercice, j'imagine, d'autant que notre but en y allant, c'est de déguster en plus de nos rations habituelles le jus de fruits qui y est servi, n'est-ce pas Christine ?

– Ah ! bon ? s'étonna celle-ci, qui s'était attendue à y boire une énième tisane à la pomme et à la cannelle.

– Mais oui, chuchota Agnès en s'éloignant de la réception. Et si je suis tellement bien renseignée, c'est que j'ai déjà assisté à celui de la semaine dernière pour la même raison.

– Agnès ! s'exclama à son tour Christine en gloussant.

Le rire de Christine enchanta Agnès qui était décidée à faire prendre à la soirée une tournure joyeuse. Donc pas question d'être médium, de bouleverser Christine avec ses contacts avec les morts, ni de l'assommer avec ses convictions spirituelles. Elle voulait avoir l'air normal, se comporter comme la matrone enjouée qu'elle était avec ses filles ou au restaurant et peut-être même enfin tisser des liens d'amitié avec la jeune femme.

– Et il y en a beaucoup, ici, comme vous, qui ont déjà assisté au cocktail de bienvenue de la semaine dernière ? l'interrogea Christine, alors qu'elles pénétraient dans la bibliothèque du nouveau bâtiment, où se trouvait une vingtaine de personnes, entre lesquelles déambulait un employé chargé d'un plateau de jus de fruits, qu'Agnès alpagua aussitôt.

– À vue de nez, je suis la seule. Et à en juger par le regard que vient de me jeter le directeur, j'ai été tout à fait repérée. Mais je le vois mal me mettre dehors sous prétexte que je n'ai droit à ce rab de jus de fruits qu'une fois dans le séjour, dit Agnès, enchantée de son mauvais coup, en trinquant avec Christine, qui entreprit alors de regarder autour d'elle, tel un périscope.

Elle aperçut Super Yogi, le quinquagénaire belge obsédé de yoga, près de l'entrée, en train de discuter avec la belle Italienne unijambiste, avant de remarquer toute la bande de son infirmerie, en apparence décidée à reconstituer la promiscuité de la salle d'attente en s'attroupant contre la baie vitrée qui donnait sur le jardin : la vieille Allemande, le patriarche indien, sa femme et leur fils, très aminci (combien de kilos avait-il donc perdus ?), escorté de sa ravissante petite amie, ainsi que le macho méditerranéen reconnaissable à sa chaîne en or et à son parfum, mais qui n'avait plus l'air si macho tant il se montrait aux petits soins pour un très vieux monsieur qui devait être son père.

Puis le directeur de Gruber vint à sa rencontre pour se présenter et lui souhaiter la bienvenue, avant de se tourner vers Agnès :

– Madame Lamy, je vois que vous appréciez nos soirées de bienvenue, j'en suis très flatté.

– Vous pouvez, monsieur le directeur, et vous auriez raison. Mais vous savez comme moi que ce jus de mangue et de melon y est pour beaucoup.

– Vous êtes une coquine, madame Lamy !

– C'est vrai, mais pour tout vous dire, je suis étonnée d'être la seule à resquiller.

– Mais c'est que vous êtes unique, madame Lamy !

– Il est charmant, ce directeur, murmura Agnès à Christine dès qu'il s'éloigna. Mais il a l'air d'un enfant, non ? Ou c'est juste moi ?

Et devant l'air surpris de Christine, elle ajouta :

– Bien sûr, suis-je bête, vous êtes trop jeune pour ressentir cela ! Vous savez, ce qui est curieux, c'est que l'on ne se sent pas vieillir, mais qu'à un moment donné le monde change autour de vous. Un jour, il vous apparaît que les serveurs, les vendeurs et les employés de la poste ont l'âge de vos enfants. Cela vous demande un petit effort d'ajustement. Néanmoins vous admettez vite que c'est normal, puisque ce sont de petits jeunes qui démarrent dans la vie. Et vous êtes pris envers eux d'un élan de bienveillance d'autant plus sincère que vous pouvez toujours tabler sur les gens de votre génération ou plus âgés que vous aux postes d'autorité et de confiance. Mais tôt ou tard, c'est au tour des policiers, des hommes politiques et des médecins de vous faire le même effet. Et là, cela perd de son charme…

Agnès s'interrompit en souriant. Ne s'était-elle pas promis d'être enlevée, joyeuse et légère ? Du coup, mieux valait en rester là et ne pas faire part à Christine de son opinion sur le peu de cas que l'Occident faisait de ses personnes âgées. Mais celle-ci semblait vouloir continuer dans cette veine d'intimité et de sérieux :

– Agnès, puis-je vous demander quelque chose ?

– Oui, bien sûr.

– Pourquoi est-ce qu'en général les gens ne m'aiment pas ?

Et tandis qu'Agnès ouvrait des yeux ronds, elle ajouta :

– Je m'explique… Je vois la façon dont les gens vous accueillent et s'éclairent en votre compagnie. Moi, en revanche… Figurez-vous que cela m'est apparu de façon paradoxale, lorsque j'ai constaté que la secrétaire en charge des rendez-vous m'avait appréciée. Or j'en ai été tellement étonnée que cela m'a fait réfléchir… Le fait est que cela ne m'arrive jamais… Bien sûr, je ne vous parle pas de mes proches, mais des gens en général. Avec moi, ils sont polis, mais distants, comme si j'étais froide ou antipathique, alors que je ne suis ni l'un ni l'autre, et que je me donne du mal pour faire preuve de gentillesse et d'attention…

Allons bon ! se dit Agnès, qui se désolait de voir ainsi s'éloigner la perspective d'une soirée insouciante. Elle hésita. Elle aurait pu se contenter de protester, de dire à Christine que ce n'était pas son cas, étant donné que, tout comme ladite secrétaire, elle l'appréciait beaucoup, mais celle-ci insista :

– Je suis désolée, car j'imagine que ma question vous embarrasse. Mais croyez bien que j'en suis la première surprise, car cela vient seulement de me traverser l'esprit et je peux vous dire que c'est violent…

Alors émue par la détresse de la jeune femme, Agnès intervint :

– Eh bien, vous savez, tout est affaire de vibration. Donc, peu importe votre comportement, les efforts que vous déployez pour vous présenter d'une manière ou d'une autre, ou même ce que vous dites. Ce qui compte, c'est l'énergie que vous diffusez, car nous sommes tous des émetteurs-récepteurs de vibrations.

– Mais alors ça veut dire que j'émets quoi, comme vibration ?

– Eh bien, vu que l'on ne reçoit en retour que l'énergie que l'on dégage, il y a fort à parier, d'après ce que vous me dites, qu'il émane de vous des vibrations de stress, d'inquiétude, de manque de confiance en soi, ou de colère.

Et puisque Christine demeurait silencieuse, elle ajouta :

– Ce n'est pas une lubie de médium ou une théorie *new age*, il n'y a qu'à voir ce qui se passe quand on se plante de mauvaise humeur ou avec impatience devant un employé à un guichet, même si on ne lui dit pas un mot plus haut que l'autre ou que l'on se force malgré tout à être aimable, et ce qui se produit quand on l'aborde dans un état d'esprit tranquille ou joyeux, parfois même sans dire un mot. Cela a des effets concrets. Dans un cas, on vous dit que vous n'avez pas le bon formulaire, ou que vous devez revenir la semaine d'après. Et dans l'autre, on va fouiller dans la réserve à la recherche de ce qu'il vous faut, ou on contourne le règlement pour vous fournir au plus vite le document nécessaire. D'ailleurs, il n'y a même pas besoin d'être présent physiquement pour que ces ondes passent, ça marche aussi à distance par téléphone, car nous sommes tous à la fois poreux et reliés par les capteurs dont nous sommes équipés.

– Et donc, vous, vous diffusez quoi, comme énergie ?

– Eh bien ! à quelques nuances près, il n'existe en réalité que deux sortes d'énergies, celle de la peur et celle de l'amour. Alors attention, ça ne veut pas dire que je suis Amma ou Bernadette Soubirous. Mais disons que j'ai un grand avantage sur vous, c'est mon âge. Car je ne participe plus au concours de séduction, de pouvoir et de statut social dans lequel on est engagé quand on est jeune pour se prouver que l'on est quelqu'un. Avec toute l'anxiété qui va avec. Étant donné que cette course à l'ego transforme chaque rencontre en examen, au cours duquel on peut se retrouver validé ou rejeté par le regard ou la réponse de l'autre. Aussi, à présent, je ne me demande plus l'effet que je produis sur mes interlocuteurs, je suis très détendue. Et je peux aborder les gens sans arrière-pensée pour le simple plaisir d'échanger avec eux au-delà des apparences et des fonctions sociales. Et c'est cela qui suscite les réactions que vous avez remarquées et qui ne cessent de me surprendre et de m'émerveiller.

Il apparut alors clairement à Christine qu'Agnès disait vrai. Non seulement elle cherchait l'approbation des gens qu'elle approchait, les réduisant ainsi à l'état de miroir dans lequel elle se regardait, telle la belle-mère de Blanche-Neige, qui répétait : « Miroir ô mon beau miroir, dis-moi qui est la plus belle. » Mais, en son for intérieur, elle distribuait aussi à ses interlocuteurs des bons et des mauvais points selon leur aspect et leur comportement, ce qui ne pouvait être que détestable s'ils étaient réellement capables de sentir ce qui se passait en elle, comme semblait le penser Agnès.

Et à ce compte-là il lui fallait reconnaître qu'elle avait également peur tout le temps. Elle s'était en effet convaincue que la seule façon de tenir en respect les malheurs et les tragédies qui se tenaient en embuscade le long de son chemin, c'était d'adopter une attitude de sentinelle au fait de tous les dangers possibles et imaginables, comme si l'inquiétude avait le pouvoir d'empêcher les catastrophes de se produire ou d'en amortir le choc lorsqu'elles surgissaient. Alors elle se tenait méticuleusement informée de toutes les calamités, du réchauffement climatique à la montée du populisme, sans oublier les catastrophes naturelles, les migrants, la violence urbaine, ou les dangers de l'énergie nucléaire. Et elle y était d'autant plus disposée que son attitude lui paraissait responsable, voire éclairée, au vu de l'état du monde. Mais à force de se préparer au scénario du pire sans jamais se réjouir d'être passée à travers les gouttes du malheur, sous prétexte que cela risquait de ne pas durer et qu'il ne fallait pas tenter le diable, elle se comportait comme le passager d'un avion qui adopterait, pendant toute la durée d'un vol sans histoire, la position de sécurité prévue en cas d'atterrissage forcé. Et il en résultait une tension épuisante, dont l'effluve toxique devait bel et bien s'échapper d'elle comme un poison.

Elle pensa à ses parents. À la réaction de son père quand sa mère attirait l'attention de son mari dans la rue : « Oh ! regarde la dame. » Et lorsque son père, au visage éclairé par l'anticipation du plaisir, découvrait que la personne pointée du doigt n'était autre qu'une femme affligée d'un terrible handicap, à la silhouette disgracieuse ou au visage défiguré par la chirurgie esthétique, il disait, accablé, à son épouse : pourquoi me montres-tu seulement la laideur et le malheur ? Pourquoi ne regardes-tu pas ce qu'il y a de beau et de bon ? Ne sais-tu pas que se préparer au pire ne fait que susciter le pire, tandis que voir le bon côté des choses attire la chance et le bonheur ?

Mais Agnès interrompit Christine dans sa réflexion :

– Bon, ce n'est pas tout ça. Si on allait boire notre bouillon ? Ce soir, on a le choix entre courgette à l'aneth ou poireaux ciboulette. Et il faut absolument que vous me racontiez votre séance d'acupuncture…

*
**

CHAPITRE 46

Une jolie bague

Marthe avait sorti le grand jeu, pensa Brigitte, lorsqu'elle la vit arriver au bras de Guy, en tailleur-pantalon en velours de soie bleu avec un chemisier en satin blanc perle.

– Que vous êtes belle ! s'écria Brigitte tandis qu'ils prenaient place à table.

Brigitte espérait que Marthe lui livrerait la suite du feuilleton de sa vie. Mais la vieille dame n'avait pas l'air dans la même disposition d'esprit qu'à l'heure du déjeuner. Elle semblait à la fois lasse et tendue. Et Guy, s'engouffrant dans la brèche du silence, engagea la conversation :

– J'ai passé l'après-midi à regarder des documentaires illustrant d'une façon ou d'une autre l'effet papillon. Vous savez, l'idée qu'une petite cause, tel le battement d'aile d'un papillon, a de grandes conséquences. C'était passionnant. Ainsi, figurez-vous que les scientifiques ont établi la raison pour laquelle les condors de Californie ont été pratiquement rayés de la carte dans les années 1970. C'est que les chasseurs américains utilisaient des balles en plomb pour chasser le gibier. Et qu'après avoir prélevé les bons morceaux de la bête qu'ils avaient abattue, ils laissaient le cadavre aux rapaces, dont ces aigles, qui succombèrent alors en masse au saturnisme…

Pendant ce temps-là, Marthe tentait de faire bonne figure, mais il lui fallait bien reconnaître que son calme s'était envolé depuis qu'elle s'était rendu compte qu'elle était amoureuse. Elle avait les nerfs à fleur de peau et souffrait maintenant pour un rien, à la moindre intonation, ou au moindre regard de travers de Guy. Son cœur cognait dans sa poitrine. Et elle se sentait fébrile, comme si elle avait attrapé une grippe, si bien qu'elle commençait à se demander ce qu'elle allait bien pouvoir faire de cet amour encombrant.

– … et le même effet papillon est peut-être actuellement à l'œuvre en Chine, où il semble qu'un nouveau virus soit apparu dans la ville de Wuhan, car les Chinois ont l'habitude de manger des animaux sauvages, qui transmettent à l'homme des maladies jusqu'alors inconnues…

Brigitte rongeait son frein. Il ne manquerait plus que Guy passe la soirée à les bassiner avec ses histoires d'animaux en voie d'extinction et ses annonces apocalyptiques d'épidémies à venir, songea-t-elle avant d'intervenir :

– Quelle jolie bague ! s'exclama-t-elle à l'intention de Marthe, comme si elle découvrait ce qui, de loin et sans lunettes, lui apparaissait vaguement comme un saphir assorti à la couleur de la tenue de la vieille dame.

– Oh ! Merci, dit Marthe simplement. C'est un saphir du Cachemire, un cadeau de Barry, mon mari anglais.

– Du Cachemire, vous êtes sûre ? ne put s'empêcher de s'écrier Brigitte qui fouilla aussitôt dans son sac en quête de ses lunettes avant de se pencher sur la bague marguerite que Marthe avait au doigt.

– Mais oui, répondit Marthe, j'en suis d'autant plus sûre que je me souviens de la réflexion stupide que j'avais faite à mon mari quand il me l'a offerte, à savoir qu'en fait de pierre précieuse il n'était question que de tissu, entre sa couleur « bleu de velours » et le Cachemire d'où elle provenait.

– C'est très rare, vous savez ? dit Brigitte en expliquant que, s'il y avait un domaine qui lui était familier, c'étaient bien le rayon des pierres et des bijoux.

Et elle savait que les Cachemire étaient les saphirs les plus beaux du monde et qu'ils étaient incroyablement rares, l'exploitation des mines du Cachemire n'ayant duré que cinq ou six ans vers la fin du XIXe siècle.

Et comme Marthe et Guy semblaient tous deux intéressés, elle poursuivit :

– La légende veut que les mines du Cachemire aient été découvertes par hasard à la suite d'un glissement de terrain à plus de quatre mille cinq cents mètres d'altitude dans les collines de l'Himalaya, par des Afghans de passage, qui les auraient ensuite troqués contre du sel, à l'époque une denrée rare provenant de Chine. Puis ces saphirs bruts auraient été revendus plusieurs fois avant d'atteindre l'équivalent en roupies de 400 000 dollars, ce qui serait revenu aux oreilles du maharadjah du coin, qui fut très heureux d'apprendre que ces pierres provenaient de son royaume…

– Combien ? se récria Guy, qui s'était soudain allumé, tel un lampion.

À tel point que Brigitte, mal à l'aise, sentit les soupçons de Christine, quant à la malhonnêteté de Guy, refaire surface dans son esprit. Elle tenta de noyer le poisson :

– Oui, enfin ce n'est peut-être pas la somme exacte, mais c'était dans ces eaux-là. Et d'ailleurs quoi d'étonnant, puisque les hindous sont convaincus que les pierres précieuses sont capables de diffuser l'énergie du cosmos ou de l'absorber…

– Mais vous avez une idée de la valeur actuelle d'une telle pierre ? lui demanda Marthe, qui était très reconnaissante envers Guy de s'être montré aussi direct pour parler d'argent, si bien qu'il lui semblait pouvoir poser cette question sans avoir l'air, ou triviale, ou désespérée.

Sans oublier qu'au point où elle en était en effet peu lui importait son personnage de grande dame au-dessus des contingences matérielles. Car si cette bague, qu'elle avait toujours jugée quelconque, pouvait lui permettre de garder la tête hors de l'eau jusqu'à la fin de sa vie, au lieu de tirer le diable par la queue, comme elle le faisait à présent, en vendant une à une ses estampes japonaises dont le nombre se réduisait désormais à peau de chagrin, elle avait intérêt à le savoir. Il est vrai que sa mère n'avait jamais songé que l'argent devait faire partie de son éducation. Et si elle avait réussi de beaux mariages, elle n'était jamais parvenue à garder l'argent qui lui était passé entre les mains. Madoff, elle n'y était pour rien, car c'était l'homme d'affaires de Spiros qui avait recommandé ce placement à son mari. Mais, après la mort de Spiros, elle avait été incapable de faire valoir ses droits, car il lui aurait fallu engager et payer des avocats américains, et elle n'avait aucune idée de par où commencer.

– Non, je serais incapable d'évaluer votre pierre correctement, car je ne suis pas une spécialiste… commença Brigitte tandis que Marthe lui tendait sa bague qu'elle avait retirée de son doigt pour qu'elle l'examine de plus près.

– Eh bien ! ce que je peux dire, c'est que c'est un saphir de taille coussin, avec de grandes facettes qui donnent beaucoup d'éclat, entouré d'une ligne de diamants poire. Et que c'est une bague fleur, comme celle de lady Diana, si ce n'est que la sienne était sertie d'un saphir de Ceylan, qui est plus courant.

– Vous voulez dire que la bague de Marthe est plus belle que celle de la princesse Diana ? demanda Guy, qui paraissait à présent tout à fait captivé.

– Oui, en tout cas, sa pierre est plus rare. Néanmoins les saphirs de Ceylan étaient les pierres précieuses les plus convoitées des têtes couronnées d'Europe avant la mode du diamant. Et le saphir de Marthe est nettement plus petit que celui de la princesse de Galles, qui, de mémoire, faisait douze carats.

Marthe, toujours enchantée du numéro de duettiste qu'elle formait avec Guy, demanda alors :

– Mais à votre avis, mon saphir fait combien de carats ?

– Je ne sais pas, je dirais sept ou huit…

– Oh ! ce que c'est excitant, s'écria Marthe, j'ai l'impression d'être tombée sur un trésor.

Or elle n'avait désormais qu'une envie, c'était de mener des recherches sur Internet afin d'y dénicher une fourchette d'estimation qu'elle pourrait attribuer à sa bague, même si elle en savait assez en matière de joaillerie pour savoir que seul un expert aurait la réponse à cette question. Bref, elle rêvait de retourner dans sa chambre. D'autant que – était-ce l'excitation ou la symphonie de fruits de mer à la sauce américaine qui avait été servie à dîner ? – elle avait vaguement la nausée.

– Vous savez, je ne crois pas que j'ai le courage d'aller voir le spectacle au pavillon du Bien-Être. De plus, je ne suis pas très magie. Mais je ne veux pas vous priver, allez-y ensemble tous les deux.

Et, en moins de temps qu'il ne fallait pour le dire, Marthe prit congé de Guy et de Brigitte, qui se retrouvèrent comme deux ronds de flan debout au milieu de la salle à manger. Épouvantée à l'idée d'avoir à passer tout le reste de la soirée seule avec Guy, dont elle pensait à présent autant de mal que Christine, Brigitte se creusait la tête à la recherche d'une excuse afin de se débiner, quand Guy lui dit de but en blanc :

– Alors, du coup, moi non plus, avant de lui tourner le dos, sans lui dire bonsoir, ni esquisser un sourire pour s'excuser ou adoucir son propos.

Brigitte aurait été assise qu'elle en serait tombée de sa chaise. Que Guy ne cherche même pas à faire illusion ou à jouer au gentleman quand Marthe ne le voyait pas agir en disait long sur le cynisme, la grossièreté et la froideur de l'individu. Et elle partit se coucher, vibrante d'indignation et d'inquiétude au sujet de Marthe.

⁂

JOUR 9

CHAPITRE 47

Massage ayurvédique

— CHRISTINE —

Poids : 60,5 kilos (– 300 grammes). Mieux que la veille, mais frustrant quand même de piétiner ainsi au lieu de franchir l'obstacle des 60 kilos.
Tension : 119/80.
Pouls : 75.

Vidéo : « Gandhi disait : “Les yeux sont pour le monde extérieur ce que le jeûne est pour le monde intérieur.” » La prière, la découverte d'une dimension spirituelle émergent spontanément pendant un jeûne bien conduit et permet naturellement l'accès à un état de conscience supérieur…

Eh bien ! elle était loin du compte, se dit Christine en sirotant sa tisane matinale préparée avec de l'anis, de la vanille, de la réglisse et des écorces de cacao. De toute façon, elle n'avait jamais été intéressée par les questions métaphysiques. Et elle n'était pas près de s'y mettre alors que sa conversation avec Agnès l'avait convaincue qu'elle devait arrêter de se prendre la tête. N'avait-elle pas intérêt à prendre soin d'elle-même si la façon dont elle se sentait avait un tel impact sur son entourage ? À l'évidence son devoir ne consistait pas, comme elle le pensait jusque-là, à avoir l'air calme et à tenter de faire le bonheur de ses proches, mais à être elle-même la plus sereine et la plus heureuse possible de façon à leur transmettre son bien-être.

Alors pourquoi ne pas commencer par une journée de farniente ? Il restait à son crédit deux traitements sur les trois que lui avait offerts Agnès. Aussi, une fois consulté l'annuaire des soins proposés par la clinique, prit-elle rendez-vous pour un massage ayurvédique de la tête. « Originaire de l'Inde, cette technique permet de traiter les zones exposées au stress, épaules, cou, tête et visage, avec pour objectif de réduire les tensions dans les tissus, d'améliorer la circulation du cuir chevelu et de détendre les muscles du visage », disait la brochure. Un choix farfelu, qui lui semblait idéal pour inaugurer les résolutions de légèreté et d'insouciance qu'elle venait de prendre. Rien de tel, en effet, pour se mettre sur la voie de la félicité que de choisir un traitement uniquement par plaisir, pour son côté exotique et superflu et non pour ce qu'il avait de raisonnable ou de judicieux, parce qu'il répondait à un impératif pratique comme de combattre la cellulite ou de la soulager d'une douleur quelconque. Sans compter qu'une telle occasion n'était pas près de se représenter : combien de fois dans sa vie lui serait-il donné la possibilité de se faire masser ainsi le crâne pendant cinquante minutes ?

*

C'est un beau blond aux traits réguliers en blouse blanche qui vint la chercher dans la salle d'attente du bâtiment principal. Et il la précéda jusqu'à une cabine claire, propre et silencieuse. Christine sourit malgré sa déception. À quoi s'était-elle attendue ? À un sikh en turban la conduisant à un boudoir digne d'un palais de maharadjah saturé de musc et d'airs de cithare joués par Ravi Shankar ?

Alors prise d'un doute sur la nature festive et relaxante du massage ayurvédique, elle lui demanda :

– *¿El masaje, tu puedes hacerlo suave?*

– *Ayurvedic masaje es muy enérgico. Por tanto, voy a hacerte un masaje relajante de la cabeza. ¿Vale?*

Décidément tant pis pour le pittoresque, se dit-elle en acquiesçant, avant de s'allonger sur le ventre, la tête dans l'orifice ménagé à cet effet dans la table de massage, avec une vue plongeante sur les curieux chaussons à orteils séparés portés par le thérapeute, qui entreprit de lui peigner les cheveux avec ses doigts tandis qu'il lui versait sur la tête ce qui lui fit l'effet d'être l'équivalent d'une fiole entière d'huile. Elle s'abandonna et elle savoura le moindre mouvement de ses mains, d'abord sur sa nuque et ses épaules, puis sur chaque centimètre carré de son crâne qui, comprit-elle ensuite, quand il la fit retourner sur le dos, comprenait également son front, ses tempes, ses sourcils, ses pommettes et ses mâchoires. Et elle vécut un moment délicieux, dont elle ressortit à la fois radieuse et dégoulinante d'huile.

Après une bonne douche, elle décida de profiter du microclimat de la région en paressant au bord de la piscine. Celle-ci était carrée et pourvue sur l'un des côtés d'un promontoire en épi sur l'eau, qui séparait une bonne part du bassin en deux piscines distinctes et lui donnait la forme d'une large épingle à cheveux. De quoi pimenter la routine de la natation, puisque, au lieu d'y faire de simples longueurs, on se donnait pour objectif de faire le tour du dock où étaient disposés des couche-partout afin de découvrir ce qui se passait dans l'autre bassin.

Mais s'installer sur une chaise longue au bord de la piscine était encore ce que préférait Christine, alors à même d'observer le spectacle fascinant offert par les curistes. Et notamment celui d'une dame au ventre considérable, qui par bizarrerie ressemblait à son directeur des programmes, un monsieur d'une soixantaine d'années aussi large que haut avec en prime un goitre et des mâchoires proéminentes. Elle portait un maillot de bain imprimé de la photo d'un port de pêche. Aussi avait-elle, sur les bretelles et les seins, un ciel bleu pâle un brin nuageux, sur le bas, une bande de couleur bleu foncé figurant la mer et, au milieu de sa poitrine, les bateaux du port qui, grâce à sa bedaine, se détachaient en relief du village de pêcheurs au second plan avec un réalisme saisissant. Et lorsqu'elle allait et venait autour du bassin, elle se tenait les épaules en arrière en arborant fièrement le ventre qui la précédait comme si elle déplaçait une armoire ou une pile de livres. Et elle était à ce point dépourvue de gêne, d'inhibition et d'intérêt pour les regards éventuels suscités par sa silhouette qu'elle épata Christine, qui lui tira mentalement son chapeau.

Plus loin, sur une balancelle à baldaquin, un homme flirtait avec une jeune femme, constata Christine qui entreprit alors d'analyser ce qui dans son attitude l'autorisait à le penser. De son demi-sourire, de son coude gauche posé sur le dossier ou de sa façon de tourner sa tête vers elle, le buste à peine penché, les genoux repliés sur son ventre en une position proche de celle des confidences après l'amour.

C'est alors que se pointa Brigitte :

– Quel plaisir de te voir ! s'écria Christine sans savoir si c'était ce qu'elle ressentait vraiment. Comment va la vie du côté diététique ? Tu ne regrettes pas le jeûne ?

– Alors comment te dire… Plus besoin de faire durer toute la journée le petit pot de miel du matin, plus besoin de faire des lavements… Des menus à huit cent cinquante calories par jour au lieu de deux cent cinquante… je te laisse deviner…

– Je te comprends, mais…

– Ah ! oui, j'oubliais, plus d'enveloppements hépatiques…

– Mais ça, pourtant, c'est plutôt agréable…

– Alors veux-tu que je te dise ce que j'ai mangé à déjeuner ?

– Tu es un monstre ! Mais je ne t'en veux pas, d'autant plus que je suis enchantée. En fait, je suis même euphorique.

– Oui, c'est vrai, tu as l'air bien, dit Brigitte la mine étonnée.

– Et sinon, comment tu te débrouilles avec Popcorn ? rebondit Christine.

– Très bien, j'ai transformé toutes les femmes de chambre en dog-sitter et elles n'ont pas l'air de s'en plaindre…

Christine eut alors le sentiment que, malgré l'apparence inopinée de la visite surprise de Brigitte à la piscine, celle-ci était venue lui dire quelque chose. Et de fait, après quelques phrases de remplissage où elle tourna autour du pot, Brigitte en arriva à l'objet de sa venue.

– Tu sais ce que tu m'as dit sur Guy Godinot ? Eh bien, je crains que tu n'aies eu raison. Je crois maintenant comme toi qu'il s'agit d'un escroc. Et je pense même qu'il va, d'une façon ou d'une autre, s'attaquer à Marthe pour lui piquer sa bague. C'est un peu de ma faute, parce que c'est moi qui ai attiré son attention sur le fait que celle-ci valait sans doute une petite fortune, ce qui a allumé des étoiles dans ses yeux. Je ne sais pas quoi faire…

– Tu es sérieuse ? Tu penses vraiment que Marthe court un danger quelconque ?

– Je ne sais pas, mais je ne suis pas tranquille…

– Alors pour te dire la vérité, cela fait quelques jours que je me retiens d'aller à la réception pour leur signaler le problème…

– Tu veux dire, en quelque sorte, le dénoncer ?

– Oui. Car il me semble que si je leur montre l'offre d'emploi qu'il distribue comme des petits pains dans leur clinique, ils vont commencer à flipper…

– Parce que sa lettre, tu l'as gardée ?

– Oui.

– Alors tu serais d'accord pour aller la chercher dans ta chambre et qu'après on aille ensemble à la réception ?

– OK, c'est parti, dit Christine en ramassant ses affaires.

*
**

CHAPITRE 48

Jackpot

— GUY —

Décidément la vie était inventive ! se félicita Guy. Si on lui avait dit que la solution à ses problèmes allait se présenter au cours du dîner la veille, l'aurait-il cru ? Pourtant, après avoir passé une bonne partie de la nuit devant l'ordinateur de la clinique pour faire des recherches, il devait se rendre à l'évidence : la bague de Marthe avait bel et bien des allures de jackpot. Puisque si son saphir faisait huit carats comme le pensait Brigitte et qu'il provenait du Cachemire, ce dont Marthe semblait sûre, il pouvait valoir environ 400 000 euros.

Un gros lot qu'il fallait néanmoins se donner un peu de mal pour toucher. D'abord parce que la provenance de la pierre devait être établie avec certitude. En effet, d'après ce qu'il avait compris, le prix au carat pour un saphir de moins de dix carats de qualité moyenne variait sacrément en fonction de son origine. D'environ 5 000 dollars pour un saphir du Sri Lanka, il passait à 15 000 dollars pour un saphir de Birmanie, pour atteindre 50 000 dollars le carat pour un saphir du Cachemire. Or c'était l'examen des occlusions d'une pierre qui permettait de déterminer son origine géographique. Et ce n'était pas une mince affaire, comme il n'y avait, semblait-il, que deux laboratoires gemmologiques au monde qui procédaient à cette analyse, le SSEF, à Bâle, et la maison Gübelin, à Lucerne. Et la difficulté ne s'arrêtait pas là, puisque, avant que le saphir n'y soit examiné, il était nécessaire de faire preuve de méfiance dans le choix des intermédiaires, marchands ou experts, qui le manipuleraient, étant donné que rien n'était plus facile que de substituer une pierre à une autre de taille équivalente, notamment au moment de la dessertir et de la peser. Puis il fallait obtenir une offre pour une vente de gré à gré auprès d'un marchand de pierres. Ou, pour obtenir un meilleur prix, consulter une maison de vente aux enchères qui proposerait un prix de réserve avant d'inclure la pierre dans une des grandes ventes de bijoux qui avaient traditionnellement lieu en mai et en novembre à Genève.

Bref, ces démarches allaient prendre un certain temps. Aussi avait-il intérêt à proposer à Marthe qu'elle lui confie sa bague afin de les mener pour elle. D'autant qu'il serait alors logique de lui demander qu'elle établisse une procuration en bonne et due forme en sa faveur pour qu'il puisse agir en sous-main en son nom, ou mobiliser ses relations en Suisse pour le faire à sa place s'il était en cavale. Ce qui lui permettrait de jouer sur tous les tableaux. Dans la mesure où il serait en mesure d'attester de la légalité de son mandat et de la légitimité de la propriétaire de la pierre pour accomplir les formalités nécessaires à sa vente, mais que cela ne l'empêcherait pas de se targuer d'en être le détenteur pour l'hypothéquer une fois qu'il serait au Maroc.

De toute façon, comment faire autrement ? Il ne se voyait pas endormir la confiance de la vieille dame ou détourner son attention pour lui piquer sa bague dans le peu de temps qui lui restait à la clinique. Sans compter que ce vol se retournerait inévitablement contre lui, une fois découvert. Et comme il n'avait pas le temps de finasser ou d'y réfléchir davantage, il décida d'aller voir Marthe sur-le-champ.

*

Dès que Marthe lui ouvrit la porte de sa chambre, il sut qu'il n'avait ni le temps ni l'envie de la baratiner. Il allait jouer franc-jeu ou presque. En appeler à son bon cœur, toucher la corde sensible. Elle avait l'air d'en pincer pour lui, après tout. Alors il se lança avec la sensation de se jeter dans le vide, comme s'il sautait en parachute. Il lui annonça qu'il avait des ennuis et besoin de son aide. Il lui dit qu'il était recherché pour un meurtre qu'il n'avait pas commis. Que les apparences étaient contre lui, car la vieille dame, qui l'avait pris en affection, lui avait légué ses biens. Et s'il ne pouvait pas nier qu'il avait apprécié le confort financier qu'elle lui assurait, ce n'était pas la raison pour laquelle il s'était attaché à elle, mais son désir jamais comblé d'avoir une mère dans sa vie.

Puis, sans savoir pourquoi, il se laissa entraîner par son élan de sincérité et lui déballa son histoire, qu'il confiait ainsi sans l'embellir ni la travestir pour la première fois de sa vie. Son enfance à la DDASS, son errance de famille d'accueil en famille d'accueil. Et la recherche de ses origines qu'il avait menée dès sa majorité. Sa conviction d'être né d'une tragédie, d'un viol, d'un père délinquant ou d'une mère trop jeune, trop paumée ou camée pour le garder. Et sa volonté de les retrouver afin de les comprendre et de leur pardonner, sans chercher à les changer ou à s'immiscer dans la vie qu'ils s'étaient construite après son abandon. Les péripéties de son enquête, la succession d'espoirs, de déceptions et d'impasses sur lesquelles il était tombé avant d'y parvenir. Et un jour, enfin, les retrouvailles. Le choc de découvrir ses parents, unis, heureux, nantis, à la tête d'une famille idéale de deux enfants. Et de comprendre qu'ils n'avaient pas voulu s'encombrer de lui, d'un troisième enfant qui les aurait obligés à changer de voiture, d'appartement, de « braquet », comme ils le lui avaient expliqué sans complexes, après lui avoir avoué qu'étant catholiques pratiquants ils n'avaient pas pu se résoudre à un avortement. CQFD. Le tout, avec une effarante certitude de leur bon droit, à peine voilée par la gêne suscitée par son irruption déplacée dans leur pavillon de Marnes-la-Coquette, où ils accueillaient dorénavant leurs petits-enfants chaque mercredi et toutes les vacances scolaires. Sur le coup, il avait cru qu'il allait vomir, mais il n'avait pas anticipé qu'il ne s'en remettrait jamais.

Sans un mot, Marthe le prit dans ses bras. Et elle le consola comme un enfant avant de lui dire :

– Qu'est-ce que je peux faire pour vous ?

*
* *

CHAPITRE 49

Voyage astral

— AGNÈS —

De retour dans sa chambre, Agnès savoura la sensation du devoir accompli qu'elle éprouvait après la séance d'électrothérapie à laquelle elle venait de se soumettre pour muscler son périnée et enseigner la patience à sa vessie qui l'avait apparemment oubliée. Un désagrément dû à son âge, comme le lui avait expliqué avec tact la charmante kinésithérapeute en charge de ces problèmes délicats, qui l'avait initiée aux joies de la sonde vaginale et des exercices de renforcement musculaire du plancher pelvien.

Au moins sa présence à Gruber lui avait-elle permis de le traiter, se dit-elle. C'est qu'elle avait beau avoir fait la maligne la veille avec Christine en fanfaronnant sur les effets positifs du vieillissement, à commencer par le droit à l'excentricité dont elle usait avec délectation, elle n'en était pas moins ébranlée par les injonctions d'humilité auxquelles les années l'obligeaient à obéir. Mais cela, elle le gardait pour elle. Non qu'elle en ait honte, mais elle jugeait impossible de raconter les défis posés par le déclin de son corps sans paraître triviale ou pitoyable, en tout cas aux yeux des plus jeunes.

En effet, comment faire le récit de ce qu'elle ressentait lorsqu'elle se regardait dans un miroir en voyant ses yeux pris dans l'étau des poches de ses paupières, ses lèvres amincies et striées, son visage barré de rides dont les volumes s'étaient affaissés et les festons de peau autour de son cou ? Car, si attendue et si universelle que soit cette transformation, comment s'empêcher d'en souffrir ? Comme si le vieillissement avait toujours une longueur d'avance sur la sagesse qu'elle acquérait petit à petit en cheminant vers le détachement. Mais elle prenait le parti d'en rire, étant donné qu'elle préférait accepter ces signes de vieillesse avec grâce et bonne humeur plutôt que de succomber à la dictature de la jeunesse à coup de liftings et d'injections à répétition.

Elle se faisait également discrète quant à ses efforts pour soigner son apparence. Parce que autant elle avait renoncé à combattre ses rides et ses bajoues, autant elle tenait à ce que ses petits-enfants, les jumeaux d'Anna et la fille de Léa, trouvent sa peau douce et parfumée lorsqu'ils se jetaient dans ses bras. Si bien qu'elle se frottait au gant de crin avant d'appliquer tout un arsenal de crèmes différentes sur chaque partie de son corps pour combattre la sécheresse de sa peau. Et elle ne se séparait pas de sa pince à épiler et du miroir loupe à l'aide desquels elle arrachait les poils qui semblaient n'être apparus sur son menton que pour détourner à leur profit la vigueur originelle de ses cheveux.

Tout comme elle ne criait pas sur les toits que du flou semblait régner dans son esprit quand elle oubliait tout à coup ce qu'elle était venue chercher dans une pièce, ou qu'elle croyait reconnaître un ami de jeunesse dans une silhouette juvénile croisée dans la rue, avant de s'aviser que cet inconnu ne pouvait en aucun cas être le copain qu'elle avait connu quarante ans plus tôt, qui devait à présent sans doute cumuler arthrose, goutte au nez et cheveux blancs.

Cette discrétion n'avait rien d'étonnant, chez elle, c'était une seconde nature. N'avait-elle pas pendant longtemps gardé le secret sur ses expériences dans l'invisible ? Et ne continuait-elle pas à le faire, notamment à propos de ses aptitudes les plus impensables et déstabilisantes pour ses interlocuteurs, comme les sorties du corps qu'elle effectuait depuis peu ?

Elle se rappelait sa première fois. Comme souvent, elle s'était réveillée à l'aube. Elle avait refermé les yeux dans l'espoir de se rendormir. Mais sa tête s'était mise à vibrer et elle s'était sentie glisser sur le côté, les pieds en avant. Pourtant, malgré son cœur battant et les pulsations dans ses oreilles, elle était parfaitement immobile.

Puis, soudain, elle avait eu l'impression d'être attirée en douceur vers l'avant et le haut. Et elle s'était retrouvée tout à coup le crâne au plafond, faisant face au mur au pied de son lit, et ensuite, lorsqu'elle avait voulu se retourner, nez à nez avec le mur opposé au-dessus de sa tête de lit.

C'est alors qu'elle s'était vue endormie sur son lit. Ou plutôt qu'elle avait aperçu son corps allongé, d'aspect diaphane, comme dépourvu de substance. Si bien qu'il ne fit plus aucun doute dans son esprit que sa conscience avait quitté son corps physique pour se loger à l'intérieur d'un autre, plus subtil, qui flottait à la verticale, dont elle n'allait pas tarder à découvrir qu'il était doté de sens et d'aptitudes inouïes, à commencer par sa vision, puisqu'elle pouvait voir derrière elle sans bouger la tête.

Elle demeura un instant immobile en train d'observer sa chambre frappée d'étrangeté, où l'air était épais et lumineux et où les meubles semblaient respirer sous l'effet du mouvement des molécules de matière qui les composaient. Mais elle ne prit véritablement conscience d'avoir basculé dans une autre réalité que lorsqu'elle comprit que son corps astral obéissait à ses pensées.

Ainsi, il lui suffit de songer à quitter la pièce pour qu'elle se retrouve aussitôt contre la porte, au travers de laquelle elle tenta alors de passer, décidée à expérimenter l'étendue de ses possibilités. Elle y engagea d'abord le coude, puis l'épaule, puis le corps entier. Et elle constata avec stupéfaction que, malgré la résistance bizarrement moelleuse que lui opposait la matière, elle parvenait à traverser la porte. Aussi se retrouva-t-elle dans la pièce d'à côté, où elle s'enhardit et s'élança, découvrant ainsi qu'elle était capable de planer au-dessus des meubles de son salon.

Autant dire qu'elle s'en donna à cœur joie : elle fila au plafond examiner ses fissures, vola au ras du sol et rendit visite à son chat dans la cuisine. Puis grisée d'éprouver des sensations inédites d'une telle puissance, elle s'exerça afin de parvenir à maîtriser la vitesse et la portée de ses mouvements. Jusqu'au moment où elle pensa à son corps physique, avec le résultat que son corps astral y reprit aussitôt sa place. Après quoi elle se réveilla dans son lit, débordante d'énergie.

Inutile de dire qu'elle avait depuis lors tout lu au sujet des voyages astraux. Ses plus célèbres adeptes, comme Robert Monroe, Carl Gustav Jung, Mircea Eliade, Hemingway ou William Buhlman*. La différence entre rêve lucide, bilocation et sortie du corps. Ou la façon dont l'esprit, lors de ses voyages, demeurait relié au corps physique par le chakra coronal au sommet de la tête, au moyen d'un lien invisible du nom de corde d'argent, tel le cordon ombilical rattachant le fœtus au placenta. Mais elle avait aussi compris les dangers de ces sorties qui n'avaient rien d'anodin.

Car lorsque la conscience partait dans l'astral il se créait dans le corps physique une place vide, offerte à tous les vents, ce qui revenait à sortir de chez soi en laissant la porte grande ouverte. Donc c'était un appel à toutes sortes d'entités en

* Robert A. Monroe, *Fantastiques expériences de voyage astral*, Robert Laffont, 1990 ; Robert A. Monroe, *Le Voyage hors du corps. Techniques de projection du corps astral*, Éditions du Rocher, 1989 ; Carl Gustav Jung, *Ma vie. Souvenirs, rêves et pensées*, Gallimard, 1967 ; Mircea Eliade, *Le Chamanisme et les Techniques archaïques de l'extase*, Payot, 2015 ; Ernest Hemingway, *L'Adieu aux armes*, Gallimard, 1938. William Buhlman, *Voyage au-delà du corps*, AdA, 1996.

mal d'incarnation qui, tels des squatteurs, étaient trop heureuses de profiter de cette aubaine pour en prendre possession. Si bien que lorsque l'âme réintégrait son corps physique, elle risquait d'y tomber sur un intrus, avec lequel il lui faudrait composer et partager son espace. Un danger, dont elle était tellement consciente qu'elle se méfiait aussi de l'alcool et des drogues en tous genres, y compris des plantes rituelles, comme l'ayahuasca, qui conduisaient à s'absenter de soi-même.

Elle était à l'évidence mieux placée que quiconque pour savoir que tout ce qui était invisible n'était pas spirituel, qu'il existait des entités malveillantes au sein de la faune astrale et qu'il fallait redoubler de vigilance si l'on était relié à la lumière, parce que celle-ci attirait les ombres à l'affût de la moindre opportunité de s'imposer. Et, depuis lors, elle s'efforçait d'éviter de renouveler l'expérience, en tout cas consciemment. Car il arrivait qu'elle se reproduise malgré elle, comme si son âme aspirait à s'échapper vers les mondes invisibles.

Mais l'heure n'était pas aux voyages astraux, se dit Agnès en appliquant un rouge à lèvres fuchsia assorti à la couleur de la tunique qu'elle avait choisie pour son dîner de rupture de jeûne. Elle se contenterait d'un simple trajet à pied vers la salle à manger. Et elle avait intérêt à se dépêcher si elle voulait être dans les temps pour tenir sa promesse à Christine, qui était cantonnée dans le salon des jeûneurs jusqu'au lendemain. Celle-ci lui avait en effet demandé de profiter du dîner pour observer Guy Godinot et lui rapporter son avis, parce qu'elle s'inquiétait de savoir si elle et Brigitte avaient bien fait de le signaler à la direction plus tôt dans l'après-midi à cause d'une sombre histoire de saphir qu'Agnès n'était pas sûre d'avoir bien comprise. Aussi allait-elle devoir se débrouiller pour être placée à la table qu'il partageait avec Marthe et Brigitte, ce qui ne devrait pas lui poser de difficulté, vu qu'elle était intime avec le serveur de la salle à manger, comme d'ailleurs avec tout le personnel de la clinique. Et qui sait ? Peut-être même qu'elle saisirait cette occasion pour remettre à Brigitte le papier où elle avait écrit les derniers mots de sa mère défunte.

*
* *

CHAPITRE 50

La poule aux œufs d'or

— MARTHE —

Heureusement qu'elle avait eu le temps de se laver les dents et de se recoiffer avant d'ouvrir sa porte, se dit Marthe en découvrant Guy en train de se balancer d'un pied sur l'autre dans le couloir devant sa chambre. Cela lui avait fait du bien de vomir après avoir été patraque depuis la veille. Était-ce un mauvais fruit de mer ou le bouleversement occasionné par ses sentiments pour Guy ? Elle n'en savait rien, mais elle se sentait mieux à présent. Et cela tombait bien car elle avait besoin de toutes ses forces pour paraître impassible alors que son cœur battait la chamade tandis qu'elle invitait Guy à rentrer dans sa chambre. Cependant elle ne tarda pas à s'apercevoir que des deux, c'était lui le plus ému. Et comme il déglutissait péniblement avant de prendre la parole, elle lui tendit un verre d'eau. Puis elle l'écouta en se mordant la lèvre pour ne pas pleurer pendant qu'il vidait son sac d'un coup, presque sans respirer. Et quand il eut fini, elle le prit dans ses bras.

Quel cadeau de la vie, que la visite de cet homme magnifique venu lui faire ses confidences ! Elle n'en revenait pas de sa chance. Elle n'était en effet choquée ni par ses démêlés avec la justice ni par ses agissements, même contestables, avec les vieilles dames tombées sous son charme. Il faut dire qu'elle en avait vu d'autres, voire qu'elle en avait fait d'autres. Et puis elle était chavirée par la confiance que Guy lui témoignait. Oh ! elle ne se faisait pas d'illusion. Elle savait que ce n'était pas l'amour qui le conduisait vers elle. Car elle avait beau être amoureuse de lui, elle ne se leurrait pas en s'imaginant que c'était réciproque. D'abord il y avait leur différence d'âge, objective, insurmontable sans doute. Mais, surtout, certains des silences de Guy, ses regards distraits, parfois même agacés, l'avaient déjà convaincue de son indifférence. Impossible de l'ignorer quand chaque indice de sa froideur lui faisait l'effet de coups de couteau dans le cœur ! Aussi s'était-elle raisonnée. Et elle avait abouti à la conclusion qu'elle devait jouir de chaque instant passé en compagnie de Guy et célébrer tout ce qu'elle ressentait à sa vue. La joie d'être avec lui, près de lui, de le regarder et de le prendre par le bras, dont l'intensité la laissait pantoise et heureuse d'être en vie comme jamais. Mais également la peine qu'il ne partage pas ses sentiments, puisque, au-delà de la douleur, c'était un réel privilège de faire l'expérience d'une émotion aussi pure, qu'elle n'avait encore jamais éprouvée et qu'elle n'aurait jamais pensé découvrir à son âge.

Et voilà que Guy déboulait dans sa chambre, qu'il lui demandait de l'aide et surtout de l'argent. Ce qui, après tout, était tout de même une façon d'avoir besoin d'elle. Et c'était inespéré. En premier lieu parce qu'elle n'avait pas eu l'impression d'être utile depuis des lustres. Et puis parce que aider Guy était de loin le meilleur usage qu'elle pouvait faire de l'amour sans espoir qu'elle lui portait. Dans la mesure où il allait de soi que si elle le tirait d'embarras, elle s'engagerait avec lui dans une forme d'échange qu'elle connaissait bien pour l'avoir beaucoup pratiqué dans le sens inverse, lorsqu'elle occupait la place de l'être désiré et que c'était à ses partenaires de subvenir à ses besoins. De telle sorte qu'elle ne pouvait que se réjouir de la valeur attribuée à son saphir que Guy avait déduite de ses recherches sur Internet, puisque, grâce à cette bague, elle avait dorénavant les moyens de poursuivre une relation avec lui.

Alors inutile de dire qu'elle était décidée à signer le mandat de vente ou la procuration qu'il allait à coup sûr lui présenter avant la fin de sa visite. Certes, elle ne pouvait exclure le risque que Guy disparaisse dans la nature avec la pierre et qu'elle ne les revoie jamais ni lui ni le saphir. Mais Guy était loin de se douter qu'elle-même jugeait providentielle la valeur de cette bague, qu'elle avait jusqu'alors considérée comme quelconque et qu'elle n'avait conservée qu'à titre de souvenir de sa vie en Angleterre. Au contraire de la collection d'estampes japonaises érotiques de Barry, qui, par miracle ou souci de bienséance, ne figurait pas dans l'inventaire de sa succession, et qu'elle vendait désormais avec parcimonie pour assurer son quotidien. Bref, Guy était à mille lieues de soupçonner qu'elle était fauchée et qu'elle n'avait rien d'autre à lui offrir que ce saphir. Dès lors, il n'avait aucun intérêt à la laisser tomber ou à trahir la poule aux œufs d'or qu'elle représentait sans doute à ses yeux. D'où la conclusion paradoxale à laquelle elle était parvenue que sa seule chance de revoir Guy un jour était de lui confier sa bague.

Mais ce raisonnement seul n'aurait pas suffi à faire pencher son cœur dans la balance. Et ce qui l'avait réellement décidée à faire confiance à Guy, c'était le fol espoir qu'il pourrait l'aider à régler ses problèmes une fois qu'elle l'aurait aidé à régler les siens. C'est qu'elle était plus douée pour soutenir les autres que pour s'occuper d'elle-même. En enchaînant les époux fortunés, elle avait été entretenue et prise en charge par un homme presque toute sa vie. Elle n'avait jamais eu à subvenir à ses besoins, à déclarer ses impôts, à remplir une feuille de la Sécurité sociale, à réserver un billet de train, à faire le marché, le ménage ou la cuisine. En tout cas, jusqu'au décès de Spiros, en 2000, où la peur de devoir se débrouiller au quotidien l'avait disputé à son chagrin, alors même qu'elle n'avait pas eu à renoncer à son insouciance. Spiros s'était montré généreux envers elle en faisant en sorte qu'après sa mort elle dispose de revenus réguliers issus du patrimoine qu'il léguait à ses enfants. Si bien que, d'une certaine façon, il continuait à s'occuper d'elle depuis l'au-delà en lui assurant un train de vie luxueux sans qu'elle ait à se poser de question.

Mais tout avait changé à la fin de l'année 2008, le jour où elle avait reçu un coup de fil de l'homme d'affaires de Spiros. Les dividendes qu'elle percevait provenaient de placements chez un certain Madoff, qui s'avérait être un escroc. Elle n'avait plus rien. Dès lors elle ne pouvait plus compter que sur elle-même. C'était si soudain qu'elle s'était fracassée à la réalité comme à un mur. Elle avait dû vendre ses meubles, ses fourrures, ses bijoux. Et elle s'était retrouvée aux prises avec une cohorte d'experts, de notaires, d'huissiers et d'avocats américains aux honoraires insensés, qui l'avaient aussitôt découragée quant à ses chances de récupérer quoi que ce soit auprès du fonds des victimes de Madoff et mise en garde quant à la longueur et au nombre de procédures nécessaires qu'il lui faudrait engager pour faire valoir ses droits auprès des enfants de Spiros, si eux-mêmes parvenaient un jour à être dédommagés.

Pourtant, onze ans plus tard, les Sampras avaient été indemnisés. Et elle continuait à vivre dans son deux-pièces à Gennevilliers, où elle rêvait sans trop y croire de trouver sur son chemin quelqu'un susceptible de défendre ses intérêts en engageant des négociations avec la famille de Spiros, et même, qui sait, de s'occuper à nouveau de tout pour elle. Et depuis qu'elle avait rencontré Guy, elle s'était prise à songer que le rôle lui irait à merveille. De toute façon, sans lui, elle ne se sentait pas de taille à entreprendre une telle démarche. Elle n'en avait pas l'énergie. D'autant qu'elle ne comprenait rien à l'argent. Car il ne lui était jamais venu à l'esprit de s'y intéresser ou d'apprendre à le gérer lorsqu'il était encore temps. Et que, telle la cigale de la fable, elle s'était contentée de le dépenser sans songer au lendemain. Alors à quoi bon faire valoir ses droits à son âge, considérant qu'elle avait de quoi vivre chichement ?

Mais il en allait tout autrement si cet argent contribuait au bonheur de Guy. Au moins aurait-elle de quoi l'occuper et le rétribuer pour sa peine s'il revenait vers elle au lieu de s'enfuir avec son saphir. Et cette idée la rassérénait autant qu'elle l'inquiétait. Puisque, au cas où ils auraient un bout de chemin à faire ensemble, elle ne pouvait s'empêcher d'espérer qu'il y avait davantage, dans l'intérêt manifesté par Guy à son endroit, que le seul appât du gain suscité par son image de rombière fortunée. Prenait-elle ses rêves pour des réalités ? Bien avant que Guy ne lui confie le récit de sa vie, elle avait décelé chez lui une faille qui lui avait fait penser qu'il se sentait atrocement seul et qu'il avait manqué d'une mère. Et maintenant qu'il le lui confirmait, elle en était toute retournée. Car il avait fait surgir en elle, tel un diable de sa boîte, le désir impérieux de lui transmettre ce qu'elle savait de la vie et de le choyer comme une mère chérit son enfant.

*
**

CHAPITRE 51

L'envol d'un oiseau

20 heures : Brigitte se rendit à la salle à manger à reculons, mal à l'aise à l'idée de se retrouver face à Guy après son impolitesse délibérée de la veille. Elle était en effet persuadée que, loin de faire en sorte que sa grossièreté puisse être attribuée à un simple manque de sensibilité ou d'éducation, Guy avait voulu lui signifier qu'il se fichait d'elle et de son opinion. Et son cynisme, qui rendait tout à fait vraisemblable sa faculté de faire le mal et de transgresser la loi, faisait froid dans le dos. D'où sa valse-hésitation sur le comportement qu'elle allait adopter durant le dîner. Fallait-il qu'elle parle à Guy comme si de rien n'était pour cacher à Marthe la mauvaise opinion qu'elle avait désormais de son chevalier servant afin de préserver le bonheur de la vieille dame ? ou devait-elle au contraire attaquer Guy bille en tête, puisque toute courtoisie à son égard reviendrait à se rendre complice de sa duplicité et des mauvais coups éventuels qu'il envisageait de faire à Marthe ?

Mais elle comprit à son arrivée au restaurant que le dîner allait prendre un tour qu'elle n'avait pas imaginé lorsqu'elle vit Agnès, vêtue d'une tunique rose pétard constituant une offense au bon goût, rejoindre Marthe, qui était apparue rayonnante au bras de Guy, dans une robe portefeuille blanche et noire avec des escarpins à talon bobine.

Oh ! non pas la médium ! Il ne manquait plus que ça ! pesta Brigitte, qui se félicitait jusqu'alors d'avoir déjoué toutes les tentatives d'Agnès pour la réconcilier avec sa mère défunte.

– Bienvenue ! lança Marthe à Agnès alors qu'ils prenaient place à table.

Marthe ne connaissait Agnès que de vue, pour l'avoir aperçue çà et là dans la clinique, mais il lui paraissait la moindre des politesses que de lui parler alors que ni Guy ni Brigitte ne semblaient vouloir lui adresser la parole.

– Vous avez terminé votre jeûne ?

– Oui, se contenta de répondre Agnès, qui, telle une éponge, absorbait malgré elle l'hostilité émanant du groupe.

Mais autant Agnès « entendait » distinctement Brigitte penser qu'avec son tour de taille elle aurait été mieux inspirée de continuer à jeûner, autant, avec les regards des convives braqués sur elle, elle avait du mal à déterminer toutes les raisons de l'animosité qui se développait autour de la table. Surtout que, pour ne rien arranger, le serveur semblait n'en avoir que pour elle. Puisqu'il posait à sa place une bougie qu'il entreprit d'allumer avant de lui apporter cérémonieusement une carte de vœux, ainsi qu'une soupe de légumes épaisse servie dans une assiette creuse en grès foncé. Étonnée par ce rituel qui la prenait de court, Agnès souffla rapidement sa bougie en espérant que ses voisins de table cesseraient de s'intéresser à elle. Elle n'avait aucune envie d'être sur la sellette tandis qu'elle savourait sa soupe qu'elle comptait déguster lentement, comme on le lui avait recommandé.

Hélas Guy l'apostropha alors :

– C'est quoi ? lui demanda-t-il en désignant la carte de vœux qu'elle était en train de lire.

– Un diplôme de fin de jeûne, fit Agnès, à laquelle apparut sur-le-champ que Guy ne lui adressait la parole que pour contrarier Brigitte qui n'avait aucune envie de l'inclure dans la conversation.

– Sans blague ? insista-t-il.

– Il y est dit que j'ai effectué avec brio une cure de jeûne thérapeutique de huit jours. Et ça se termine par : « que ce succès obtenu gratifie votre quotidien de santé et de bien-être », signé « l'équipe de Gruber », fit l'effort d'ajouter Agnès, bien décidée à se faire oublier après cela.

Heureusement pour Agnès, Brigitte n'avait aucune intention de lui laisser la parole plus longtemps. Les succès diététiques de la médium, elle n'en avait rien à faire. Et elle voulait en avoir le cœur net au sujet de Guy. Si bien qu'elle profita de la diversion créée par la tournée de salade de carottes cuites apportée par le serveur pour interroger Marthe :

– Vous n'avez pas mis votre jolie bague ce soir ?

Mais avant que la vieille dame n'ait pu ouvrir la bouche, Guy répondit à sa place :

– Grâce à vous, Marthe m'a confié sa bague pour la faire expertiser…

Grâce à vous ! Quel culot ! songea Brigitte, tandis que Guy poursuivait :

– C'est formidable de votre part d'avoir attiré notre attention sur la valeur éventuelle de son saphir…

Notre attention ! s'insurgea *in petto* Brigitte, indignée de son emploi du possessif grâce auquel il se posait en partenaire de la vieille dame.

– … C'est toujours une bonne nouvelle, n'est-ce pas Marthe ? fit Guy en entourant de son bras les épaules de la vénérable vieille dame.

Mais quel sale type ! pensa alors Brigitte, révulsée par son geste qui était à l'évidence destiné à lui signifier qu'il tenait la vieille dame sous sa coupe, qu'il n'avait pas peur d'elle et qu'il répondrait du tac au tac ouvertement à tous ses sous-entendus.

– Je vois… répondit-elle simplement en le toisant avec tout le mépris dont elle était capable.

Marthe, elle, refrénait sa contrariété. Elle aurait préféré garder pour elle qu'elle avait confié sa bague à Guy. Après tout, cela ne regardait personne, ni Agnès ni Brigitte. Mais elle comprenait pourquoi Guy en avait fait l'annonce si clairement. Brigitte semblait avoir l'intention de lui chercher des noises. Et il ne voulait pas avoir d'ennuis, ni pendant le dîner ni une fois pris ses cliques et ses claques après avoir fui la clinique. Bien sûr, Guy aurait pu lui faire confiance et comprendre qu'elle l'aurait disculpé s'il était soupçonné de vol. Mais il pensait sans doute qu'il pourrait tout de même être accusé d'abus de confiance sur personne vulnérable, ce en quoi, vu son grand âge, il avait probablement raison. Et déjà qu'il était recherché pour meurtre, il ne voulait pas en plus se coller sur le dos une accusation de ce genre.

Mais il n'y avait qu'à voir la façon dont Guy et Brigitte se regardaient en chiens de faïence pour saisir qu'ils étaient prêts à dégainer une nouvelle salve d'attaques. Elle sentait venir le pugilat. Or il lui était impossible de ne pas se ranger du côté de Guy. Et elle comprit la mort dans l'âme que si elle voulait que Brigitte renonce à lâcher sa proie, elle n'avait pas le choix. Elle devait lui montrer qu'il n'y avait pas lieu de s'inquiéter pour la pure et innocente vieille dame dont elle avait l'apparence et qu'il n'était pas nécessaire de la protéger d'elle-même.

Alors elle s'adressa à Guy et à Brigitte comme à des enfants bouleversés auxquels on évite une crise de larmes en détournant leur attention vers l'envol d'un oiseau ou la sirène d'un camion de pompiers. Et elle entreprit le récit de sa vie avec André Amberlin, son premier mari, dont elle savait qu'il tiendrait en haleine n'importe qui. Car André était un escroc d'envergure, qui avait réussi à faire passer pour des originaux les œuvres qu'un faussaire de génie avec lequel il s'était acoquiné peignait à la manière des grands maîtres en profitant du fait que n'existait pas encore l'analyse par infrarouge ou celle des pigments. Cela lui avait permis de ridiculiser les meilleurs experts de l'époque en vendant un peu partout en Europe, aux États-Unis et au Japon, de faux Dufy, Matisse, Derain, Picabia, Modigliani, Van Dongen, Degas ou Chagall, auxquels, par malice, il mêlait de temps en temps quelques toiles authentiques.

Elle usa de périphrases pour raconter ses années 1960, les dernières caves de Saint-Germain-des-Prés, la Rolls d'André et le Roi René, le club libertin où son mari l'entraînait dans des parties fines, au cours desquelles il la « prêtait » à des experts érudits, des auteurs de catalogues raisonnés, d'obscurs employés de galeries, ou des ayants droit de peintres, qu'il contraignait ensuite à signer ou à faire signer de vrais certificats d'authenticité pour ses contrefaçons.

Puis, tandis qu'on leur servait un soufflé de potiron au quinoa, elle évoqua l'amitié qui la liait à Tibor Farkas, le faussaire génial à qui son mari devait sa fortune, qui était si déçu de ne pas avoir percé comme peintre qu'il avait renoncé à son propre talent pour emprunter celui des autres. D'ailleurs tout en lui était inventé, à commencer par son nom, puisqu'il avait débuté sa carrière en peignant de faux portraits de famille pour se faire passer pour un membre de la haute société hongroise, alors qu'il était d'origine des plus modestes. Elle mentionna au passage les quelques mois de prison qu'il avait faits pour recel, faux en écriture, escroquerie, usurpation d'identité, chèques sans provision. Mais elle insista sur son génie en leur précisant que, loin de faire des copies, Farkas peignait des toiles à la manière de en utilisant des éléments graphiques propres à chaque artiste, telles les fleurs ou les nappes rayées de Matisse, qui constituaient leur signature. Tout comme elle souligna l'extraordinaire professeur d'histoire de l'art qu'il avait été pour elle.

Cependant elle garda pour elle la fin de l'histoire, car elle ne voulait pas se présenter en victime dès lors qu'elle s'efforçait de démontrer à Brigitte que, n'étant pas née de la dernière pluie, elle n'était pas du genre à se laisser faire. Ainsi passa-t-elle sous silence le moment où elle s'était rendu compte que Farkas était en réalité l'amant de son mari qui, ayant du mal à convertir sa jeune épouse à sa devise « séduire, compromettre, mépriser et tromper », avait demandé au faussaire de lui jouer la comédie de l'amitié pour la persuader de continuer l'aventure au lieu de l'y contraindre et pour lui faire gober que leurs gains n'étaient pas réinvestis dans des business frauduleux comme la drogue, avec lesquels elle ne voulait rien avoir affaire.

Alors elle se tut. Et, bien qu'à chaque mot prononcé elle ait eu l'impression de piétiner la réputation qu'elle s'était bâtie peu à peu, ainsi que l'image patiemment retouchée qu'elle avait fini par acquérir d'elle-même, elle ne regrettait rien. Elle ne se serait jamais pardonné d'avoir laissé Guy du côté des parias, des moins que rien, sous le regard méprisant de Brigitte en restant drapée dans sa réputation usurpée de femme du monde.

*
**

JOUR 10

CHAPITRE 52

Nutritionniste

— CHRISTINE —

Poids : 60,1 kilos (– 400 grammes). Foutage de gueule ! Son corps aurait tout de même pu avancer un peu plus vite ! Il ne lui restait plus que deux jours.

Tension : 116/72.

Pouls : 69.

– Vous pouvez encore perdre du poids d'ici demain… lui affirma l'infirmière en constatant sa déception.

Mais Christine était déjà en train de calculer qu'ayant commencé la cure à soixante-trois kilos huit cents elle avait au total perdu trois kilos sept cents. Un chiffre à la noix, pour elle qui aimait les comptes ronds, et un résultat décevant alors qu'elle espérait franchir allègrement la barre des soixante kilos.

– … d'autant que le jour de rupture du jeûne est considéré comme un jour de jeûne et que vous allez consommer très peu de calories. Une compote de pommes avec deux ou trois amandes pour le déjeuner, une pomme entière pour le goûter et une soupe épaisse pour le dîner…

Bien sûr c'est déjà ça, se dit Christine, qui suivait le cours de ses pensées. En plus, il lui fallait reconnaître que, grisée par l'assurance de maigrir garantie par ce jeûne, elle avait peu à peu renoncé à calculer le poids qu'elle pourrait atteindre à la fin de son séjour pour se laisser aller à rêver de parvenir à cinquante-huit kilos, ce qui l'aurait propulsée à six kilos de son graal de cinquante-deux kilos, c'est-à-dire dans la catégorie des chanceux qui n'avaient pas de problème de poids, mais seulement quelques kilos de trop. Certes, c'était un objectif aussi irréaliste qu'arbitraire. Mais le fait de s'en rendre compte à présent ne changeait rien à sa déception, ni à son impression de devoir revoir ses ambitions à la baisse.

– Il faudra néanmoins les mâcher avec soin et espacer vos bouchées les unes des autres, en réduisant les aliments en bouillie avant qu'ils ne parviennent dans votre estomac. Car la digestion commence dans la bouche. Et comme on ne mastique pas pendant le jeûne, on produit peu de salive. Donc il faut remettre en train votre corps et le réhabituer. Mais vous allez parler de tout cela avec la nutritionniste que vous voyez juste après, n'est-ce pas ?

– Oui, oui, répondit distraitement Christine, contrariée de constater que ses obsessions revenaient en force dès que se fermait la parenthèse enchantée du jeûne, où elle avait entrevu ce que serait la vie sans l'escadron des pensées qui occupaient d'ordinaire son esprit.

Et c'est donc le cœur lourd qu'elle se rendit chez la nutritionniste.

*

– Ah ! Mais si c'est pour perdre du poids que vous étiez venue, ce n'était pas une cure de jeûne qu'il fallait choisir ! C'est un outil de prévention inouï, un moyen pour le corps de se nettoyer et de se soigner tout seul, mais ce n'est pas le protocole le plus efficace pour maigrir…

Mme Treviño avait un teint couleur brique et des taches de rousseur inhabituelles pour une Espagnole, auxquels Christine attribua aussitôt un côté rural des plus rassurants.

– Même si le jeûne permet souvent de se pencher sur son rapport à la nourriture…

Alors Christine lui fit part de ses galères de régime. Son euphorie mêlée d'inquiétude lorsqu'elle parvenait à les suivre, bientôt remplacée par l'anxiété de tenir le coup, à laquelle succédait un redoublement de ses efforts, en dépit desquels elle finissait toujours par craquer et perdait alors tout contrôle. D'où un état de panique, puis de tristesse, qu'elle ne réussissait à surmonter que lorsqu'elle se lançait dans un nouveau régime…

– Et il ne vous est jamais venu à l'esprit que vous êtes comme un surfeur qui attribue ses chutes à son incompétence au lieu de mettre en cause la taille et la puissance des vagues qu'il tente de prendre ?

– Pardon ? fit Christine interloquée.

– Eh bien ! il me semble que vous vous blâmez de vos échecs sans songer un instant à mettre en question vos régimes.

Ainsi, si elle ne parvenait pas à garder le contrôle, poursuivit Mme Treviño, ce n'était peut-être pas elle qui était défaillante, mais sa méthode, en l'occurrence la dureté avec laquelle elle se traitait en enchaînant des régimes restrictifs. Car l'idée que plus l'on est intransigeant avec soi-même, plus l'on met de chances de son côté était totalement fausse. D'abord parce que les régimes n'étaient efficaces qu'à court terme. Et puis parce que, si elle mettait sa volonté au service d'une critique incessante d'elle-même, elle étouffait sa motivation. Elle empêchait d'émerger le besoin intime et profond qui l'amènerait à se défaire pour de bon de son problème de poids, c'est-à-dire l'équivalent d'une vague puissante de quinze à trente mètres de haut, comme celles de Nazaré au Portugal, ou la Belharra de la Côte basque, qui avaient besoin de temps et de conditions favorables pour se former.

– Alors, en fait de surf, ce que vous êtes en train de me dire, c'est que je ne suis pas vraiment motivée, ou pas de la bonne manière, c'est ça ?

– Ce que je vous dis, c'est qu'il faut changer de point de vue et vous traiter avec bienveillance, sortir de la logique du tout ou rien, je me prive ou je m'empiffre. Et que vous devez baisser l'intensité du contrôle que vous exercez sur votre alimentation, et non pas l'augmenter.

– Mais pendant ce temps-là, il se passe quoi ? Je me laisse vivre et je prends vingt kilos ?

– Non, bien sûr que non. Pas si vous pratiquez un jeûne intermittent. Cela consiste à manger seulement huit heures par jour et à jeûner les seize heures restantes, ce qui revient à sauter soit le dîner, soit le petit déjeuner. D'abord c'est bon pour la santé, car cela permet au corps de brûler l'énergie alimentaire stockée et d'éliminer ses toxines. Et puis c'est naturel, vu que c'est ce que nous faisons de toute façon pendant notre sommeil.

– Et pendant ces huit heures, je peux manger ce que je veux ?

– Oui, à condition de ne pas vous goinfrer pour compenser. Car la discipline que vous vous imposez doit vous permettre de vous persuader que vous ne renoncez pas à vos ambitions de mincir, que vous faites ce qu'il faut. Ainsi, vous pouvez avoir l'esprit tranquille et ne plus penser à votre poids. En fait, l'idée, c'est non seulement de moins manger, mais de changer radicalement de rapport à l'alimentation afin de rentrer dans un cercle vertueux. Avec le jeûne intermittent, on est amené à banaliser la sensation de faim, dont on fait sans angoisse l'expérience au quotidien, et à profiter de la restriction que l'on s'impose pour manger sans culpabilité des aliments que l'on finit d'ordinaire par choisir avec soin pour en tirer le maximum de plaisir…

Était-ce l'effet produit par les curieuses métaphores marines de Mme Treviño ? Christine sortit de son cabinet avec la sensation de glisser sur l'eau, le cœur gonflé, comme une voile de bateau, par l'espoir de maigrir sans nourrir la bête constituée par ses obsessions alimentaires et l'enjeu de sa perte de poids, qui la condamnait à une version rétrécie d'elle-même. Dire qu'elle avait toujours pensé qu'elle ne s'aimerait et ne vivrait à plein que lorsqu'elle aurait maigri, alors qu'en fait c'était l'inverse !

*
* *

CHAPITRE 53

Comptes d'apothicaire

— MARTHE —

Marthe se réveilla en sueur, épuisée. Nul doute que les émotions fortes n'étaient plus de son âge, se dit-elle avec un mélange de dépit et de ravissement. Il faut dire que tant d'événements s'étaient succédé dans les dernières vingt-quatre heures que cela n'en était pas croyable. Surtout pour elle, dont la vie à Paris se résumait à structurer le vide de ses journées en planifiant ses exercices de culture physique, les tâches ménagères et ses visites au musée quand elle ne meublait pas son année en organisant la vente de ses estampes et ses séjours à Gruber.

Cela avait commencé la veille dès le matin, lorsque Guy avait débarqué dans sa chambre pour lui demander de l'aide, sur quoi elle l'avait pris dans ses bras et lui avait confié son saphir. Après cela, impossible d'en rester là. Elle avait passé la journée à calculer de combien elle disposait pour lui prêter secours. C'est qu'avant d'arriver à Gruber elle avait vu son marchand d'estampes à Madrid, où ce Tokyoïte, qui fournissait en shungas* toutes sortes de galeries de Tokyo, rendait

* Importés de Chine, les *shungas* désignent une forme de gravures dédiées à l'érotisme, particulièrement populaires à l'époque d'Edo (1600-1868). Littéralement, le terme *shunga*, dérivé du chinois, se traduit par « images de printemps », une expression qui évoque la saison des amours et, donc, l'acte sexuel. On désigne également le *shunga* sous le nom de *makura*, qui signifie « images sous l'oreiller ».

régulièrement visite à sa fille. Et il lui avait remis 20 000 euros en espèces pour les gravures qu'elle lui avait apportées. Or si elle en défalquait le montant de sa note à Gruber, qu'elle estimait à 10 000 euros, considérant la façon dont elle avait enchaîné sans vergogne les massages et les soins divers, il aurait dû lui rester la même somme sur laquelle elle comptait pour vivre une petite année.

Aussi, une fois ces données posées, elle s'était mise à réfléchir fébrilement. Il allait sans dire qu'elle avait l'intention de prendre la cure de Guy à sa charge. À combien s'élèverait sa facture ? S'il avait comme elle réservé un séjour de vingt et un jours, il ne s'était, à l'inverse, jamais permis une activité payante, en tout cas pas à sa connaissance. Allez, disons 7 000 euros, décida-t-elle avant de retrancher l'acompte de cinquante pour cent que Guy lui avait dit avoir déjà versé, d'où un solde de 3 500 euros à régler. Ensuite elle évalua l'enveloppe d'argent liquide qu'elle devait lui donner pour le tirer d'affaire les premiers temps de sa cavale sans avoir l'air radine ou fauchée. Alors, après avoir marchandé un moment avec elle-même, elle décida de lui allouer 5 000 euros. Ce qui lui laisserait 1 500 euros, c'est-à-dire de quoi tenir au maximum deux mois. Mais ça, c'était une autre affaire qui lui semblait pour l'heure tout à fait secondaire.

Du reste, bien lui en avait pris de faire ses comptes à l'avance. Le soir venu, elle était déjà trop chamboulée pour raisonner. Car les choses s'étaient précipitées au cours du dîner durant lequel elle avait pris conscience que Guy était en danger et qu'il n'y avait pas un instant à perdre. De là à ruiner sa propre image et sa réputation, il y avait un monde, qu'elle fut la première stupéfaite de se voir franchir. Elle avait tellement l'habitude de se maîtriser qu'elle ne pensait pas s'aventurer un jour à improviser ainsi. Toujours est-il qu'elle avait le cœur qui battait la chamade pendant ses confessions. Et ce d'autant plus qu'elle changea d'objectif au cours de son récit, puisque son intention de désamorcer l'agressivité de Brigitte fut bientôt remplacée par le désir d'adresser un certain nombre de messages à Guy avant son départ.

D'abord, elle voulait lui rendre la pareille, confidences pour confidences, pour qu'il ne soit pas le seul à s'être mis à nu alors qu'elle restait embusquée derrière son personnage de femme du monde. Et puis elle tenait à lui faire savoir qu'elle ne valait pas mieux que lui, afin qu'il sache qu'elle ne le regardait pas de haut et qu'il pouvait se sentir à l'aise en sa présence. C'était, certes, un élan généreux, vu qu'elle avait envie de le réconforter, mais c'était aussi un calcul, parce que plus Guy verrait en elle une alliée, plus il ferait appel à elle.

Et il venait de lui apparaître qu'elle n'avait plus le temps de lui faire ces déclarations en aparté. Le temps leur était compté et celui qui leur restait serait à coup sûr consacré à boucler ses valises. Et de fait, c'est ce qui s'était passé à 21 h 21, lorsqu'elle avait fait entrer Guy dans sa chambre pour la deuxième fois de la journée. Parce que, aussitôt qu'elle lui avait remis l'argent qu'elle avait préparé, l'essentiel de leur échange avait été dédié aux détails pratiques de sa fuite vers le Maroc.

Par bonheur, elle avait déjà eu l'occasion d'éprouver dans sa vie qu'elle ne manquait ni de cran ni de sang-froid. Si bien qu'en dépit de la nausée qui la gagnait elle avait puisé en elle l'assurance nécessaire pour prendre la tête des opérations auprès d'un Guy singulièrement perdu. Il fallait qu'il quitte la clinique cette nuit même. Mais pas avant 2 heures du matin, heure à laquelle il téléphonerait à l'infirmière de garde pour lui annoncer qu'ayant appris que son père était sur le point de mourir il devait quitter la clinique d'urgence. Après quoi il lui demanderait d'appeler un taxi au plus vite, sans oublier de lui préciser qu'il s'était arrangé avec Mme Sampras de la chambre 19, qui se chargerait le lendemain du règlement de sa facture.

Guy avait prévu le reste, et notamment son itinéraire pour atteindre Tanger qui n'était qu'à cent quinze kilomètres de Marbella à vol d'oiseau. Le trajet en avion étant non seulement absurde pour une telle distance, mais aussi déconseillé aux fuyards, il avait envisagé de monter dans un bus direct qui l'amènerait à Tanger depuis le centre-ville de Marbella en huit heures et six minutes pour la somme de 140 euros, mais cela le rendait un peu trop facile à pister à son goût. Mieux valait prendre un car à la gare routière de Marbella vers le port de Tarifa, ce qui lui prendrait deux heures quinze minutes et lui coûterait 18 euros, puis embarquer sur un ferry pour traverser le détroit de Gibraltar en une heure environ, avec un ticket à 38 euros.

Mais elle ne pouvait pas laisser Guy partir sans lui signifier clairement ses intentions. Bien sûr, elle n'allait pas le demander en mariage, mais pour elle, c'était tout comme. Alors il s'agissait de le faire bien. Avec sincérité et gravité afin de lui démontrer son sérieux. Mais sans solennité ni vibrato de demande affective pour éviter de l'apeurer. Aussi, au moment où Guy s'apprêtait à lui faire ses adieux, lui avait-elle déclaré qu'elle serait heureuse de poursuivre leur relation. Avant de lui proposer de continuer à le soutenir financièrement sans rien lui demander en échange, à part un compagnonnage basé sur la franchise et la confiance qui serait largement virtuel dans un premier temps puisqu'ils seraient séparés.

Puis elle s'était interrompue, sous le coup de l'émotion. Guy l'avait alors enlacée chastement et lui avait chuchoté à l'oreille combien il était touché par elle, par son histoire, sa proposition. Qu'il avait tellement de chance de l'avoir rencontrée et qu'elle lui sauvait la vie. Et elle avait cru tourner de l'œil sous l'effet de la joie qui avait inondé son cœur. Et lorsqu'il lui avait demandé comment faire pour la suite, dans la mesure où il ne serait pas prudent pour lui de la contacter avant un moment, elle s'était entendue lui répondre :

– Retrouvons-nous à Tanger dans dix jours.

Et comme il lui opposait une mine dubitative, elle ajouta sur un ton d'autorité :

– À la Villa Joséphine.

Là encore, elle n'avait rien prémédité. Il se trouvait simplement que c'était le seul endroit de Tanger qu'elle se rappelait depuis le voyage qu'elle y avait fait avec Spiros des années auparavant. Car elle avait été marquée par l'histoire de cette villa construite dans les années 1900, qui avait appartenu à un aventurier britannique ayant inspiré le personnage d'Indiana Jones, puis au pacha de Marrakech, dont c'était la résidence estivale.

Mais Guy ne semblait pas se départir de son incrédulité. Aussi pour faire bonne mesure avait-elle ajouté qu'elle lui donnerait là-bas cinq fois ce qu'elle venait de lui céder, soit 25 000 euros. Ce qui avait eu l'effet escompté. Il avait semblé rasséréné. Il l'avait étreinte tendrement. Elle lui avait souhaité bonne chance. Et il était parti dans sa chambre faire ses valises, la laissant vidée, mais comblée et prête à sombrer dans un sommeil réparateur.

Mais au réveil à présent, elle se demandait bien ce qui lui avait pris de se montrer à la fois si généreuse et si pressée. Car elle allait maintenant devoir se procurer le moyen de réunir cette somme en un temps record pour le retrouver. Était-ce pour cela qu'elle avait mal dormi et qu'elle se sentait un peu oppressée ?

Pourtant elle ne regrettait rien. En premier lieu, parce qu'elle n'avait pas le choix. Elle était bien consciente que, en dépit de leurs serments de la nuit précédente, qu'elle soit une ancienne demi-mondaine était une chose que Guy avait admise et heureusement, vu son propre passé ! Mais qu'elle soit moins riche ou moins généreuse que prévu en était une autre, qui l'aurait sans nul doute conduit à ne jamais la revoir. Si bien que la franchise qu'elle invoquait la veille s'arrêtait dans son esprit à l'état de ses finances. Et en second lieu, parce qu'elle se fichait de perdre les trois sous qui lui restaient et de finir sur la paille. C'était même à présent le cadet de ses soucis. Non, ce qu'elle craignait, c'était qu'il ne lui reste pas assez d'estampes de valeur pour réunir ce genre de somme ou de ne pas réussir à les vendre à temps pour être en mesure d'organiser un tel voyage. Mais elle avait désormais un but, voire une mission. Et elle n'aurait pas su dire depuis combien de temps elle n'avait pas ressenti cela, ni même si cela lui était jamais arrivé. Et elle n'aurait de cesse d'y parvenir.

Elle tenta d'imaginer le séjour qu'elle vivrait avec lui à la Villa Joséphine, une maison coloniale tout en vérandas, auvents et balustrades, qui avait une vue en balcon sur le détroit. Impossible de dépasser cette image de carte postale, mais elle s'en contenterait, se dit-elle en souriant. Puis elle tenta de se représenter où Guy se trouvait à l'heure qu'il était, sans doute déjà loin, peut-être même déjà à Tanger, elle l'espérait en tout cas.

Puis elle s'avisa qu'il était déjà 10 heures du matin et qu'elle devait se rendre à la réception pour régler la note de Guy. Elle fut prise d'un léger vertige en se levant. Rien de bien méchant, et surtout rien d'étonnant. Car elle qui avait l'habitude de mener son petit train-train plongeait dans un ouragan. Bien sûr, cela faisait un peu peur. Mais c'était magnifique. Et elle ne pouvait que s'incliner devant le déchaînement des éléments.

⁂

CHAPITRE 54

L'essence de l'élégance

— BRIGITTE —

Ainsi, de son propre aveu, Marthe n'était qu'une pute. Quelle idiote elle avait été d'avoir voulu défendre la vieille dame comme si elle était une oie blanche, se dit Brigitte en paressant dans son lit. Elle se sentait ridicule d'avoir cru dur comme fer à son personnage d'élégante et d'avoir été épatée par ses habits couture et son vernis de la haute société. Car, maintenant qu'il apparaissait clairement qu'elle était le dindon de la farce, elle avait le sentiment de s'être fait escroquer comme si elle avait confié le numéro de sa carte bleue à un inconnu qui s'était fait passer pour son banquier.

Et puis quelle déception ! En effet, si Marthe n'était pas chic, qui donc l'était ? Quelle était l'essence de l'élégance, lorsque le soin apporté à l'apparence, les vêtements de prix, les usages et la conversation pouvaient être des leurres ? Et que dire alors de sa volonté farouche de se démarquer de sa mère qui avait beau avoir épousé son pharmacien de père, n'en restait pas moins fille de charcutier. En tout cas aux yeux de ses grands-parents paternels, des notables de Blois, qui ne se gênaient pas pour chuchoter devant elle des propos désobligeants sur sa mère, son allure plouc, ses robes trop courtes ou ses expressions ordinaires.

Un dédain, qu'elle n'avait pu s'empêcher d'adopter par mimétisme et qui avait tué le peu d'amour qu'elle aurait éprouvé pour sa mère si celle-ci, par sa violence, ne lui avait pas donné des motifs de la craindre, puis de la détester. Mais elle en avait également souffert, comme elle s'en était rendu compte au soulagement qu'elle avait ressenti après le divorce de ses parents, lorsque son père avait coupé les ponts avec elle et son frère, les dispensant ainsi une bonne fois pour toutes de leurs réunions de famille, qui les englobait tous dans le même mépris.

Néanmoins cela avait laissé des traces. Depuis lors, ne s'était-elle pas ingéniée à multiplier les signes extérieurs de distinction ? Elle avait épousé un homme riche, à qui elle devait de porter des vêtements de marque et de vivre dans un bel appartement à Paris. Elle s'entourait de vedettes de télévision, de journalistes et d'écrivains à succès, dont la fréquentation attestait de sa valeur. Et elle s'était dotée d'un certain prestige intellectuel en publiant un livre sur les meubles design. Or tout cela lui tenait à cœur, en dépit des critiques de sa fille Dorothée, qui déclarait mépriser son snobisme et lui opposait la simplicité de sa vie à la campagne avec son compagnon et leur fille de 2 ans.

Une grande tristesse l'envahit. Était-ce le fait de repenser à Dorothée ? De se demander à nouveau pourquoi celle-ci s'était brouillée avec elle, tout comme elle-même l'avait fait avec sa propre mère, alors qu'au contraire de sa mère indigne elle avait voué à sa fille un amour à la mesure de l'affection qui lui avait autrefois fait défaut. Si bien que c'était peu dire qu'elle ne comprenait pas ce que Dorothée lui faisait payer ainsi.

Certes, sa fille était mal dans sa peau. Elle lui avait parlé de l'angoisse que lui causait ce trop-plein d'amour et l'avait même accusée de ne penser qu'à elle en se soulageant ainsi de son enfance malheureuse, au lieu de s'intéresser à son enfant, qui n'en demandait pas tant et qui aurait juste aimé être entendue quand elle lui disait qu'elle étouffait.

Mais cela sentait le propos de psy à plein nez. Et elle s'était dit que Dorothée finirait par se calmer. Surtout que rien de tout cela ne pouvait être bien sérieux dès l'instant où il était seulement question d'amour. Pourtant elle s'était trompée. Dorothée l'avait rejetée et ne lui avait plus jamais donné de nouvelles, sauf pour l'informer de la naissance de sa petite Élodie par un simple texto, auquel elle avait répondu par un « Félicitations » sans fioritures. Elles en étaient là.

Et, bien qu'elle souffrît du silence de Dorothée, elle tentait de s'en accommoder en évitant le sujet, que ce soit avec Éric, qui n'avait lui-même rien d'un papa gâteau, ou avec ceux qui, comme Christine, ignoraient jusqu'à son existence. Ainsi, il lui était plus facile de se persuader qu'ayant perdu le fil des événements de la vie de sa fille elle n'éprouvait plus le besoin de se remettre à jour. Et de fait, leur relation était devenue tellement abstraite qu'elle parvenait d'ordinaire à ne pas y penser. Néanmoins comment ne pas vivre l'attitude de Dorothée comme une injustice ? Aussi, drapée dans sa dignité, attendait-elle que sa fille fasse le premier pas. Après tout, qu'avait-elle fait de mal, si ce n'est l'abreuver d'un amour trop grand ? La belle affaire !

En attendant, il lui restait encore deux jours à Gruber. Et elle en avait sa claque. Cela faisait déjà un petit moment qu'ayant réglé ses problèmes de santé elle n'était plus vraiment d'humeur à enquiller les massages, les pesées et les menus diététiques. Mais elle voyait alors de l'intérêt à la compagnie de Marthe et de Guy. Tandis qu'à présent… Impossible de faire comme si la vieille dame n'était pas une traînée, et son acolyte, un gigolo ! Quant à Christine, elle n'avait pas davantage envie de la voir. Car après l'avoir convaincue de signaler Guy à la réception, elle aurait sans doute dû lui raconter la suite de l'histoire… Et c'était au-dessus de ses forces.

Elle envisagea d'avancer son départ au lendemain. Mais elle imagina ses retrouvailles avec son mari et se rappela les verres de vin blanc qu'elle avalait depuis peu pour se donner du courage quand Éric voulait faire l'amour, si bien qu'elle y renonça. Puis il lui vint une idée. Fallait-il qu'elle se sente enfermée dans cet endroit pour ne pas y avoir pensé plus tôt ! se dit-elle un œil sur Popcorn :

– Et si on se tirait pour la journée ? J'irais bien à Marbella faire du shopping.

⁂

CHAPITRE 55

Les arbres à vœux

– Retrouvons-nous au pavillon du Bien-Être, j'ai quelque chose à vous montrer, proposa Agnès lorsque Christine lui réclama des nouvelles du dîner de la veille.

Puis elle poursuivit une fois sur place :

– Figurez-vous que, ayant pris la décision de faire une balade chaque jour, je viens de découvrir cette forêt en lisière du jardin. Il était temps, vous me direz, car je pars demain matin.

– Déjà ? Ah ! oui, c'est vrai, on a un jour de décalage et je rentre après-demain. Ça va faire drôle ici sans vous. Vous allez me manquer.

– Vous aussi ! Mais j'espère avoir l'occasion de vous revoir, dit Agnès en s'engageant dans le sous-bois.

– Ça me ferait très plaisir.

– Alors voilà une affaire entendue, je suis ravie, dit Agnès.

– Dites, pour finir, qu'est-ce que vous avez pensé de Guy ? J'ai l'impression d'avoir commis une erreur épouvantable en me mêlant de ce qui ne me regardait pas, car hier soir avant le dîner j'ai aperçu Marthe à son bras et j'ai été frappée de voir à quel point elle rayonnait…

– C'est exactement ce que j'allais vous dire : Marthe est amoureuse. Alors peu importe mon opinion de Guy.

– Mon Dieu ! Brigitte et moi aurions décidément mieux fait de nous abstenir. D'autant que Marthe n'a, semble-t-il, pas d'enfant qui pourrait trouver à redire à cette histoire. C'est bien de moi, ça, de juger à l'emporte-pièce en étant sûre d'avoir raison, pour m'apercevoir ensuite que la situation était plus complexe que je ne le croyais, ou que je n'avais rien compris.

– Mais vous n'êtes pas la seule ! Chacun d'entre nous est convaincu d'avoir raison, alors que tout dépend du point de vue à partir duquel on se place. Ainsi la plupart de nos jugements sont-ils hasardeux et nos interventions, malvenues. D'ailleurs c'est ce que Marthe nous a en substance déclaré hier, que l'on se trompait sur elle qui n'était pas la proie sans défense que l'on se figurait.

Et Agnès de lui rapporter l'incroyable récit de Marthe et le panache avec lequel celle-ci avait sacrifié sa réputation.

– Mais pourquoi elle a fait ça ?

– Pour ôter à Brigitte l'envie de s'en prendre à Guy. Mais aussi pour faire diversion, car vous les auriez vus tous les deux, ils étaient prêts à s'écharper.

Agnès s'avisa alors qu'il valait mieux ne pas s'appesantir sur ses impressions du dîner de la veille. Elle n'aurait fait que culpabiliser Christine davantage si elle lui avait fait part de l'émotion qu'elle avait ressentie pendant les confessions de la vieille dame. Et elle n'aurait pas réussi à la dérider pour autant en lui confiant que, face aux vibrations de Guy et de Brigitte, elle s'était imaginé qu'il sortait de leur bouche un serpent ou un crapaud à chacune de leurs répliques. Il faut dire qu'elle adorait ce conte de Perrault, qui illustrait à merveille ce qu'elle savait de manière empirique, à savoir que les paroles et les pensées se manifestent bel et bien de façon tangible dans la réalité, ainsi que la physique quantique l'avait confirmé depuis en démontrant que l'énergie et la matière sont, comme la vapeur et l'eau, deux aspects de la même chose. Aussi se contenta-t-elle d'ajouter :

– Bon, mais ce qui est fait est fait. À quoi sert de vous mettre martel en tête ? Regardez plutôt cet avocatier avec tous ses avocats. Dire que tout ce temps, j'aurais pu les cueillir et les manger dans ma chambre au lieu de mourir de faim !

Mais changer de sujet, Christine en était incapable :

– Pourvu que la direction n'ait pas donné suite à notre démarche… Marthe en aurait le cœur brisé…

– Mais rien ne dit qu'ils aient engagé des mesures, ni même qu'ils vous aient prise au sérieux. Alors à moins que vous ne vouliez retourner à la réception pour tirer la chose au clair…

– Non, vous avez raison, concéda Christine. Parlons plutôt des traitements que vous m'avez si gentiment offerts pour que vous puissiez en faire part à vos filles.

Au lieu de quoi Agnès l'interrompit :

– Vous savez quoi ? Laissez tomber. J'ai décidé d'annoncer à Anna et Léa que j'ai fait le moins de soins possible parce que j'avais besoin de tranquillité. Après tout, je suis la seule à savoir ce qui me convient. Du reste, quand bien même j'aurais envie de me ruiner la santé que j'en aurais le droit. Un peu comme Marthe, qui est libre de s'aveugler sur Guy tant qu'elle le veut si elle souhaite vivre quelque chose avec lui. Or il est grand temps que je demande à mes filles de me ficher la paix et de me montrer leur affection d'une autre manière. Car je suis là à vous faire la leçon, comme si je faisais preuve de sagesse, alors que je n'ai pas encore trouvé le courage de le leur dire, c'est pitoyable… Venez plutôt voir les arbres à vœux que je voulais vous montrer… Regardez, ils ont, accrochées à leurs branches, des étiquettes sur lesquelles sont écrits des aphorismes.

Et de fait, imperceptibles jusque-là, ces bouts de papier disséminés dans le taillis apparurent à Christine comme des confettis oubliés, dont elles entreprirent alors de déchiffrer l'écriture manuscrite à demi effacée :

– « Un endroit où les oiseaux ne chantent pas le matin est un endroit sans avenir. » Hum, un peu tartignolle, non ?

– Bon, c'est vrai, consentit Agnès. Mais vous ne trouvez pas formidablement poétiques ces petits mots anonymes qui ne sont indiqués par rien ni personne, suspendus çà et là au petit bonheur la chance, pour la beauté du geste, au cas où un des patients de la clinique tomberait dessus par hasard ?

– Si, je trouve même ça réjouissant ! Tenez, en voilà un autre : « La qualité des questions qu'on se pose détermine la qualité de sa vie. »

– Et avouez que celle-là fait mouche ! Allez, encore un, dit Agnès au pied d'un chêne-liège : « Il y a ceux qui, dans une forêt, n'y voient que du bois pour la cheminée. »

– Oui, c'est vrai, on en connaît tous des gens comme ça, fit Christine.

Puis elle ajouta :

– Et je ne vous étonnerais pas si je vous disais que je pense à Brigitte…

– En effet ! Mais à ce compte-là, peut-être faudrait-il aussi considérer l'influence que vous avez sur son attitude…

– Comment ça ?

– Eh bien ! sans doute n'en êtes-vous pas consciente, mais le fait d'anticiper, comme vous le faites, que Brigitte va mal se comporter, a en réalité pour effet de l'enfermer dans le rôle que vous lui attribuez et de susciter chez elle une conduite qui vous donne raison. Alors que si vous étiez dans une attente bienveillante à son égard, cela lui laisserait des chances de se montrer sous un jour plus favorable et même de vous surprendre.

– Je doute de jouir d'un tel pouvoir, mais je vois ce que vous voulez dire. Et si c'est vrai, cela vaudrait le coup que je m'essaie à davantage de clémence. Néanmoins ça ne me dit pas comment faire au cas où Brigitte dépasserait quand même les bornes.

– Alors à mon avis, le mieux pour ne pas être tributaire du comportement de Brigitte, c'est de vous centrer sur la partie de vous-même la plus élevée. Car une fois que vous êtes alignée sur cette fréquence, vos réactions prennent également de la hauteur et vous en venez à choisir de ne remarquer chez Brigitte que le meilleur. Dès lors peu importe sa conduite, vu que vous n'en dépendez plus pour déterminer la vôtre. Vous n'avez plus besoin qu'elle se comporte bien pour être calme et heureuse. Vous avez juste à vous occuper de vous, en faisant en sorte de pratiquer le meilleur de vous-même quelles que soient les circonstances.

Christine demeura silencieuse lorsque Agnès se tut. Aussi celle-ci reprit-elle la parole pour déclarer qu'elle ferait bien une sieste jusqu'à l'heure du dîner au cours duquel elle se réjouissait de fêter la rupture du jeûne de Christine, qui lui répondit :

– C'est incroyable, ce que vous venez de me dire... Très inspirant... Alors si ça peut vous rassurer, vous avez beau avoir peur de vos filles, je vous trouve incroyablement sage et de bon conseil.

*
**

CHAPITRE 56

Soirée diapos

— AGNÈS —

Agnès glissa dans le sommeil avec délectation. Mais sur l'écran noir de ses yeux fermés défilèrent des images de Guy à différentes étapes de son départ de Gruber. Et elle eut l'impression de se trouver à une soirée diapos d'autrefois. Les photos étaient un peu floues ou surexposées. Chaque cliché était précédé du claquement sec du chargeur qui progressait. Et elle percevait la soufflerie du ventilateur chargé de refroidir l'objectif. Pourtant la voix de Guy s'en détachait bien. Et Agnès comprit qu'elle entendait Guy penser.

Son discours intérieur se déroulait de façon fluide tandis que les clichés se succédaient. Sur une photo du dîner de la veille, il s'émouvait qu'ainsi, tout comme lui, Marthe faisait partie des humbles, des fracassés de la vie qui s'étaient sali les mains pour survivre. Il admirait l'audace et l'assurance avec lesquelles elle le déclarait, le revendiquait même, car il savait ce que c'était de se mettre à nu pour n'avoir lui-même jamais osé le faire. Et il lui tirait son chapeau. Puis il songea que Marthe avait dû obtenir un maximum de fric de ses maris. Et cela changeait tout. Impossible, en effet, de lui faire son numéro habituel, dès lors que les rapports de pouvoir et d'intérêt entre hommes et femmes n'avaient pas de secret pour elle. Ce n'était pas à un singe que l'on apprenait les grimaces.

A contrario, il n'avait plus besoin de lui jouer la comédie du gendre idéal, peut-être même plus besoin de faire semblant. Car il lui avait déjà presque tout dit de sa vie et cela n'avait pas empêché Marthe de vouloir l'aider. Elle le trouvait intéressant, elle le trouvait beau. Elle était de son côté, pas comme cette pimbêche de Brigitte qui se drapait dans la certitude de sa supériorité et dans son arrogance de bourgeoise distinguée. Et cela signalait peut-être la fin de sa honte et de sa solitude. Que rêver de mieux ?

Sur un autre cliché, Guy serrait Marthe dans ses bras. Et il songeait qu'avec elle il allait pouvoir repartir de zéro, qu'elle lui sauvait la vie et qu'il suivrait ses conseils, même s'il n'irait pas bien loin avec le cash qu'elle lui avait donné, surtout s'il devait soudoyer l'officier d'immigration à la frontière pour qu'il ferme les yeux sur ses faux papiers. Avant de se raisonner en concluant que tous les gens riches ne se baladaient pas avec des mille et des cents en liquide, et que c'était mieux que rien.

La voix off se poursuivait sur la photo d'un autobus stationné dans une gare routière, où Guy constatait qu'il était par chance équipé de toilettes, car il était pris de colique dès qu'il était angoissé. Le même souci de toilettes surgit encore une fois dans l'esprit de Guy avec la photo d'une enveloppe garnie de billets de banque qu'il tendait à un douanier. Puis sur des photos de ferry, sa voix intérieure gravita à nouveau autour du sujet Marthe.

Guy se décrétait grisé à la perspective d'avoir Marthe comme amie, comme alliée et le cas échéant comme partenaire. Au moins avec elle, il ne risquait pas de se retrouver piégé par ses propres mensonges au point de devoir tuer quelqu'un. Il pourrait jouer cartes sur table, au détail près du meurtre de Suzanne qu'il continuerait bien sûr à garder pour lui. Pourtant loin de l'enchanter, l'idée d'une telle relation avec Marthe suscitait chez lui un trouble diffus, voire une forme d'angoisse. Pourquoi ? Il ne tenait pas tant que ça à le savoir tellement il redoutait d'avoir à mettre les pendules à l'heure.

Ainsi devait-il admettre que son rapport à la vérité s'était singulièrement distendu depuis qu'il avait enjolivé son histoire avec Suzanne. Au point qu'une partie de lui-même avait fini par se convaincre qu'il aurait établi un rapport joyeux et sans équivoque avec la vieille dame suisse, qui lui aurait donné ses économies de son plein gré en échange de sa compagnie. Une fable, à laquelle il ne pouvait plus croire à présent, alors que c'était précisément le scénario que lui proposait Marthe et qu'il n'avait rien de commun avec celui qu'il avait vécu avec Suzanne. De même qu'il était contraint de reconsidérer la réalité du personnage d'opportuniste sans complexe qu'il affichait jusqu'alors. Puisque celui-ci se serait réjoui sans équivoque de la relation explicite suggérée par Marthe, au lieu de s'en défier, comme il le faisait.

Bref, plus moyen de tricher. Et d'ignorer plus longtemps que, loin d'être un virtuose des rapports humains, la seule chose qu'il savait faire, c'était de se poser en chevalier servant auprès de vieilles dames auxquelles il dissimulait ses intentions. Autant dire qu'il était aussi pathétique qu'un pianiste incapable de jouer autre chose que la *Lettre à Élise* ou un danseur ne maîtrisant que le pas de deux. La preuve ? Il avait suffi que Marthe lui offre de changer de registre pour découvrir qu'en dehors de ce rôle de composition il était paumé. Quelle douche froide ! Il prenait conscience que l'habitude de se barder de faux-semblants, qui semblait lui avoir réussi jusque-là, l'avait en réalité fragilisé à la façon dont le corset orthopédique gaine le dos en affaiblissant les muscles de la ceinture abdominale. Il ne se connaissait pas, n'était pas fichu d'identifier ses propres désirs. Était-il seulement capable d'agir en toute liberté, sans louvoyer entre les contraintes ? Après tout, rien ne disait qu'il avait en lui les ressources nécessaires pour faire ce que bon lui semblait, comme Marthe l'y invitait. Mais il n'avait pas le choix et, pour l'heure, il ferait comme si.

La photo d'après montrait Guy en train de prendre un verre au bar d'un hôtel de Tanger. Or la bande-son qui l'accompagnait rendait les choses très claires : Guy attendait Marthe de pied ferme et il avait commencé à compter les jours qui le séparaient de son arrivée.

⁂

CHAPITRE 57

Un scénario optimiste

— MARTHE —

Marthe se sentait beaucoup mieux. Elle avait même faim, ce qui ne lui était pas arrivé depuis un bon moment. Sans doute que son énergie allait de pair avec son soulagement, se dit-elle. Il faut dire qu'elle avait eu chaud. Car après avoir procédé à de nouveaux calculs et déterminé qu'entre les 20 000 euros qu'elle avait promis à Guy et le minimum de 10 000 euros qui lui seraient nécessaires pour régler à la fois son billet d'avion, la facture de la Villa Joséphine et les dépenses auxquelles elle aurait à faire face à Tanger pour mener grand train avec Guy pendant la semaine qu'elle comptait y passer, il lui fallait, au bas mot, trouver 35 000 euros, et au plus vite.

Or cela signifiait vendre toutes les gravures qui lui restaient, c'est-à-dire liquider l'équivalent de sa retraite. Et encore, elle n'était pas sûre d'en tirer une telle somme. Les estampes japonaises n'étaient pas à la mode, et les shungas encore moins, qui ne valaient souvent pas grand-chose. Mais elle avait eu son marchand au téléphone. Et elle l'avait convaincu de venir trois jours plus tard chez elle à Gennevilliers, pour expertiser ses gravures, qu'elle conservait, tout comme ses vêtements, dans la pièce attenante à sa chambre, où elle les maintenait à un taux d'humidité et à une température idéals enveloppés dans du papier japonais qui servait notamment à protéger les kimonos traditionnels de l'acidité, de la moisissure et de la lumière.

C'est que la valeur d'une estampe dépendait en bonne part de son état. Et elle avait compris assez tôt qu'elle avait intérêt à tirer le meilleur parti possible de sa collection qui était, somme toute, assez médiocre. Dans la mesure où, si ses shungas étaient de meilleure qualité que le tout-venant des gravures de la fin de l'époque Edo ou de l'ère Meiji qui coûtaient de 300 à 500 euros l'unité, leur valeur plafonnait néanmoins d'ordinaire entre 1 500 et 3 000 euros, soit loin derrière les pièces importantes du XVIIIe siècle, en mesure d'atteindre 80 000 à 300 000 euros pour des œuvres de grands maîtres comme Hokusai ou Utamaro, ou des estampes provenant de collections prestigieuses telles celles de Vever ou de Shibui.

Si bien que céder toutes ses estampes ne suffirait peut-être pas à financer son voyage avec Guy. Il lui faudrait sans doute également se séparer de son deux-pièces à Gennevilliers. Et cette idée lui avait donné quelques sueurs froides pendant l'après-midi, avant qu'elle n'ait eu l'idée de génie de le vendre en viager. Aussi avait-elle passé quelques coups de fil et pris rendez-vous à son retour avec l'agent immobilier situé au pied de son immeuble, qui avait déjà évoqué au téléphone un bouquet de 30 000 euros à la signature et une rente mensuelle de 800 euros jusqu'à sa mort. Autrement dit, de quoi tout à la fois retrouver Guy à Tanger et vivre après cela de façon décente, ce qui était inespéré.

Certes, cela ne la tirerait pas vraiment d'affaire pour autant dans la mesure où elle serait de nouveau confrontée au même problème après son retour du Maroc. Guy aurait toujours besoin d'argent. Et faire semblant d'être riche coûtait les yeux de la tête. Mais elle n'en était pas encore là. Et elle comptait bien ne plus avoir à donner le change très longtemps. Car il ne lui était pas interdit d'espérer que Guy lui rétrocéderait un jour tout ou partie du produit de la vente de sa bague. Et à ce moment-là elle abattrait ses cartes. Elle lui avouerait qu'elle était fauchée, puis elle lui demanderait de l'aider à récupérer de l'argent auprès des Sampras. Ce qui marquerait la fin des secrets dans leur relation.

Son scénario péchait peut-être par optimisme, mais il ne lui semblait pas absurde d'y croire, vu que Guy avait tout intérêt à revenir vers elle. Pourquoi lâcherait-il la main qui le nourrissait ? Quoi qu'il en soit, elle n'était pas peu fière d'avoir découvert des solutions pour réaliser ce rêve toute seule, sans l'aide d'un homme. Qui sait, si elle continuait sur sa lancée, elle pourrait peut-être devenir une femme d'affaires avisée ?

Bon, mais avec ça, aucune nouvelle de Guy. Et c'était la seule ombre au tableau dans son esprit au moment d'aller dîner. Certes, il l'avait prévenue qu'il ne pourrait pas l'appeler, que ce ne serait pas prudent. Mais elle avait tout de même espéré qu'il trouverait un moyen de l'avertir que tout allait bien. Aussi quelle joie lorsque, parvenue dans la salle à manger, Agnès l'approcha pour lui dire qu'elle avait un message d'une nature un peu particulière à lui transmettre de la part de Guy ! Avant de lui déclarer qu'étant versée dans la télépathie et la vision à distance elle avait, dans son sommeil, visualisé Guy à différentes étapes de son départ de Gruber. Plutôt sceptique quant à l'existence des aptitudes paranormales, Marthe fut surprise par l'annonce d'Agnès, mais elle était tellement impatiente d'obtenir des informations sur Guy qu'il était hors de question qu'elle fasse la fine bouche. Et ce d'autant plus qu'Agnès lui annonça qu'elle avait vu son cher et tendre passer la douane, parvenir au Maroc et y prendre un verre avec une certaine Joséphine ou à un endroit dont le nom comportait le prénom Joséphine. Dès lors la messe était dite. Et Marthe fut non seulement éberluée par la clairvoyance d'Agnès, mais aussi et surtout aux anges à l'idée que Guy allait bien et qu'il pensait à elle au point de visiter l'hôtel dont elle lui avait parlé dès son arrivée à Tanger.

La cerise sur le gâteau ? Christine, qui les avait rejointes sur ces entrefaites, leur apprit que Brigitte leur faisait faux bond pour le dîner. Au moins, de cette façon, son bonheur ne serait terni ni par la mauvaise opinion que Brigitte avait de Guy, ni par sa désapprobation manifeste de leur relation, s'avisa Marthe. Et elle informa à son tour Christine du départ de Guy, sans lui fournir plus de détails. Puis elles s'attablèrent toutes les trois dans la bonne humeur pour découvrir leurs différents menus. Une salade de germes à la pomme, suivie de gnocchis à la sauce tomate pour elle, une courgette farcie au riz et aux légumes pour Agnès, et une soupe épaisse pour Christine qui souffla sa bougie de fin de jeûne sous leurs applaudissements.

Et là, impossible de savoir ce qui lui avait pris. Était-ce la bienveillance évidente d'Agnès et de Christine ? ou un besoin aussi soudain qu'inédit de se confier ? Toujours est-il qu'elle leur déclara tout de go qu'elle s'était découverte amoureuse de Guy. Qu'elle savait à quoi s'en tenir à son sujet, mais qu'elle ne pouvait pas s'empêcher d'éprouver de la tendresse pour lui. Et qu'elle était incroyablement heureuse de vivre cette aventure à un moment de sa vie où cela tenait du miracle. Impressionnée par l'énormité de ses confidences, elle s'interrompit pour prendre le pouls de ses sensations : elle n'éprouvait ni honte, ni gêne, ni regret. Au contraire. Elle découvrait la paix que l'on éprouve à dire ce que l'on pense et à penser ce que l'on dit, en se présentant tel que l'on est sans fard ni faux-semblants. Puis elle observa Christine et Agnès, qui semblaient acquises à sa cause puisque l'une écrasait une larme, tandis que l'autre lui disait combien elle était heureuse pour elle. Alors elle s'enhardit et elle ajouta que, contrairement à ce que se figurait Guy, elle n'était pas riche. Et que, pour continuer à le lui faire croire, elle devait jongler avec le peu qu'elle possédait, à savoir ses estampes japonaises.

Il y eut un moment de flottement. Christine et Agnès hésitaient manifestement à lui demander si elle était bien sûre de savoir ce qu'elle faisait. Au lieu de quoi, évitant de se mêler de ce qui ne les regardait pas, elles l'interrogèrent sur sa collection. Et le détachement avec lequel elles accueillirent l'annonce de ses problèmes d'argent lui fit un bien fou. Dire qu'elle s'en était fait tout un monde ! Après quoi elle répondit à leurs questions, ce qui l'amena de fil en aiguille à leur raconter ce qu'elle avait appris au fil des années sur les shungas, ces estampes érotiques produites au Japon du XVIe au XIXe siècle, qui étaient à ce point intégrées à la vie quotidienne qu'elles étaient souvent offertes aux jeunes mariés lors de leur nuit de noces, ou cachées dans la pièce principale des foyers pour protéger les maisons des incendies, ou bien encore glissées par les samouraïs sous leurs armures en guise de porte-bonheur. Elle leur expliqua qu'il s'agissait à ses yeux d'une pornographie humaniste, destinée aux petits paysans comme aux nobles de cour, où les femmes, loin d'être soumises, étaient présentées comme des êtres aux désirs sexuels assumés au même titre que les hommes. On y montrait toutes sortes de partenaires. Des couples d'hommes, de femmes, des trios en tous genres. Mais aussi des corps de tous âges et des amants de toutes conditions sociales, des femmes ou des hommes de plaisir, comme des femmes au foyer, des époux, comme des couples adultères. Pourtant les shungas ne se limitaient pas à la représentation pornographique de cette très grande liberté sexuelle aussi inclusive que dépourvue de culpabilité. Ils abolissaient également les frontières des registres et des genres en mêlant obscénité, tendresse, humour, poésie et fantastique dans un écrin foisonnant de vêtements, d'étoffes, de motifs et de couleurs magnifiques dignes des plus grands couturiers.

Sur ces entrefaites, elle se tut. Et Agnès et Christine se dirent non seulement impressionnées par ses connaissances mais aussi passionnées par son exposé. Elle en fut flattée, mais surtout étonnée, car l'art, qu'elle avait appris en autodidacte, était jusqu'alors son jardin secret et elle n'en parlait jamais avec personne. Aussi était-elle loin de se douter qu'elle était capable d'en discuter pendant des heures. Et ce d'autant plus qu'elle aurait pu se montrer tout aussi bavarde sur nombre d'autres sujets, de la vie du Caravage à la carrière de Mme Vigée-Lebrun, sans oublier la composition du retable d'Issenheim ou les meules de foin de Monet. D'où la conclusion qui s'imposa soudain à son esprit : ainsi, elle était une femme cultivée dont le point de vue sur la peinture pouvait susciter l'intérêt. Une bonne nouvelle, à laquelle elle se promit de trinquer avec Guy dès qu'elle le reverrait.

*
* *

JOUR 11

CHAPITRE 58

Une ampoule électrique

— AGNÈS —

– Ah ! vous voilà, s'exclama Brigitte en voyant Agnès s'approcher de la réception. Figurez-vous que Marthe a été retrouvée morte dans son lit ce matin. C'est l'infirmière qui s'est inquiétée de ne pas la voir arriver à son rendez-vous. Apparemment, ce serait une crise cardiaque, mais il va sûrement y avoir une autopsie. C'est affreux, bien entendu, mais bon, elle avait l'âge… Tous les employés sont complètement retournés. Visiblement ils l'aimaient bien. À moins qu'ils ne soient inquiets. C'est vrai que ce n'est pas très bon pour le business. Et la nouvelle va se répandre dans la clinique comme une traînée de poudre…

Agnès prit un air peiné de circonstance. Elle était triste, mais pas étonnée. Car elle savait que Marthe allait mourir depuis la veille. Depuis le moment où elle l'avait raccompagnée jusqu'à sa chambre avec Christine après le dîner et qu'elle avait vu la silhouette de la vieille dame se découper sur les murs du couloir. C'était donc ça qui l'avait tarabustée à son insu toute la soirée, avait-elle songé, le fait que Marthe avait beau exulter de joie, elle ne rayonnait pas, car elle n'avait plus d'aura. Rien d'étonnant dans ces conditions à ce qu'elle n'ait pas réussi à se réjouir du bonheur de Marthe. Pourtant elle n'en avait compris la raison que lorsque celle-ci lui avait sauté à la figure dans ce couloir, où les spots éclairant les murs blanchis à la chaux, qui mettaient en évidence les moindres nuances d'auras, lui avaient soudain fait remarquer que Marthe se limitait désormais aux contours de son corps physique.

Or chaque être vivant est constitué de trois éléments nécessaires à sa survie. Un corps, telle la bobine de verre d'une ampoule électrique. La force de vie qui y circule, comme l'électricité se propage dans les filaments de tungstène. Et enfin la radiation émanant de cette force, qui se traduit par l'aura ou la lumière. Si bien que la vie ne pouvait que quitter une personne dont l'aura avait disparu.

– Vous ne savez pas où est Christine ? Je la cherche partout pour lui annoncer la nouvelle, ajouta Brigitte.

– Non, je ne l'ai pas vue ce matin. Mais, il faut dire, je ne l'ai pas cherchée non plus, étant donné qu'on s'est fait nos adieux hier soir. C'est que je pars dans dix minutes pour l'aéroport.

La logique aurait voulu qu'elle dise au revoir à Brigitte dans la foulée, mais Agnès ne put s'empêcher de songer au mot de la défunte mère de Brigitte qu'elle trimballait dans son sac depuis des jours, dans l'espoir de trouver le bon moment pour le lui donner, qui ne s'était, bien entendu, jamais présenté, vu que Brigitte lui avait clairement déclaré qu'elle ne voulait plus entendre parler de sa mère. Aussi Agnès resta-t-elle plantée dans une attitude hésitante que Brigitte attribua au choc causé par la mort de Marthe.

– Mais les morts, c'est votre rayon, non ? Donc si ça se trouve, vous allez pouvoir discuter avec Marthe…

Était-ce une tentative pour la réconforter ? se demanda Agnès, qui décida néanmoins de saisir la perche que lui tendait Brigitte.

– On verra si Marthe me contacte. En revanche, votre mère, elle, m'a confié la mission de vous remettre un message que j'ai pris sous sa dictée. Je l'ai ici avec moi, m'autorisez-vous à vous le remettre ?

– Bon, bon, si vous voulez, bougonna Brigitte, qui attrapa l'enveloppe un peu froissée, qu'elle mit machinalement dans son sac.

Ouf, mission enfin accomplie ! se dit Agnès en prenant congé de Brigitte, puis des employés de la réception, auxquels elle adressa quelques mots de réconfort au sujet de Marthe.

Après quoi elle rejoignit ses valises sur le perron de la clinique en attendant l'arrivée de son taxi. Le soleil, pâle encore, s'apprêtait à décocher ses rayons. Elle se recueillit, demanda à ses guides des nouvelles de Marthe. Et leur réponse lui parvint aussitôt sous forme de certitude : celle-ci était déjà montée, tout était bien.

⁂

CHAPITRE 59

Révélation

— CHRISTINE —

Poids : 59,8 kilos (– 300 grammes).
Tension : 106/65.
Pouls : 68.

Victoire ! Enfin elle avait franchi la barre des soixante kilos ! se dit Christine, au sortir de l'infirmerie. Il était temps, ou plutôt il était moins une, car c'était son dernier jour. Et elle avait l'intention d'en profiter et de savourer un calme et une solitude dont elle n'était pas près de faire à nouveau l'expérience dans sa vie parisienne. Aussi se dirigea-t-elle vers le sauna qu'elle n'avait encore jamais visité.

Elle perdit un peu de son entrain devant le panneau placardé à l'entrée alertant les curistes sur les risques des bains de chaleur. Mais elle passa outre et s'engagea dans un dédale de vestiaires, de douches et de cabines de hammam avant de découvrir une rotonde destinée au repos, où les hommes et les femmes, jusque-là séparés dans leurs installations respectives, pouvaient se rejoindre par des portes opposées. Il n'y avait personne. Au centre de la pièce se trouvait une fontaine qui distillait un clapotis apaisant, autour de laquelle, telles les heures du cadran d'une horloge, étaient disposées des chaises longues couvertes de carrelage de piscine. Elles étaient conçues pour la détente, avec du chauffage intégré, des creux et des renflements adaptés pour le dos et la nuque, ainsi que des angles savants pour surélever les genoux. Elle ne put résister à la tentation de s'y installer et de constater la sensation de flotter sur un nuage alors qu'elle était allongée sur du béton. Était-ce le bruit de l'eau, la chaleur diffusée par les couche-partout, celle qui s'échappait des bains de vapeur attenants, ou la lumière des veilleuses au sol et au plafond qui lui faisaient penser aux cabines d'avion pendant les vols de nuit ? Elle s'absenta d'elle-même.

Lorsqu'elle reprit conscience, ce n'était plus son intellect qui était aux commandes, mais une partie d'elle-même à laquelle elle n'avait jamais encore prêté attention, où elle n'était ni son corps, ni ses pensées, ni son histoire, mais une conscience inaltérable indépendante des circonstances, qui était plongée dans un bain de lumière et de joie. C'était d'autant plus étrange qu'elle n'avait perçu aucun mouvement dans son esprit qui lui aurait signalé un changement de perspective ou annoncé qu'elle entrait en transe. Et rien ne semblait l'avoir pénétrée ou envahie. Mais elle se découvrit habitée par une lumière cosmique, qui se révélait telle une image latente apparaissant sur la pellicule. Rouge et chaude comme un soleil d'automne, elle était d'une puissance aussi prodigieuse que sa douceur et elle irradiait, sans l'éblouir, son âme de l'intérieur. Alors elle sut que cette lumière était l'amour. Un amour d'une envergure inconcevable, impossible à envisager et à saisir à l'échelle humaine, qui ne pouvait être rien de moins que divin. Pas de doute possible, cet amour qui l'inondait lui était destiné dans ce qu'elle avait de singulier. Il lui semblait en effet que cette force la distinguait entre tous dans l'univers et qu'elle la voyait telle qu'elle était, avec ses défauts, d'aucuns auraient dit ses péchés. Plus extraordinaire encore, cette énergie était tout à fait étrangère aux notions de pardon, de clémence ou de rédemption, car elle était l'amour à l'état pur, inconditionnel et infini. Aussi se trouva-t-elle d'emblée libérée de toute critique d'elle-même, et certaine que, loin de devoir s'imposer des corrections ou des contritions, elle était profondément parfaite, non pas parce qu'elle était exceptionnelle ou dotée de qualités supérieures, mais parce qu'elle était l'œuvre de Dieu et donc d'essence divine. Et en même temps, il lui apparut que, bien qu'intime, cet amour était impersonnel, car il se déployait de façon universelle à tous les êtres vivants, dont l'identité se dissolvait dans un grand tout, où il ne faisait plus aucun doute dans son esprit que nous n'étions qu'un.

Des larmes de joie ruisselaient sur ses joues tandis qu'elle riait d'allégresse et d'émotion. Combien de temps dura cet épisode de béatitude ? Une minute ? Vingt minutes ? Une heure ? Elle n'en avait pas la moindre idée. Elle n'avait pas regardé sa montre au début de cette expérience et elle ne songea en aucune façon à la regarder à la fin, lorsque l'extase se dissipa peu à peu comme une odeur, sans notion de retrait ni de ressac. De telle sorte qu'elle ne se sentit privée de rien et n'éprouva aucun regret, aucune tristesse quand elle redescendit de ses échasses cosmiques. Au contraire. Car en elle désormais se trouvaient réunies, et en bonne compagnie, la certitude d'être aimée et digne d'être aimée inconditionnellement, au même titre que ses semblables, et la joie indicible d'avoir senti cette présence et de savoir qu'elle n'était pas seule, qu'elle ne l'avait jamais été et qu'elle ne le serait plus jamais.

*

De retour dans sa chambre, elle tira les rideaux, éteignit son portable, décrocha le combiné du téléphone de la clinique et installa à sa porte le panneau « Ne pas déranger », portée par l'absolue nécessité de se recueillir. Comment exprimer la gratitude immense qu'elle ressentait ? Mesurer tout ce qui avait changé en elle ? Elle se découvrit dans un état de quiétude et de joie indescriptible, désormais convaincue de façon aussi instantanée qu'inébranlable que la mort menait à cela, à cet amour si prodigieux qu'il était impossible à envisager et à comprendre à l'échelle humaine, et qu'il n'y avait donc rien à craindre.

Puis vinrent les questions : que lui était-il arrivé ? Une révélation mystique ? une illumination ? une conversion religieuse ? Comment formuler en mots ce qu'elle venait de vivre ? Fallait-il le raconter afin de diffuser cette nouvelle extraordinaire ? ou le garder pour elle de peur de ne pas savoir lui rendre justice ? Elle entendait d'ici les vertueux se récrier : Dieu, se manifester dans le sauna d'une luxueuse clinique de bien-être ? C'était une blague, une honte même, si l'on songeait à tous les endroits au monde où il était espéré, prié, attendu ! Et d'ailleurs de quel dieu s'agissait-il ? Le sien n'était d'aucune religion, il était en elle, mais aussi partout autour d'elle. C'était la conscience même. La force de vie. Un espace du présent permanent. Un champ organique d'amour, de joie et de lumière.

Elle alluma son ordinateur. Tomba sur la définition du satori, un terme du bouddhisme zen qui désigne l'éveil spirituel, la compréhension intuitive de la nature des choses et de la nature de Bouddha. Y apprit que le satori correspondait au nirvana sanscrit évoquant l'action d'un souffle éteignant une flamme, qui figurait l'extinction de la conscience du « moi » révélatrice de plénitude. Puis, orientant ses recherches vers un vocabulaire plus familier, elle découvrit les sept étapes de la vie mystique selon Thérèse d'Avila qui comparait l'âme à un château intérieur* composé de sept demeures figurant autant d'étapes du croyant dans son chemin vers Dieu, en une progression susceptible d'être bousculée par Dieu s'il décidait

* Thérèse d'Avila, *Le Château de l'âme ou le Livre des demeures* [1577], Éditions CTAD, 2014.

de donner à un mécréant un avant-goût des expériences mystiques propres aux quatrième ou aux cinquième demeures…

Mais tout cela ne lui parlait pas. Elle pensait ce genre d'épiphanies réservées à saint Paul, à saint Augustin, à Gandhi, à Bouddha, à sainte Thérèse d'Avila, à Paul Claudel, à Tolstoï ou à Kierkegaard. Qu'avait-elle à voir avec ces saints ou ces grands sages ? Alors pourquoi elle ? Un début de réponse lui parvint à la lecture d'un résumé de sagesse zen, selon laquelle le satori était un état originel de la conscience qui existait chez tous les êtres vivants avant même leur naissance, y compris les animaux. Et que seuls les êtres humains l'avaient perdu, ce qui les rendait compliqués et insatisfaits. Et de conclure qu'il fallait vivre l'instant présent sans trop s'attacher à soi-même, ni chercher à comprendre ce qu'est le satori, ou comment y parvenir.

Puis elle découvrit les recherches d'un couple de psychologues américains, dont elle se promit de commander l'ouvrage*, qui avait recueilli le témoignage de dizaines de personnes ayant vécu cette expérience. Ils avaient donné à ces révélations le nom de « changement quantique » et s'étonnaient que ces phénomènes pourtant décrits en long et en large dans la littérature et les biographies ne soient étudiés que par des théologiens, et non par des psychologues, alors qu'ils étaient bien plus fréquents qu'on ne se l'imaginait, même si les gens les gardaient pour eux, car ils se heurtaient à la difficulté de les formuler et qu'ils avaient peur de passer pour des illuminés.

Mais c'est alors qu'elle entendit tambouriner à sa porte.

– Mais enfin qu'est-ce que tu fous ? Ça fait des heures que je te cherche !

C'était Brigitte.

***

* William R. Miller et Janet C'de Baca, *Quantum Change : When Epiphanies and Sudden Insights Transform Ordinary Lives*, The Guilford Press, 2001.

CHAPITRE 60

Perfidie

Brigitte fulminait :

– Ça fait des heures que je te cherche partout ! Au pavillon du Bien-Être, à la salle de gym, au dojo, à la bibliothèque, à l'atelier d'art. J'ai rameuté toute la clinique. J'ai fait vérifier que tu n'avais pas de rendez-vous pour des traitements. Et j'ai même dépêché des employés pour aller te chercher dans le sauna. J'avais trop peur d'y aller moi-même et de te trouver inconsciente dans un coin ! Mais je n'ai pas songé à venir ici, car j'ai fait appeler ta chambre vingt fois par la réception et ça ne répondait pas.

– Mais enfin pourquoi ? Quel est le problème ?

C'était bien de Brigitte de vouloir savoir où elle était quand ça la prenait, alors qu'elles vivaient chacune de leur côté depuis des jours, pendant lesquels elle aurait pu crever dans le sauna sans que celle-ci s'en émeuve le moins du monde. Sans compter que, la veille encore, Brigitte lui avait envoyé un texto pour lui dire : « Je vis ma vie à Marbella, shopping et grosse bouffe, et je ne veux pas te tenter, à demain ! »

– Tu n'es donc pas au courant ?

– Mais de quoi tu parles ?

Alors Brigitte lui annonça la mort de Marthe.

Sous le coup de la surprise, Christine eut le souffle coupé et les larmes lui montèrent aux yeux. Mais sa tristesse se teinta aussitôt de reconnaissance. Marthe avait bien choisi son heure. Elle était morte en pleine anticipation d'un bonheur à venir, avant que la réalité ne vienne corriger l'image rêvée qu'elle s'était faite de sa relation avec Guy. Et puis elle était morte à Gruber, au sein d'une ruche de soigneurs, dont la présence la rassurait, après un dîner où elle n'avait pu que se sentir appréciée et admirée. Dire que cette femme avait connu un des moments les plus merveilleux de sa vie grâce à un sale type ! Décidément la vie et la mort étaient imprévisibles, se dit-elle en s'essuyant les paupières.

– Je suis désolée de te l'annoncer de façon si abrupte. Je ne pensais pas que cela te ferait autant d'effet. Tu veux aller dîner ? Cela te changerait les idées, dit Brigitte.

– Tu me laisses dix minutes pour me préparer avant de te rejoindre ? J'ai un coup de fil à passer.

Christine voulait appeler son fils. Cela faisait plusieurs jours qu'elle échangeait avec Benjamin des messages vocaux, certes plus vivants que des textos, mais qui ne remplaçaient pas une conversation.

– Ça va, mon cœur ?

– Oui maman.

– Tu sais que je viens demain te chercher chez ta grand-mère ?

– Oui

– Cela me fait tellement plaisir de te voir. Tu m'as beaucoup manqué, tu sais. Et toi, tu es content de me retrouver ou bien tu es triste que tes vacances se terminent ?

– Non, je suis content, c'était bien, mais j'en ai un peu… marre. J'ai envie d'être à la maison avec toi.

Le cœur de Christine se gonfla de joie. Ainsi, si incroyable qu'ait été le séjour de Benjamin chez sa grand-mère, avec son centre équestre et les libertés que celle-ci lui octroyait, il tardait à son fils de la rejoindre. D'ailleurs, elle était exactement dans le même état d'esprit, car sa cure avait beau avoir été fabuleuse, elle n'avait elle-même qu'une envie, c'était de rentrer chez elle et de prendre Benjamin dans ses bras.

Brigitte était déjà installée à une table, où leur furent servies des crudités de courges au gingembre, suivies de patates douces au four à la sauce à la mangue et aux herbes, qu'elle-même n'aurait jamais choisi de cuisiner ainsi, mais qui se laissaient manger grâce au miracle que représentait la nourriture pour ses papilles frustrées par leur repos forcé.

Elles remplirent chacune un carton-réponse, où elles cochèrent une case indiquant qu'elles prendraient sur place leur petit déjeuner du lendemain et une autre correspondant à la commande d'un panier pique-nique pour l'avion. Puis elles discutèrent du poids qu'elles avaient perdu. Quatre kilos pour Christine, et trois pour Brigitte, qui avoua s'être néanmoins empiffrée de croissants au milieu de son séjour et de tapas la veille à Marbella.

Ce qui amena Christine à repenser à son propre dîner avec Agnès et Marthe. Heureusement que Brigitte n'y avait pas assisté, car elle aurait gâché les derniers instants de la vieille dame avec ses jugements et ses préjugés. Elle songea qu'elle-même avait d'ailleurs bien changé depuis qu'elle avait constaté que le discernement dont elle se targuait ne l'avait pas empêchée de se tromper sur toute la ligne au sujet de Marthe et du bien-fondé de sa relation avec Guy. Cela lui servirait de leçon. Elle n'était pas près de recommencer à chérir ses opinions au point d'y croire aveuglément.

Puis elle s'avisa alors qu'en matière de changement rien n'arrivait à la cheville de sa révolution intérieure due à son épiphanie. N'était-ce pas le propre du « changement quantique » défini par le couple de chercheurs américains d'être une expérience si saisissante, inattendue et bienfaisante qu'elle entraînait une transformation instantanée, durable et irréversible ?

Absorbée par ses pensées, Christine se montra sans doute plus silencieuse qu'à l'accoutumée. Si bien que Brigitte sentit plus ou moins que quelque chose lui échappait. Et elle entreprit à tout hasard de reprendre Christine dans ses filets en lui demandant ses prochaines dates de libres. Prise de court, celle-ci commença par tenter de se défiler sous des prétextes quelconques. Mais Brigitte insista. Alors Christine prit son courage à deux mains :

– Écoute, ne le prends pas mal, mais je crois que j'ai envie de rester un peu tranquille. Il y a des moments comme ça dans la vie. Cela n'a rien à voir avec toi. J'aimerais me centrer, passer du temps avec mon fils.

– Dis-moi carrément que ça t'embête, répliqua Brigitte, qui jouait là son va-tout dans l'espoir de culpabiliser Christine.

– Oui, tu as raison, en fait ça m'embête, répondit Christine, en songeant que Brigitte l'avait bien cherché, avant d'ajouter avec un brin d'hypocrisie : Je suis heureuse que tu l'aies compris.

Sous les yeux de Christine, le visage de Brigitte se décomposa sous l'effet de la surprise et du dépit. Elle se demanda si sa perfidie était compatible avec son tout récent éveil spirituel. Mais elle en conclut que le jeu en valait la chandelle. Au moins, c'en était fini, Brigitte ne jouerait plus jamais avec elle au chat et à la souris. Elle était libre et heureuse. Et elle comptait bien le rester.

*
**

JOUR 12

CHAPITRE 61

Départ

— CHRISTINE —

Poids : 60,1 kilos (+ 300 grammes). Un vrai gag !
Tension : 114/68.
Pouls : 73.

Quelle blague, cette barre des soixante kilos, qu'elle n'arrivait pas à franchir ! songea Christine qui dégustait, enchantée, un vrai petit déjeuner dans la salle à manger, avec un café, du fromage blanc aux fruits et une tranche de pain suédois, tandis que Brigitte se faisait servir le sien dans sa chambre, où elle était retenue par Popcorn, qui s'agitait à n'en plus finir dès qu'il voyait des valises. Elle n'en revenait pas de l'indifférence avec laquelle elle accueillait sa prise de poids. Décidément il allait falloir qu'elle s'habitue à sa toute nouvelle sérénité. Déjà la veille au soir, elle s'était surprise de l'aisance avec laquelle elle avait répondu à Brigitte et passé le reste de la soirée à arrondir les angles de façon à ce que celle-ci ne se sente ni meurtrie ni humiliée. Mais en tout cas, le message était passé. Brigitte savait à présent qu'elle avait intérêt à réfléchir à deux fois avant de la solliciter, puisqu'elle était à l'évidence désormais capable de lui dire des choses désagréables. Si bien que celle-ci n'allait pas de sitôt se risquer à la harceler de nouveau, sous couvert d'amitié, parce qu'elle n'avait rien de mieux à faire, ou qu'elle voulait se servir d'elle pour cimenter sa vie de couple, ou pimenter sa vie sociale.

Peut-être son opinion de Brigitte était-elle trop sévère ? Mais elle avait maintenant conscience qu'elle était responsable de l'état de son for intérieur, tel un jardin dont elle aurait la charge. Et comme Brigitte était aussi envahissante qu'une mauvaise herbe, il était de son devoir de la déloger de sa vie. Tout comme elle avait intérêt à ne pas se complaire dans la peur, les mauvaises nouvelles, le spectacle de la violence ou la médisance, car tout ce qu'elle ressentait avait une influence sur son âme. Elle en était là de ses réflexions quand le téléphone sonna dans son sac. Elle jeta à la ronde un regard d'excuse aux curistes attablés au petit déjeuner et sortit prendre l'appel sur la terrasse.

C'était le gardien de son immeuble qui la prévenait qu'un dégât des eaux était survenu. Il avait fait venir le plombier. Apparemment, c'était son chauffe-eau qui était en cause. Et elle n'eut que le temps de raccrocher avant d'exploser de rire.

– Pardon Papa ! J'aurais dû t'écouter au lieu de monter sur mes grands chevaux sous prétexte que les morts devraient s'en tenir aux propos solennels. Quel cadeau tu me fais là !

Car son père n'aurait pas pu trouver une meilleure façon de lui prouver depuis l'au-delà qu'il suivait les moindres événements de sa vie, si infimes et si insignifiants soient-ils.

C'était l'heure du départ. Brigitte apparut somptueuse en jean et veste en tweed matelassée. Le taxi était arrivé, les valises, chargées, et le sac de pique-nique, placé à côté du sac, où Popcorn vivait ses derniers instants de clandestinité.

– Bon, on y va ? lui dit Brigitte d'un ton las.

– Et comment ! s'exclama-t-elle avec entrain.

*
**

Remerciements

Un grand merci à Anna Condo, Robert Couturier, François Curiel, au professeur Élisabeth Dion, à Céline Grillat, Kathy Orfanos, Xiao Mei Qiang, Nazanine Ravaï, Nathalie Rheims, Angelo Rinaldi de l'Académie française, Sumiko Roberts, Camille Trumer, Caroline Weber, Katsura Yamaguchi, Dimitri de Yougoslavie, Émilie Zinsou, qui m'ont accompagnée et éclairée de leurs lumières, sans oublier Odile Jacob, pour son soutien et ses conseils avisés.

Table

DU MÊME AUTEUR
CHEZ ODILE JACOB

Parents sous influence. Est-on condamné à reproduire l'éducation de ses parents ?, 2016.

Cet ouvrage a été composé
en Adobe Garamond Pro
par Nord Compo
à Villeneuve-d'Ascq (Nord).

Cet ouvrage a été imprimé sur du papier
dont les fibres de bois proviennent
de forêts durablement gérées

IMPRIM'VERT®

Cet ouvrage a été achevé d'imprimer
sur Roto-Page
par l'Imprimerie Floch à Mayenne
en janvier 2023

N° d'édition : 4150-0477-X – N° d'impression : 101840
Dépôt légal : mars 2023

Imprimé en France